AF154364

ILONA SCHMIDT

Mord nach Nürnberger Art

BRATWURSTKRIEG Der Besitzer eines Foodtrucks bietet fränkische Spezialitäten auf einem der begehrtesten Standplätze Nürnbergs an. Als er auf der Heimfahrt bei einem Unfall tödlich verletzt wird, flüchtet der Verursacher vom Tatort. Ein Zeuge beschuldigt Toni Meisenbach, der als Bratwurstbrater »Drei im Weggla« verkauft. Doch der schwört Stein und Bein, unschuldig zu sein. In seiner Not wendet er sich an seinen Freund, den Coburger Kommissar Levin. Der ist anfangs nicht begeistert, in die Sache hineingezogen zu werden. Die Nürnberger Kollegen haben sicher nicht auf seine Einmischung gewartet. Außerdem denkt er über eine Rückversetzung dorthin nach und will es sich mit den Kollegen nicht verscherzen. Aber als kurz darauf in Fürth ein weiterer Foodtruck-Besitzer einen unnatürlichen Tod stirbt, fällt der Verdacht wieder auf Meisenbach. Jetzt ist Levins Spürsinn geweckt. Dabei erfährt er, dass nicht jede Nürnberger Bratwurst das Label »original« verdient und nicht jedes Schwein tatsächlich ein Tier ist.

© copyright / Foto: Fotostudio Uhlenhuth, 96450 Coburg

In München geboren, lebte Ilona Schmidt viele Jahre in Nürnberg. Nach dem Studium der Chemie in Erlangen zog sie beruflich bedingt nach Coburg. Heute arbeitet sie für einen amerikanischen Konzern und bereist die Welt. Ihre Liebe zum Krimi und für das Abenteuer lebt sie in ihren Romanen aus.

ILONA SCHMIDT

Mord nach Nürnberger Art

KRIMINALROMAN

GMEINER

Immer informiert

Spannung pur – mit unserem Newsletter informieren wir Sie
regelmäßig über Wissenswertes aus unserer Bücherwelt.

Gefällt mir!

Facebook: @Gmeiner.Verlag
Instagram: @gmeinerverlag
Twitter: @GmeinerVerlag

MIX
Papier | Fördert
gute Waldnutzung
FSC® C083411

Besuchen Sie uns im Internet:
www.gmeiner-verlag.de

© 2022 – Gmeiner-Verlag GmbH
Im Ehnried 5, 88605 Meßkirch
Telefon 0 75 75 / 20 95 - 0
info@gmeiner-verlag.de
Alle Rechte vorbehalten
1. Auflage 2022

Herstellung: Mirjam Hecht
Umschlaggestaltung: U.O.R.G. Lutz Eberle, Stuttgart
unter Verwendung eines Fotos von: © koi88 / AdobeStock
Druck: CPI books GmbH, Leck
Printed in Germany
ISBN 978-3-8392-0286-9

Personen und Handlung sind frei erfunden.
Ähnlichkeiten mit lebenden oder toten Personen
sind rein zufällig und nicht beabsichtigt.

KAPITEL 1

Der richtige Standort lässt die Kasse klingeln.

Zufrieden mit dem Umsatz des Tages räumte Norbert Haupt seinen Foodtruck auf. Ihm gegenüber erhob sich der golden strahlende »Schöne Brunnen«, einer Kirchturmspitze gleich, in den abendlichen Himmel. Touristen umringten ihn, bestaunten die farbenprächtigen Figuren und fragten sich, welcher der beiden drehbaren Ringe in der schmiedeeisernen Umzäunung wohl den Kindersegen verspräche, der aus Messing oder der eiserne. Diese waren schon mehrfach ersetzt worden, ebenso wie der »Schöne Brunnen« selbst. Kein Wunder, denn das Original war vor mehr als 600 Jahren erbaut worden.

Dahinter erhob sich majestätisch die noch ältere gotische Frauenkirche, von deren Empore in drei Monaten das Nürnberger Christkind den Weihnachtsmarkt eröffnen und damit den Ansturm auf die Budengassen freigeben würde. Norbert Haupt liebte diesen Standplatz, nicht nur wegen der in ihrer Schönheit bewahrten Bauten und der Atmosphäre, sondern auch wegen des Umsatzes, den er erzielen konnte. Heute war auf dem Hauptmarkt viel los, und der sonnige Herbsttag tat ein Übriges, um den Besuchern einen angenehmen Marktbesuch zu bescheren. Zwar bewölkte sich jetzt der Himmel, und es sollte gegen Abend regnen, doch das störte Norbert nicht, denn für heute war Feierabend.

Die Stadt Nürnberg erlaubte das Aufstellen von Foodtrucks auf ausgesuchten öffentlichen Plätzen mit den passenden Genehmigungen und wachte mit Argusaugen darüber, dass es nicht zu viele wurden. Einen dieser Stellplätze zu ergattern war lukrativ.

Morgen würde Norbert mit seinem Wagen im Süden Nürnbergs stehen, wo vor allem das Mittagspausengeschäft einigermaßen gut lief, denn der Schein einer gerechten Vergabe der Standplätze musste gewahrt werden. Dass dabei Schmu betrieben wurde, glaubte natürlich nur die neidische Konkurrenz.

Norbert löffelte den Rest des Ochsenmaulsalats in einen Plastikbehälter. Viel war nicht übriggeblieben, denn an einem Tag wie diesem gab es eine Menge Laufkundschaft. Die rohen Bratwürste und andere Reste wanderten in den Kühlschrank. Geschicktes Planen reduzierte den Abfall, und eine ausgewogene Kalkulation sicherte das Einkommen. Norbert hatte alles im Griff.

Seine Tochter Heidi ging ihm zur Hand, wenn es ihr Halbtagsjob als Büroangestellte zuließ. Seit einigen Monaten zeigte ihr Freund Toni Meisenbach Interesse an Norberts Geschäft, was er wahrscheinlich nicht uneigennützig tat. Er war angestellter Würstlebrater in einem Stand unterhalb der Kaiserburg, und für ihn würde der Besitz eines Foodtrucks Selbstständigkeit und Freiheit bedeuten.

»Fährst du den Wagen weg?«, fragte Norbert sie wie nach jedem Feierabend, wenn es ans Abrechnen der Tageseinnahmen ging.

»Freili«, antwortete sie, wobei ihr Gesicht von der Hitze des Grills glühte.

Er fühlte einen Stich in der Brust und legte eine Hand darauf, was Heidi bemerkte. »Wird Zeit, dass du aufhörst.«

»Das hättest du gern, gell?« Darüber hatten sie oft gesprochen. Mit Mitte 50 fühlte sich Norbert zu jung fürs Rentnerdasein. Im Gegenteil, jetzt, wo alles bestens lief, kam er erst richtig in Fahrt. »Erst wenn ich auf allen vieren krieche.«

»Dann könnte ich meinen Job an den Nagel hängen.«

»Wegen dem Toni? Der Kerl kriegt weder meinen Foodtruck noch dich. Ich hab ihm auf den Kopf zug'sagt, dass er sich des abschminken kann.« Mit Schwung schob Norbert die Lade der Kasse zu. »Ich geh jetzt.«

Heidi brach in Tränen aus. »Hätt'st dich gar ned aufregen brauchen. Ich hab mit Toni Schluss g'macht.«

Das überraschte Norbert. »Das haste gut gemacht. Jetzt hab dich fei ned so. Der is nix, hat nix und kann nix. Du hast was Bessers verdient.«

Heidi tat ihm leid. Seitdem der Krebs ihm die Frau und ihr die Mutti genommen hatte, fühlte er die Verantwortung für die Tochter doppelt schwer auf seinen Schultern lasten. Sie war Mitte 20 und fand keinen Mann, vor allem keinen, der ihm passte. Er legte den Arm um sie und drückte sie leicht. »Is scho' gut. Bleibst halt noch a wengerla bei mir. Und 'etz sei so nett und fahr den Wagen ham, ich gönn mir solang a Seidla.«

Sie schniefte und wischte sich mit dem Ärmel über die rote Nase. »Ich will den Toni und kan' andern.«

»Nur über meine Leich'«, erwiderte Norbert. »Du wirst scho' den Richtigen finden.«

Nach einem tiefen Seufzer nickte Heidi. »Pass gut auf dich auf. Es regnet bald.«

»Ich bin doch ned aus Babbe.« Er packte die Einnahmen in die metallene Geldbombe und trat hinaus ins Freie.

»Gib mir des Geld«, sagte Heidi. »Ich bring's zur Bank.«

»Des wär ja noch schöner. Am End' überfällt dich einer.« Norbert hievte sein altes Fahrrad aus dem Truck, den er wegen seiner Größe ungern fuhr, im Gegensatz zu Heidi, der es Spaß machte. Kaum draußen aus dem Truck, stolzierte Toni Meisenbach vorbei. Norbert starrte ihn grimmig an. Mit zusammengepressten Lippen eilte Toni davon, wobei er den Geruch von Rauch hinter sich herzog.

Norbert schwang sich auf sein Fahrrad und trat kräftig in die Pedale, denn er hatte ein gutes Stück Weg vor sich. Morgen wollte er aufs Ordnungsamt, um den wöchentlichen Antrag für die Standortvergabe abzuliefern. Er war sich sicher, dass ihm das Glück weiterhin hold sein würde. Wenn das sein größter Neider Fred Schaller wüsste, würde der vor Wut an die Decke gehen. Norbert kicherte in sich hinein. Wie er selbst war auch Schaller Metzgermeister und liebäugelte mit einem Foodtruck. Diesem Möchtegern aus Fürth würde er einen Strich durch die Rechnung machen. Wo kämen wir hin, wenn sich die Fürther auf dem Nürnberger Hauptmarkt breitmachten? Die Anzahl der erlaubten Imbisswagen war limitiert, und solange keiner aufgab, waren alle Plätze vergeben – und damit basta. Außerdem verkaufte Fred seine Würste als Original Nürnberger, und das waren sie mit Sicherheit nicht. Eine Anzeige sollte diesem Betrug ein Ende setzen.

Um sich zu erfrischen, hielt er wie geplant bei seiner Lieblingskneipe an und trank eine Halbe. Früher waren es einige mehr gewesen, aber inzwischen musste er auf sein Gewicht und vor allem auf seine Leber achten. Die sei zu fett und sein Blutdruck zu hoch, hatte der Arzt gesagt. Klugscheißer.

Als er weiterfuhr, nieselte es, und die Nässe drang durch die Jacke bis auf seine Haut. Er hasste diesen Teil der Fahrstrecke, denn wegen des Kopfsteinpflasters wurde er wie auf einer Rüttelplatte durchgeschüttelt. Das Licht eines Autoscheinwerfers spiegelte sich auf der nassen Straße wider. Anstatt ihn zu überholen, fuhr der Pkw dicht an ihn heran.

So a Hias. Norbert winkte, das Fahrzeug blieb stur hinter ihm. Verärgert trat er fester in die Pedale, um seine Geschwindigkeit zu erhöhen. Ab der nächsten Kreuzung war die Fahrbahn asphaltiert. Der Doldi bog rechts ab und beschleunigte.

Da die Ampel Rot zeigte, ließ Norbert das Fahrrad ausrollen. Das Auto hinter ihm war verschwunden. Wenig Verkehr heut. Von rechts näherte sich ein Wagen und wurde langsamer, bestimmt war die Ampel in dessen Fahrrichtung auf Gelb gesprungen.

Für Norbert zeigte sie jetzt Grün, und er setzte seinen Weg fort.

Ein Motor heulte auf, das Geräusch näherte sich ihm von rechts rasend schnell. Der wird doch ned bei Rot über die Kreuzung fahr'n?

Sieht der Aff' mich denn ned?

KAPITEL 2

»Wie geht's denn mit deiner Maxi voran?«, fragte Dominik Vorndran mit einem vieldeutigen Grinsen im Gesicht. Er war seit einigen Jahren verheiratet und nahm seinen Freund wegen dessen Ehelosigkeit gern auf die Schippe.

»Tja«, machte Richard Levin und hoffte, das Thema in eine andere Richtung lenken zu können. Die bot sich ihm einige Meter entfernt, denn dort standen ein Grill und Tische mit Broten und Salaten. »Schau, der Toni ist mit den Bratwürsten fertig.«

Dom und Richard saßen auf Bierbänken am Rand eines Fußballfeldes, auf dem sie zum Saisonende an einer Veranstaltung ihres Mittelaltervereins teilgenommen hatten. Rauchschwaden hüllten ihren Grillmeister Toni Meisenbach ein. Als gelernter Koch kümmerte er sich wie selbstverständlich um das leibliche Wohl der Vereinskameraden. Außer den Würsten brutzelten Schweinesteaks, die er zuvor mariniert hatte, auf dem Rost. Andere hatten Kartoffelsalat sowie Gewürzgurken mitgebracht, und ein Bäcker hatte Brot und Brötchen spendiert. Zum Glück gab es keine Backwaren nach mittelalterlichen Rezepten, was einige Übereifrige bedauerten. Die fühlten sich bei neuzeitlichem Brot ähnlich wie ein Veganer, dem man Fisch und Eier vorsetzte.

Die Bänke waren gut besetzt und die Gäste steckten teilweise noch in ihren Kostümen. Richard trug Straßenkleidung, denn er war erst spät aus Coburg angereist, was dazu geführt hatte, dass er und Dom etwas abseits saßen, da die begehrten Plätze um den Grill und das Bierfass bereits belegt gewesen waren. Richard störte das nicht. Er bevorzugte es, nicht im Zentrum des Geschehens zu sein, bot dies doch die Möglichkeit, sich mit seinem Freund ohne Zuhörer über Dienstliches austauschen zu können. Sie waren beide Kriminalbeamte, wenn auch in verschiedenen Fachbereichen und Dienststellen. Gerade erzählte Dom von dem Kind, das er und seine Frau Lena erwarteten. Ihr Bauch sei inzwischen kugelrund und bis zum Entbindungstermin sei es nicht mehr weit hin. Kinderzimmer einrichten, Windeln und Kinderwagen kaufen stünden an. »Wir nehmen an einem Geburtsvorbereitungskurs teil«, sagte Dom.

»Und klappt's mit der Atmung schon? Mach mal vor.«

Dom rollte mit den Augen und lachte. »Ach Depp, der Witz ist alt.«

Richard beobachtete die Veränderung seines Freundes während Lenas Schwangerschaft mit Vergnügen. Dom war auf dem Weg von einem unbeschwerten Draufgänger zu einem beschwerten Vater. Die Verantwortung für Mutter und Kind ließ ihn wachsen, fand Richard. Alles veränderte sich, alles war im Fluss, bloß bei ihm herrschte absoluter Stillstand.

Er schaute hoch zum Himmel. Über den Wolken würde einen grenzenlose Freiheit erwarten, hatte Reinhard May einst gesungen. Das stimmte, solange man Flügel besaß. Doch irgendwann kam jeder wieder runter.

Der Abend drohte kalt zu werden, aber wenigstens regnete es nicht. Seine Jacke hatte er auf die Sitzfläche gelegt. Einige erhoben sich, um Toni bei der Essensausgabe behilflich zu sein oder um als Erster eine Wurst oder ein Steak zu ergattern.

»Was ist nun mit euch beiden?«, hakte Dom nach. »Hörst du mir überhaupt zu? Ich habe nach Maxi gefragt.«

Als Kriminaloberkommissar gehörte Hartnäckigkeit zu Doms Job. Deshalb würde er weiterbohren, bis er eine befriedigende Antwort erhalten hatte.

»Ist ziemlich kompliziert das Ganze«, erwiderte Richard.

»Du traust dich nicht, auf sie zuzugehen? Gib's zu.«

»Gut Ding will Weile haben.«

»Mensch, die mag dich. Das war unübersehbar, als ich dich in Coburg besucht habe. Wenn keiner den ersten Schritt wagt, landet ihr nie im Bett.«

Sie hatten sich in der Residenzstadt an einem Sonntag getroffen, und Maximilia Frohn, seine Vorgesetzte, war dabei gewesen, als sie durch den Hofgarten hoch zur Veste Coburg spaziert waren. Es war ein schöner Tag und er so verliebt gewesen. »Immerhin ist sie meine Chefin.«

»Na und? Wenn's sein muss, lässt sich halt einer von euch versetzen.«

»Das sagst du so einfach.«

»Versuch, zu uns nach Nürnberg zurückzukommen.«

Das war ein verlockender Gedanke, sofern eine Planstelle im Morddezernat frei wäre. Richard wäre in der alten Heimat und hätte sogar eine Wohnmöglichkeit bei Oma Elke in Fischbach für die Übergangszeit. Außerdem böte eine Versetzung einen Ausweg aus dem Dilemma mit Maxi. In Wahrheit ging es ihm weniger darum, dass der Personalkodex der Polizei ein Verhältnis mit ihr verbot, sondern er scheute sich, ihrem Vater zu begegnen, mit dem er mit einem Sonderkommando der Bundeswehr in Afghanistan im Einsatz gewesen war. Leider waren keine angenehmen Erinnerungen damit verknüpft. Eine Versetzung nach Nürnberg würde viele seiner Probleme lösen. Aus den Augen, aus dem Sinn.

Aber Gefühle konnte man nicht abschalten.

Inzwischen hatte sich vor dem Tisch mit dem Essen eine Schlange Hungriger gebildet. Er entschloss sich zu warten, und Dom schien es ebenfalls nicht eilig zu haben. Zu Richards Leidwesen hackte sein Freund weiter auf den Themen Maxi und Versetzung herum. Zum Glück nahte Rettung in Form von Toni.

Der zog ein Gesicht, als wäre ihm sein Steak in den Schmutz gefallen. »Darf ich mich zu euch setzen?«

»Freilich«, sagte Dom. »Was gibt's? Hat man dir die Butter vom Weggla geklaut?«

»Könnte man sagen.« Toni schob seine langen Beine unter den Tisch und starrte seine rußgeschwärzten Finger an.

»Hast du das Essen etwa mit diesen Dreckpratzen angefasst?«, fragte Dom.

»Wo denkst du hin?« Toni zerrte ein weiß-blau kariertes Taschentuch aus der Hosentasche und rieb seine Hände damit ab. Viel Erfolg hatte er nicht.

»In der Vereinsgaststätte gibt's Wasser und Seife«, sagte Richard. Der örtliche Fußballverein war Eigentümer der Sportanlage, die der Mittelalterverein mitbenutzen durfte – gegen Entgelt natürlich.

»Ich weiß«, antwortete Toni und studierte seine schwarzen Finger. Ihm musste etwas auf der Seele liegen, sonst hätte er sich gegen die Kommentare zur Wehr gesetzt.

»Spuck's aus. Welche Laus ist dir über die Leber gelaufen?« Dom beugte sich vor. »Moment. Ich hab da was auf der Dienststelle läuten hören. Sag mal, bist du derjenige, der einen Radler überfahren haben soll?«

»Ich war's nicht.«

»Das sagen alle.«

»Himmel, Arsch und Zwirn, ich hab ein reines Gewissen!« Tonis Stimme überschlug sich, und er machte Anstalten aufzustehen.

Doms Hand schnellte vor und packte Tonis Handgelenk. »Bleib sitzen. Erzähl uns die Details. Deshalb hast du uns angesprochen, oder?«

»Mir glaubt eh keiner. Ich hab damit nichts zu tun.« Toni klang verzweifelt. Er verschränkte die Arme vor der Brust und stierte auf die Oberfläche des Tischs.

»Ich habe keine Ahnung, worum es geht, Toni«, sagte Richard sanft. »Hast du einen Unfall verursacht?«

Ein Ruck ging durch Tonis Körper. »Nein.« Er öffnete seine Arme und zeigte Richard die Handflächen. »Ich war nicht mal in der Nähe, geschweige denn im Auto. Ich bin nach der Arbeit oben an der Burg mit der U-Bahn nach Hause nach Langwasser gefahren. Wie soll ich da so schnell zum Westfriedhof gekommen sein?«

»Ist dort der Unfall passiert?«

»Ja, genau.«

»Wann hast du deine Bude dichtgemacht?«

»Wie immer. So um sechs.«

Dom kratzte sich am Kopf. »Wenn ich mich recht erinnere, ist der Unfall später passiert.«

»Etwa um acht«, bestätigte Toni.

Richard rechnete nach. Von der Stadtmitte nach Langwasser und zurück in zwei Stunden, das könnte zeitlich hinhauen, selbst im Berufsverkehr. Er wechselte einen Blick mit Dom, der fast unmerklich nickte. »Hast du Zeugen?«, fragte Dom.

»Tausende und keinen. Die glotzen alle auf ihre Handys und kriegen nichts mit. Außerdem leb ich allein. Wer soll mir da ein Alibi geben – meine Topfpflanzen?«

»Bewegungsdaten vom Handy?«

»Gab's keine. Der Akku war leer. Ich hab's erst später aufgeladen.«

»Schade. Wie sind die Kollegen ausgerechnet auf dich als Täter gekommen?«

»Weil … Weil ich angeblich einen Grund hätte, um den Mann aus dem Weg zu räumen. Und weil einer behauptet hat, mich beobachtet zu haben.«

»Oha«, mischte Richard sich ein. »Was für ein Motiv?«

»Na, wegen dem Norbert Haupt. Der ist das Unfallopfer.«

»Sagt mir nichts. Wer ist das?«

»Wie sollen wir dir helfen, wenn wir dir jedes Detail aus der Nase ziehen müssen?«, fragte Dom.

Toni zupfte an seiner Nasenspitze, als fände er dort eine

Antwort. »Also, der Norbert Haupt hat einen Foodtruck, der oft am Hauptmarkt steht. Nach Feierabend gehe ich jedes Mal dort vorbei. So einen zu besitzen, war schon immer mein Traum.« Toni seufzte leise. »Die Dinger sind verdammt teuer.«

»Und wie kann der Tod vom Herrn Haupt dir zu einem verhelfen? Das verstehe ich nicht.«

»Na ja, seine Tochter Heidi erbt ihn jetzt. Wir hatten was miteinander, aber wir haben einfach nicht zusammengepasst. Und dann die ewigen Vorwürfe, dass ich nur auf den Scheißimbisswagen scharf wäre. Und nun soll ich ihren Alten umgebracht haben.«

Doms Augenbrauen erreichten beinahe den Haaransatz. »Wieso sollten die Kollegen dir das anhängen wollen, wenn da nichts dran ist? Es müssten Spuren am Auto oder Lackspuren am Fahrrad sein.«

»Das ist es ja. Jemand muss mich bei den Bullen – sorry – bei der Polizei angeschwärzt haben.« Er betrachtete wieder seine schmutzigen Hände. »Ihr seid bei dem Verein. Könnt ihr rausfinden, wer das war?«

»Das schon, aber sagen dürfen wir es dir nicht«, erwiderte Dom.

»Wenn ich den zu fassen krieg, stopf ich ihm seine Lügen in den Hals, bis er dran erstickt!«

Dom zuckte zusammen. »Wow! Sei vorsichtig mit dem, was du sagst. Das war eine unmissverständliche Drohung.«

In der Wut sagte man manches, das nicht so gemeint war, dachte Richard. Er hatte die Zusammenhänge noch nicht durchschaut, da musste es mehr geben, denn eine Zeugenaussage allein ließ einen nicht zum Hauptverdächtigen werden. »Mal langsam. Was genau will der Zeuge beobachtet haben?«

»Er hätte mich in meinem Auto in der Nähe des Unfallorts gesehen. Daraufhin sind eure Kollegen bei mir aufgetaucht und haben mich vernommen und mein Auto für eine kriminaltechnische Untersuchung konfisziert. So haben sie sich jedenfalls ausgedrückt.«

»Und?«

»Vorn ist 'ne Delle drin und an der Stoßstange sind ein paar Kratzer – allerdings kein Blut oder Lackspuren vom Fahrrad. Die Delle hab ich mir beim Einparken oben an der Burg geholt. Die glauben mir nicht, sagen, ich hätte die Unfallspuren beseitigt.«

»Dann hast du ja nichts zu befürchten«, sagte Dom. »Selbst geringste Mengen von Blut oder Lack kann man nachweisen. Wenn da keine waren, brauchst du dich nicht zu sorgen.«

»Ich sorge mich aber. Ich möchte dich sehen, wenn dir einer was anhängen will! Wer tut denn so was?«

»Gute Frage. Hast du einen Feind?«

Toni zog den Kopf ein. »Jetzt nimmer.«

KAPITEL 3

Auf dem weitläufigen Parkplatz eines Industriekomplexes im Westen Nürnbergs stand die 40-jährige Karin Schaller ein wenig abseits, während ihr gut zehn Jahre älterer Mann Fred den Foodtruck des verunglückten Norbert Haupt in

Augenschein nahm. Der etwa sechs Meter lange, umgebaute Kleintransporter in Giftgrün stach einem sofort ins Auge. Karin hasste diese Farbe, sie bevorzugte Pastelltöne, am liebsten mochte sie Rosa.

Die Klappe des Imbisswagens war geöffnet und gab den Blick ins Innere frei, wo Fred hantierte. Mittelgroß und untersetzt, mit braunen Haaren und Geheimratsecken. Er setzte das Gebläse des Dunstabzugs in Gang, das geräuschvoll zu arbeiten begann.

Norberts Tochter und einzige Erbin Heidi verfolgte mit verschränkten Armen Freds Inspektion des Gefährts.

»Das funktioniert alles bestens«, sagte sie.

»Mal sehen.« Fred rumorte weiter, schaltete verschiedenste Geräte ein und legte seine Hand auf die Herdplatte, um deren Heizvermögen zu testen. »Davon möchte ich mich schon selbst überzeugen.«

»Ich habe gestern noch damit gearbeitet.«

»Und viel verkauft?«

»An dem Standort war nix los, war halt nicht der Hauptmarkt.« Sie schüttelte den Kopf. »Das ist mir wurscht. Ich möcht damit nichts mehr zu tun haben.«

»Gut für mich.« Fred beendete seine Prüfung auf Funktionstüchtigkeit und wischte sich die Hände an einem mitgebrachten Handtuch ab. »Scheint in Ordnung zu sein. Den nehm ich. Wie viel willst du dafür?«

»50.000.«

»Was? Dich ham se wohl als Kind zu heiß gebadet?«

»Der ist fast neu.«

»Das kannst du deiner Katz erzählen. Die Klapperkiste pfeift aus dem letzten Loch. Wie viel Kilometer hat der drauf?«

Heidi zuckte mit den Achseln. »Ned viel.«

»Was bei dir heißt, zu viel. 20.000 und kan' Euro mehr.«

»Dann verkauf ich ihn an einen andern.«

»Da muss einiges umgebaut und erneuert werden. Und wer auf dieses Giftgrün gekommen ist, leidet an Geschmacksverirrung. Da wundert's mich, dass sich überhaupt jemand an die Karre rangetraut hat.«

»Werd fei bloß ned frech!«

Mit einer Handbewegung wischte er Heidis Einwand beiseite. »Euer Logo muss übermalt werden. Das kostet.«

Karin hatte genug von dem Drama und wandte sich ab. Fred würde nicht lockerlassen und alles schlecht reden, bis er der Frau den Foodtruck weit unter Wert abgeschwatzt hatte, obwohl sich Heidi wacker hielt. Dass sie ihrem Fred so standhaft Paroli bot, hätte Karin ihr nicht zugetraut.

Heidi war hinter dem Toni Meisenbach her, wie die Gerüchteküche ihr ins Ohr geflüstert hatte. Karin seufzte. Sie hatte Toni während eines Kochkurses kennengelernt, den dieser abgehalten hatte. Den hatte sie belegt, weil mediterrane Rezepte auf dem Plan gestanden hatten. Dass Toni mit seiner geduldigen Art eine gewisse Anziehungskraft auf sie ausübte, konnte sie nicht leugnen.

Der Septembernachmittag war trübe, und das Laub auf der Erde hatte sich schmutzig braun verfärbt. Das Grenzgebiet zwischen Nürnberg und Fürth bot wenig Attraktives.

Sollte sie sich freuen, wenn Fred den Truck erwerben würde? Dann würde sein langgehegter Traum endlich in Erfüllung gehen. Seit Jahren sprach er von nichts anderem, als seine Würste in einem eigenen Foodtruck anbieten zu wollen. Obwohl ihre Metzgerei gut lief, war Fred nicht zufrieden. Er war einer, der Ärger und Widerspruch zum Leben brauchte wie andere Liebe und Zuneigung. Zur letzten Gruppe zählte sie sich.

Nachdenklich ging Karin weiter, bis die Stimmen leiser wurden. Ihr eigener Lebenstraum würde nie in Erfüllung gehen. Statt eines Restaurants auf Mallorca kaufte ihr Mann einen Foodtruck. Was für ein miserabler Tausch, wenn sie daran dachte, dass sie jetzt am Strand sitzen könnte.

Ihre beiden Kinder waren aus dem Haus und lebten nicht in der Gegend. Von denen wollte keiner den Metzgerladen übernehmen. Die Tochter ließ kaum etwas von sich hören, Neuigkeiten über sie erfuhr Karin durch den Sohn, der in München an der TU studierte. Mit großer Mühe hatte sie dessen Berufswunsch gegen Freds Erwartung, dass er den Laden weiterführen würde, verteidigen können. Das war möglich gewesen, weil sie Fred versprochen hatte, keinen Cent für den Sohn auszugeben. Letztlich finanzierte sie ihm das Studium aus ihrer eigenen Tasche, was Fred nicht wissen durfte.

Das Leben musste mehr als Fürth für sie bereithalten, und wenn sich nichts anderes anböte, würde sie sogar Nürnberg akzeptieren. Sie musste lachen, obwohl es eigentlich traurig war. In Wahrheit war es ihr egal, wo und womit sie ihr Geld verdiente. Hauptsache, es kam etwas in die Kasse. Fred hatte ihr zugesagt, sie würden nach Mallorca auswandern, wenn er genügend beisammenhätte.

Aber ob das jemals eintreten würde, wagte sie zu bezweifeln. Vermutlich würde auf den ersten Foodtruck der zweite folgen und dann der dritte und so weiter. Fred Schaller und sein Imbissimperium. Außerdem würde er seine Mutter niemals alleine zurücklassen. Die Vorstellung, dass er sie mitnehmen könnte, bereitete Karin Magenschmerzen.

Hinter ihr waren die Stimmen verstummt. Sie drehte sich um und sah, wie Fred der Heidi beim Weggehen auf den wackelnden Hintern starrte.

»Glotz du nur auf ihren Karussöllarsch«, sagte Karin leise.

Fred winkte sie zu sich. Sie löste sich aus ihrer selbstgewählten Einsamkeit und eilte zu ihm.

»Fei ned so schnell. Dir kann man ja beim Laufen die Schuhe besohlen«, brummte er. »Du nimmst unseren Wagen, und ich bring den Truck zum Stellplatz.«

»Kannst du so ein Riesending überhaupt fahren?«

»Viel größer als unser Transit ist der auch ned.«

Seine Unbekümmertheit konnte Karin nicht nachvollziehen, denn der Wagen war deutlich länger als ihr Lieferwagen, aber in den vielen Jahren ihrer Ehe hatte sie gelernt, dass Fred bei Widerspruch schnell aus der Haut fuhr. Heidi hatte ihm offenbar mehr Geld aus der Tasche gezogen, als er ursprünglich hatte investieren wollen.

»Wie viel hast du hingelegt?«, fragte sie.

»Zu viel.« Er drehte sich weg von ihr, ein Zeichen, dass er es ihr nicht verraten wollte.

»Kannst mir's ruhig sagen. Ich krieg's eh raus«, erwiderte sie, da sie die Buchhaltung führte.

»35 Lappen. Um den ordentlich herzurichten, müssen wir einiges reinstecken. Davon dürfen meine Vereinskumpels nichts erfahren«, brummelte er vor sich hin, als spräche er zu sich selbst.

»Von mir erfahren sie nix.«

Er fuhr herum. »Dir Drudschn täten sie's eh ned glauben.«

Sie ging nie zu den Spielen des Fußballvereins, in dem Fred zuerst erfolglos mitgestürmt war und sich dann als Schiedsrichter hatte verprügeln lassen, weil er ein Foul gepfiffen hatte, das keines gewesen war. Seitdem beschränkten sich seine Aktivitäten aufs Besserwissen.

Er drückte ihr die Schlüssel für ihre alte Kiste in die Hand. Seinen Mercedes hatte er bewusst zu Hause stehen lassen, um Heidi nicht auf die Idee zu bringen, er hätte Kohle genug, um ihr die geforderten 50 Riesen in bar bezahlen zu können. Außerdem hätte Karin dann den Mercedes zurückfahren müssen, und das hätte Fred nicht verkraftet. Ihr alter Kombi mit seinen Dellen, Kratzern und Roststellen war seiner Meinung nach für sie gerade recht. Letzthin hatte der Mercedes jedoch einige Beulen und Kratzer abgekriegt, die Fred sofort hatte reparieren lassen. Ausgerechnet in Zirndorf bei einer Werkstatt, bei der er noch nie gewesen war. Weil's eilig ist, hatte er gebrummt. Die darauffolgenden Tage war er äußerst gereizt gewesen, sodass sie vermutete, er hatte ein Straßenschild umgefahren und wollte keine Strafe zahlen.

Sie hätte gern ein neues Auto gehabt, doch so reich waren sie nicht. Die Summe für den Imbisswagen hatte sie durch den Verkauf des Grundstücks bei Herzogenaurach aufgebracht, das sie von ihrer Oma geerbt hatte. Das wäre ein gutes Startkapital für den Kauf eines Restaurants auf Mallorca gewesen. Aber jetzt – nix mit Malle.

Es dauerte eine Weile, bis sich Freds neuerworbenes Gefährt starten ließ. Der Motor leierte müde, bevor er endlich ansprang. Karin wartete geduldig, bis sich der Truck in Bewegung setzte. Als Fred die Kurve an der Ausfahrt des Parkplatzes schnitt und über den Bordstein holperte, klapperte und schepperte es laut. Hoffentlich war nichts kaputt gegangen.

Sie fuhr hinter ihm her, bis zu dem Abstellplatz bei ihrem Wohnhaus mit der angeschlossenen Metzgerei ankam, wo er neben dem Lieferwagen parkte. Jetzt konnte man sehen, dass das neue Gefährt über einen Meter länger war. Sie hielt ihr Auto an, stieg aus und stellte sich zum herausragenden Ende des Trucks, sodass Fred bemerken musste, dass sie mit ihrer Längeneinschätzung recht gehabt hatte. Sein

Gesicht verfinsterte sich, aber er schwieg eisern. War auch nicht nötig, dass er etwas sagte.

»Was wird Heidi mit dem Geld tun?«, fragte sie ihn.

»Nach einem Mann Ausschau halten. Vielleicht kriegt sie den Toni ja noch mal rum.«

Hoffentlich nicht, denn den hätte sie selbst gern gehabt. Er war immer gut aufgelegt und freundlich. Er und sie auf Malle – das wär was.

»Geh rein und schau, ob der G'sell alles sauber gemacht hat«, sagte Fred. »Ich fahr zum Verein und heb einen auf meinen ersten eigenen Foodtruck. Hab lange genug drauf gewartet.«

»Darfst du den überhaupt in Fürth aufstellen? Ich dachte, die Zahl der Stellplätze ist begrenzt?«

»Blöde Kuh. Wieso Fürth? In Nürnberg hat sich die Anzahl der Trucks ned verändert, bloß der Name des Besitzers ist jetzt ein anderer. Apropos. Morgen werd ich des alte Firmenschild abmachen lassen. Da muss a neues ran: ›Fred Schallers Fränkische Spezialitäten‹. Und drunter soll stehen: Selbstgemachte Nürnberger Bratwürste. Ha!«

Damit verschwand er in Richtung Ausfahrt, wo er seinen silbernen Mercedes geparkt hatte. Mann und Auto würde sie heute nicht mehr zu Gesicht bekommen, das wusste Karin. Traurig darüber war sie nicht. Heute stand Ladys Out auf dem Programm, wie ihre Freundinnen den gemeinsamen Kochkurs unter der Leitung von Toni auf Neudeutsch nannten. Zuerst würde sie die Metzgerei checken und sich anschließend hübsch machen.

Wenn das die Heidi oder gar der Fred wüsste!

KAPITEL 4

Oma Elke stellte einen Topf mit Kartoffelklößen sowie eine Platte mit Schweinebraten auf den Tisch und sah Richard erwartungsvoll an. Es roch lecker, keine Frage. Reichlich Kümmel schwamm in der braunen Soße um die perfekt runden Knödel, die um die Wette glänzten.

»Erwartest du Gäste? Damit kriegt man eine ganze Kompanie satt«, sagte er lachend.

»Nein, du bist mein einziger Gast. Ein ausgewachsener Mann muss essen.«

»Na ja, aber gleich so viel?« Er sah hinunter zu Omas beiden Hunden, die bereits in Lauerstellung saßen. Den Überschuss des Angebots würde er bei ihnen loswerden, allerdings suchte der Hängebauch des Dackels schon die Nähe des Bodens. Ein Zeichen dafür, dass Oma Elke nicht mit Leckerchen geizte, obwohl sie das nie zugeben würde. Dagegen vermittelte der Border-Collie-Mischling Sammy den Eindruck, als könnte er ein Häppchen vertragen. Als Oma sich umdrehte, schob Richard schnell ein Stück Fleisch in Sammys Maul. Prompt jammerte die Dackeldame und verriet ihn damit.

Oma fuhr herum. »Hab ich mir's gedacht, du Schlawiner. Du solltest wissen, dass ich hinten Augen habe.«

»Und Ohren.«

»Schmecken dir meine Klöße nicht?«

»Doch, doch.«

»Oder bevorzugst du jetzt diese weichen Dinger aus Thüringen, die auf dem Teller ihre Form verlieren?«

»Coburg liegt nicht in Thüringen, sondern in Oberfranken, und die Dinger heißen bei denen Rutscher, weil sie einem prima runterrutschen.«

»Das ist mir wurst.«

»Gute Würste gibt's dort, vor allem Bratwürste.« Nun hatte er sich genug um Kopf und Kragen geredet. Als Mutti gestorben war, hatte sich sein Vater aus der Erziehung seiner beiden Buben herausdividiert und Oma Elke damit betraut. Und diese ignorierte hartnäckig die Tatsache, dass ihre Enkel inzwischen erwachsene Männer waren. Wobei sie Richards älteren Bruder Joachim mit seinen zwei Kindern mehr Selbstständigkeit zutraute als ihm, dem ewigen Junggesellen, dem ihrer Meinung nach vor allem eins fehlte: eine Frau, die ihm zeigte, wo's langging.

Oma drohte ihm mit dem Kochlöffel, was nicht ernst gemeint war. Ihre Erziehungsmethoden waren strikt, doch nie mit Züchtigung verbunden gewesen. Ihr Kommandoton erinnerte ihn mitunter an einen Feldwebel. Omas Strafen für mittlere bis schwere Vergehen ähnelten denen bei der Bundeswehr: Fensterputzen, Ausgangssperre oder Stube reinigen. Richard lachte in sich hinein.

»Wann soll Dominiks Nachwuchs das Licht der Welt erblicken?«, fragte sie und setzte sich ihm gegenüber.

Das nächste unangenehme Thema drohte. Er seufzte innerlich. »Bald. Sie nehmen bereits an einen Geburtsvorbereitungskurs teil.«

»Was? Zu meiner Zeit gab's das nicht. Wir haben unsere Kinder ohne den ganzen Schnickschnack zur Welt gebracht.«

»Die Zeiten ändern sich eben.« Gedankenverloren schnitt er ein Stück Fleisch ab und stellte sich dabei auf das ein, was unweigerlich folgen würde.

»Und was ist mit dir?«, fragte sie prompt. »Ich dachte, da gibt's eine, die dich interessiert.«

»Was soll mit mir sein?«

»Ich meine nicht deine Abenteuer, ich meine was Festes. Alt genug bist du. Du kannst nicht ewig Junggeselle bleiben.«

»Wieso fragt jeder, wie lange ich noch ledig bleiben will? Erst Dom und jetzt du?«

Sie sah ihn lange aus ihren klaren blauen Augen an. »Ich hätt gern noch a Enggala. Der Joachim hat zwar schon zwei geliefert, doch der lebt in München, davon habe ich nix. Heirate und zieh bei mir deine Kinder groß. Mich tät's freuen, wenn du wieder einziehen würdest.«

»Wie soll das gehen, alle unter einem Dach? Ich komme gerne zum Übernachten, aber permanent mit einer ganzen Familie hier wohnen …?«

»Platz genug wäre.«

Eigentlich sprach sie das an, was ihn seit einiger Zeit bewegte. Sie würde nicht ewig allein leben können und ein Pflegedienst wäre nur begrenzt eine Hilfe. Ein Heim käme nur infrage, wenn sie das wollte. »Was, wenn du nicht mehr kannst? Ich muss arbeiten, und der Dienst ist leider nicht von 9 bis 17 Uhr und dann den Bleistift fallen lassen.«

»Dann würde ich in ein Altenheim gehen. Meine Freundin Helga möchte in das in Erlenstegen. Das würde mir gefallen. Ich mach das aber erst, wenn die Helga geht. Allein mag ich da nicht hin. Das Haus vermache ich dir, allerdings müsstest du dich um meine Hunde kümmern.«

Er ließ die Gabel sinken. »Ich arbeite in Coburg, manchmal im Schichtdienst. Jeden Tag zu pendeln würde nicht funktionieren, zumal keine Zeit für die Hunde bliebe. Die brauchen ihre Bezugsperson in der Nähe. Und sie draußen im Garten zu halten wäre keine gute Idee.«

Ein spitzbübisches Lächeln legte ihr Gesicht in Falten. »Nimm sie mit. Oder lass dich her versetzen und bring deine Frau mit.«

»Oma … Da ist keine Frau.« Die Hitze in seinen Wangen verriet ihm, dass er knallrot angelaufen war. »Wir reden darüber, wenn es so weit ist. Im Moment bist du noch fit wie ein Turnschuh.«

»Ein alter, ausgelatschter Turnschuh. Ess noch einen Kloß, damit du a wengla Speck auf die Rippen kriegst.«

Was konnte er tun, als ihr nachzugeben? Nach dem Abendessen schnappte er sich die Hunde für einen Gassigang im Forsthof, der zum Lorenzer Reichswald gehörte. Wenn er weiterginge, käme er beim Zabo oder gar beim Tiergarten raus, der ihn schon von jeher faszinierte. Manchmal büxten Tiere aus und liefen im angrenzenden Forst herum. Einst war ein Känguru entflohen, doch Doms, Joachims und seine kindlichen Bemühungen, es aufzuspüren, waren kläglich gescheitert.

Der Forsthof barg einige Überreste aus dem Zweiten Weltkrieg. So war zum Beispiel die Trassenführung der Trümmerbahn bis heute gut erkennbar, doch der Wald sorgte dafür, die Vergangenheit langsam und stetig unsichtbar werden zu lassen. Von der Russenwiese, einem ehemaligen Zwangsarbeiterlager, war nichts übriggeblieben. Am liebsten hätte er seine eigene Vergangenheit ebenso im Strom der Zeit verblassen lassen. Sollten Maxi und er jemals ein Paar werden, würde er Farbe bekennen müssen, was er mit ihrem Vater in Afghanistan erlebt hatte.

Als die Dämmerung hereinbrach, war er fast wieder am Haus von Oma Elke angelangt. Er und die Hunde waren müde. Morgen würde er wieder nach Coburg fahren, worauf er sich einerseits freute, denn dort fühlte er sich ebenfalls heimisch, andererseits war da das Problem mit Oma. Früher oder später würde er sich dem stellen müssen, denn dass Joachim seine lukrative Arbeitsstelle in München aufgeben würde, stand nicht zu erwarten. Und Vater hatte sich neu orientiert, der würde garantiert nicht nach Nürnberg zurückkehren.

Also blieb die Lösung des Problems an ihm hängen. Er sah auf die Hunde runter. »Irgendwie wird's weitergehen, zum Glück muss jetzt aber noch keine Entscheidung getroffen werden.«

Er erntete ein schwaches Wedeln von Sammy, während die Dackeline seinen Worten wenig Aufmerksamkeit schenkte. Sie lauschte gebannt in ein Gebüsch, rannte los, und fort war sie.

Verflucht! So kurz vor dem Ziel. Er wusste aus Erfahrung, dass das dauern konnte. Weit hatte sie sich bislang nie entfernt, wenn sie jedoch einer interessanten Spur folgte, standen ihre Ohren auf Durchzug. Zu allem Unglück kam ihm der hiesige Förster entgegen, der laut Oma ein ganz Eifriger sein sollte.

»Ist dös Ihr Hund, der da nei is?«, fragte er mit einem bayerischen Zungenschlag. Den hatten sie wahrscheinlich ins Frankenland strafversetzt.

»Nein. Der gehört meiner Oma.«

»Schon mal was von Leinenpflicht g'hört?«

Eine generelle gab es in Bayern nicht, die Erhebung einer selbigen wurde den Städten und Gemeinden überlassen. Der Forsthof war gemeindefrei. »Bei einem Dackel?«

»Grad die san die wuidesten.«

»Noch dazu ein alter.«

»Auch alte Hund' können das Wild stören. Was is mit dem andern? Wolln S' den net anleinen?«

Sammy wedelte freundlich und sah Richard fragend an. »Nicht wirklich, der hört aufs Wort. Aber wenn Sie darauf bestehen …«

»Hören S', ich kann Ihre Personalien feststellen und a Bußgeld gegen Sie verhängen lassen.«

Hatte der Mann nichts Besseres zu tun? Dass er Kriminalbeamter war und sich sehr wohl mit dem Thema Leinenpflicht auskannte, wollte Richard ihm nicht auf die Nase binden. Ein solches Kräftemessen ging meistens schlecht aus und würde zudem nichts ändern. Richard nickte. »Verstehe, Sie machen nur Ihren Job.«

»Dös is kei' Job, dös is a Berufung. Bei Ihnen mag dös anders sein, aber ich hab die Verantwortung für Wild und Wald.«

»Und vor allem dafür, dass der Staat ordentlich am Forst verdient«, rutschte es Richard raus. Er bückte sich, um Sammy anzuleinen.

»Was ham S' g'sagt?«

»Schon gut. Mein Job ist auch nicht unwichtig, trotzdem bezeichne ich ihn so.«

Das Gesicht des Forstmanns verfinsterte sich. Ohne Vorwarnung schoss Dackel Hexi aus dem Gebüsch und kläffte ihn heftig an. Das hatte Richard noch gefehlt. Die Kleine konnte bei Fremden zu einer richtigen Wadlbeißerin werden. So schnell wie jetzt hatte Richard sie noch nie an die Leine genommen. Sie legte sich mächtig ins Zeug, um das grüne Hosenbein zu erwischen.

»So an Hund dürf'n S' net frei rumlaufen lassen. Der is ja gemeingefährlich.«

»Nur bei Beamtenbeinen und Hosen von Prinzipienreitern«, erwiderte Richard grinsend. »Guten Tag.«

KAPITEL 5

»Schau ihn dir an. Ist er nicht prächtig geworden?«, fragte Fred und deutete auf seinen umgespritzten Foodtruck. Der leuchtete jetzt knallrot, und über der Ladenklappe stand »Schallers Metzgerei« in großen Lettern geschrieben. Daneben eine cartoonhafte Darstellung eines Jungen und eines Mädchens, die freudestrahlend, als hätten sie einen Goldschatz entdeckt, einen Burger in der Hand hielten.

»Was soll der Burger?«, fragte Karin.

»Das ist kein Burger.«

»Freilich.« Sie deutete darauf. Ein grünes Salatblatt steckte zwischen den Brötchenhälften, außerdem Zwiebelringe, Tomatenscheibe sowie ein Fleischpflanzerl.

Fred wurde rot wie die abgebildete Tomate, die Schlagadern an seinen Schläfen schwollen an. Dennoch sagte er nichts, weil Fehler nur die anderen machten.

Über die Frage, ob sie nicht das Fürther Wappen, das die Form eines Kleeblatts aufwies, anbringen sollten, hatte es einen kurzen Streit gegeben. Das käme in Nürnberg nicht gut an, hatte Freds Mutter gemeint, und damit war die Sache erledigt gewesen. Eher noch das Kleine Nürnberger Stadtwappen, das ein gespaltenes Schild mit einem halben Reichsadler und schräggestellten rot-silbernen Streifen zeigte, aber das war von vornherein ausgeschieden, weil dessen Verwendung genehmigungspflichtig war. So war es bei einem weiteren Schriftzug geblieben, der fränkische Spezialitäten und Original Nürnberger Bratwürste anpries, obwohl die Werbung einen Burger zeigte.

Originale. Laut einer EU-Verordnung durften ausschließlich Bratwürste, die innerhalb der Stadtgrenze hergestellt worden waren, so bezeichnet werden. Alle anderen mussten als »Bratwürste Nürnberger Art« deklariert werden. Woraufhin die Kundschaft sofort vermutete, zweitklassige Ware zu erhalten, obwohl die Kennzeichnung nichts über die verwendeten Zutaten aussagte.

Karin seufzte, denn sie nahmen es bei ihren Würsten nicht so genau. Hinein kam, was billig war. Darüber bewahrten sie Stillschweigen, denn das sah man dem Endprodukt nicht an. Eines musste sie Fred lassen: Er wusste, wie er den größtmöglichen Profit erzielte.

Noch immer seinen Truck bewundernd stemmte Fred seine Hände in die Hüften. »Mir g'fällt er«, sagte er mit einer Begeisterung, als spräche er über einen Sportwagen. »Schön. Fei richtig schön, gell?«

»Besser als vorher«, sagte sie.

»Davon verstehst du nichts. Du hast keine Ahnung, wie ein Foodtruck auszuschauen hat.«

»Das weiß ich sehr wohl.«

Er zuckte seine fleischigen Schultern. »Übermorgen geht's los. Langwasser und am nächsten Tag in der Lorenzer Straße, danach raus zum Park am Marienberg. Lässt sich gut an.«

»Wie hast du die Stellplätze so schnell gekriegt?«

»Ganz einfach, ich hab sie vom Haupt übernommen.«

»Das geht so ohne Weiteres?«

»Freili. Derselbe Truck, dasselbe Angebot.«

Karin bezweifelte das. Schließlich hatte er das Fahrzeug nicht geerbt, sondern gekauft. Aber im Prinzip war ihr das egal. Ob es auf Malle auch Foodtrucks gab und wenn ja, wie lief das dort ab? Gab es da auch ein Ordnungsamt, das dafür sorgte, dass lediglich Mallorquiner einen Wagen aufstellen durften? Ihr fiel etwas ein. »Haupt war Nürnberger. Wäre es für uns als Fürther nicht naheliegend, die Ware bei uns anzubieten?«

Fred winkte ab. »Eins nach dem anderen. Wenn's gut läuft, kaufen wir uns einen zweiten, der die Fürther bedient. Dann einen für Herzogenaurach und einen für Erlangen.«

Sein Gesicht nahm einen träumerischen Ausdruck an. Dachte der Mann ernsthaft an ein Foodtruck-Imperium? Ihr wurde schwindelig.

»Ab morgen legen wir los«, sagte Fred. »Du musst den Wagen vorher bestücken.«

Dazu hatte Karin keine Lust. Sie stand im Laden der Metzgerei hinter der Theke und bereitete die Ware für den Verkauf vor, denn das hatte sie gelernt. »Was willst du anbieten?«

»Wirf mal einen Blick auf die Tafel da hinten. Da steht drauf, was du zubereiten sollst.«

»Wieso ich?«

»Wer sonst.«

»Und wer verkauft in der Metzgerei?«

»Meine Mutter. Die kann das. Dann bist du ihr wenigstens nicht im Weg.«

Karin atmete tief durch. Sie wusste, welche Meinung ihre Schwiegermutter von ihr hatte. Im Stillen nannte sie sie »Schwiemu«, denn eine Mutter war sie für Karin nicht. Und für Schwiemu wiederum war Karin nur die eingeheiratete Fleischfachverkäuferin, die auf Kosten ihres geliebten Sohnes im Schlaraffenland lebte. Der würde kein Zacken aus der Krone brechen, wenn sie Würste briet. Simpel genug war es. Dass Karin zwei Kinder großgezogen hatte und sich um die Buchhaltung kümmerte, zählte bei der alten Frau nicht. Auch nicht, dass sie einen Kochkurs belegt hatte, damit sie auf Mallorca spanische Kost anbieten könnte. Toni Meisenbach hatte den abgehalten. Sie hatte sich auch für den Folgekurs eingetragen, der kürzlich begonnen hatte. Den Sticheleien der Schwiemu zum Trotz würde aus ihr eine gute Köchin werden.

»Das sagst aber du ihr«, erwiderte sie. »Ich geh jetzt.«

»Wohin?«

»Zum Kochkurs.«

»Zum Würstlebraten brauchst du keinen. Das kann selbst die Dümmste.«

Sie winkte ab. »Du hast deinen Fußballverein und ich meinen Kochkurs.« Damit er nicht übermütig wurde, war es ganz gut, ihm hin und wieder Paroli zu bieten. Allerdings durfte sie den Bogen nicht überspannen, denn sollte Fred ihr mal den Laufpass geben … nicht auszudenken. Wohin sollte sie dann?

Der Kochkurs fand in der VHS statt. Viele aus dem ersten nahmen am zweiten ebenfalls teil. So auch Jenny, Karins beste Freundin, die für diesen Abend leider abgesagt hatte.

»Heute gibt's Tapas«, sagte Toni in das Gegacker der sich begrüßenden Teilnehmerinnen. »Welche kennt ihr?«

Wie gemein. Dass Toni die spanische Vorspeisenspezialität gewählt hatte, bestärkte sie in der Annahme, dass er sich ebenfalls mit dem Gedanken trug, nach Mallorca auszuwandern. Sie hatte auf ein Zeichen seinerseits gewartet und jedes Lächeln auf sich bezogen. Seinen Ausflug in die spanische Küche wertete sie nun als ein Signal. Sie strahlte ihn an, was er mit einem Augenzwinkern quittierte, und dann verlegen zu Boden blickte.

Am Ende des Kurses fasste sie sich ein Herz und sprach ihn an: »Gell, du magst Spanien?«

»Sehr sogar. Wieso fragst du?«

»Na wegen der Tapas.«

»Die findest du dort auf jeder Speisekarte, genauso wie … wie …«

Hoffentlich nannte er jetzt keine Würste. Von denen würde sie in nächster Zeit mehr als genug haben. »Paella«, bot sie deshalb an.

»Genau.«

Die meisten Teilnehmer verschwanden, und außer der verwitweten Marga, die aus Langeweile viele Kurse der VHS belegte, blieben nur Toni und sie zurück. Die Brust wurde Karin eng. Das wäre die Gelegenheit, sich endlich näherzukommen. Doch Toni machte keinerlei Anstalten. Vermutlich war er zu schüchtern und brauchte Starthilfe. Genauso wie Fred damals. Dem hatte sie einen Kuss auf die Lippen gedrückt, bevor er sie wahrgenommen hatte. Heute meinte sie allerdings, sie hätte das besser lassen sollen. Endlich ging Marga.

»War toll, das Kochen mir dir«, sagte sie zu Toni, nachdem nichts passierte. »Morgen muss ich unseren neuen Foodtruck herrichten. Bei uns gibt's Nürnberger Bratwürste und fränkisches Allerlei, leider keine Tapas.«

»Du hast einen Foodtruck?« Sein Interesse schien geweckt. »Du bist doch die Frau vom Schaller, gell?«

»Richtig. Kennst du ihn?«

Toni verzog das Gesicht. »Wer kennt den nicht.«

»Wie meinst du das?«

»Nur so.« Er räumte weiter seine Sachen auf. »Seit wann habt ihr ihn?«

»Erst seit gestern. Der Fred hat ihn der Heidi Haupt abgekauft.« Sie zögerte. »Du weißt ja … die arme Frau.«

»Ja …«, sagte er gedehnt. »Die arme Heidi.«

»Warum willst du das wissen?«

»Weil ich auch auf den Truck scharf war.«

»Und warum hast du ihn ihr nicht abgekauft?«

Er schwieg.

Die Antwort lag auf der Hand. »Weil du lieber Tapas auf Mallorca anbieten willst.«

Jetzt schmunzelte er. »Das hieße Eulen nach Athen tragen.«

Was für Eulen und wieso nach Athen? Die Stadt lag doch in Griechenland? Hitze stieg in ihr auf, sie fühlte sich vorgeführt. »Also wäre das für dich kein Anreiz?«

»Nein. Auf Malle würde ich fränkische Spezialitäten anbieten. Deutsche Touristen wollen deutsches Essen.«

Also hatte er doch mit dem Gedanken gespielt, nach Malle auszuwandern, freute sie sich. »Ach ja, das hätte ich mir denken können. Hausmannskost kann ich am besten kochen.«

Aus dem Lächeln wurde ein Lachen. »Stell dein Licht nicht unter den Scheffel, Karin. Du kannst alles kochen, du musst dich nur trauen.«

Sie schüttelte den Kopf. »Besser nicht. Was würden die Kunden sagen, wenn wir die Bratwürste anstatt mit Majoran mit Thymian würzen würden? Oder den fränkischen Sauerbraten anstatt mit einer Lebkuchensoße mit einer Weißweinsauce anböten?«

»Geschmäcker sind eben verschieden. Daheim kannst du deiner Kreativität freien Lauf lassen.«

Daheim hockte die Schwiemu samt dem verzogenen Söhnchen, für den sie kochte und dessen Unterhosen sie wusch. Karin versank in Tonis braunen Augen, die sie so sanft anblickten und ihr etwas zu versprechen schienen.

»Wo stellt ihr den Imbiss auf?«, fragte Toni in ihre Gedanken hinein. »Ihr müsst bestimmt warten, bis ein Platz frei wird.«

»Der Fred sagt, dass er mit dem Kauf des Trucks die Stellplätze vom Haupt übernommen hätte. Übermorgen fangen
wir in der Lorenzer Straße an.«

»Aha. Dafür hat er dem Baumgärtner wohl einige Würste
umsonst versprochen?«

»Hä? Verstehe ich nicht?«

»War nur so dahingesagt.«

»Wer ist das?«

»Der ist vom Ordnungsamt und Herr über die öffentlichen Stellplätze.«

»Ach der.«

»Zu dem wirst du in Zukunft öfter müssen. Hast du Lust
auf ein Bier?«

»Gern! Wo?«

»Da hinten gibt's 'ne super Kneipe.«

Nachdem er die restlichen Utensilien weggeräumt hatte,
begaben sie sich auf den Weg. Karin ging neben ihm her wie
auf Wolken. Ein vollkommen neues Gefühl, denn bei Fred
musste sie immer hinter ihm laufen.

Die Eckkneipe war ihr von früher bekannt, was sie Toni
wissen ließ.

»Du warst wohl länger nicht mehr aus?«

»Zu viel zu tun.«

Er nickte, als wüsste er, dass dies nicht der wahre Grund
war. Das dunkle Bier schmeckte süffig und erinnerte Karin
an Zeiten, in denen sie Fred frisch verliebt in sein Vereins-
lokal gefolgt war, um von ihm bemerkt zu werden.

Toni erzählte ihr von seiner Tätigkeit, was sich nicht
viel besser anhörte als das, was sie in Zukunft tun würde.
Fremden die Würste braten, drei Stück in ein Brötchen
legen, Senf drauf, fertig; zur Abwechslung mal mit Sauerkraut oder Stopfer, wie der Kartoffelbrei genannt wurde.

Man konnte die Würste auch kochen und als Saure Zipfel anbieten.

»Sag mal, wollt ihr eure Fürther Würste in Nürnberg verkaufen?«, fragte Toni plötzlich.

Karin senkte ihre Stimme. »Natürlich.«

»Dann dürft ihr sie nicht Original Nürnberger nennen.«

»Fred sagt, das würde keiner merken. Den Blödsinn hätten irgendwelche Idioten in der EU verzapft.«

Toni bewegte seinen Kopf hin und her. »Wenn er sich da mal nicht täuscht. Ich tät's nicht. Die Konkurrenz ist groß und der Neid noch größer. Behaltet das bloß für euch. Oder bietet Tapas, Crêpes oder Galette an.«

»Die Letzteren kann ich nicht.«

Erneut zeigte er sein Schmunzeln, das sie so goldig fand. »Soll ich dir zeigen, wie's geht?«

»Das wär echt toll.« Ihr war, als öffnete sich eine Tür in die Freiheit auf der Balearischen Insel. Doch im Innern hörte sie Freds Stimme: Vergiss es. Dazu bist du viel zu doof. Außerdem bist du meine Frau und damit hat sich's.

KAPITEL 6

Am Montagmorgen fuhr Richard zum Dienstantritt auf der Autobahn nach Coburg. In gut einer Stunde würde er dort ankommen. Der Verkehr war nicht besonders dicht, und das Wetter hielt sich an die Vorhersage: kühl und trocken. Richard gähnte herzhaft. Die Themen Oma und Zukunft hatten ihm den Schlaf geraubt. Da hatte der schnelle Kaffee in der Frühe nicht viel geholfen. Sammys traurige Blicke hatten ihn beim Verlassen des Hauses verfolgt. Es tat ihm leid, den Hund zurücklassen zu müssen, denn er mochte ihn und Hunde generell. Sie zeigten unmissverständlich und ohne jede Falschheit, was sie von einem hielten. In seinem Job hingegen war er von Tricksern und Lügnern umgeben. »Ich war's nicht«, »Das Zeug ist nicht meins« und »Den kenne ich nicht, nie gesehen.«

Manchmal nahm er Sammy mit nach Coburg, um seinen früheren Besitzer, einen kleinen Jungen, zu besuchen. Der Junge lebte mit seiner Mutter im Frauenhaus. Sie hatte sich mit Richards Hilfe von ihrem gewalttätigen Mann getrennt. Der Kerl sah jetzt seiner Gerichtsverhandlung entgegen. Leider erlaubte die soziale Einrichtung keine Haustiere. Darauf, dass diese eine nicht zu unterschätzende Bedeutung für die geschundenen Seelen darstellten, wurde keine Rücksicht genommen.

Nun blieb zu hoffen, dass die Frau willensstark genug war und nicht zu ihrem Mann zurückkehrte. Daher besuchte Richard sie und ihren Sohn regelmäßig, um ihnen das Gefühl zu vermitteln, nicht allein dazustehen.

Hinter Bamberg bog die Autobahn in das liebliche Maintal und bald grüßte Kloster Banz von links und die Basilika Vierzehnheiligen von rechts herüber. Die von Balthasar Neumann gebaute Kirche war ein Prachtstück barocker Architektur, und der benachbarte Staffelberg mit seinem Hochplateau war ein Teil der nördlichen Grenze der Fränkischen Alb. »Gottesgarten« wurde das Tal genannt, und mit dem Durchfahren verließ Richard seine alte Heimat und steuerte auf seine neue zu.

Konnte man zwei Heimaten haben?

Er überlegte, was ihn in dieser Woche an Arbeit erwartete. Eigentlich konnte man das nie voraussagen, ein Anruf – und der Tag verlief völlig anders als geplant. Hätte er einen geregelten Tagesablauf gewollt, wäre er nicht zur Kriminalpolizei gegangen. Viele seiner ehemaligen Kameraden bei der Bundeswehr waren nach ihrer Dienstzeit bei privaten Sicherheitsfirmen untergekommen. Er selbst hatte einen anderen, einen beschwerlicheren Weg gewählt, hatte noch einmal die Schulbank auf der Polizeifachschule gedrückt und sich mit einem niedrigeren Einstiegsgehalt begnügt. Aber das war es wert gewesen. Diese Entscheidung lag nun mehr als zehn Jahre zurück, und wäre da nicht mit Maxis Erscheinen die Erinnerung an ihren Vater gewesen, hätte er das vor Jahren Erlebte fast vergessen.

Manche Dinge haben die unangenehme Eigenart, gerade dann aus dem Nichts aufzutauchen, wenn man nicht damit rechnete.

Die Autobahn führte in einer langgezogenen Kurve aus dem Maintal und durch Fichtenwälder auf Coburg zu. An der Ausfahrt Rödental fuhr er ab.

Die Garage und der Parkplatz hinter der Polizeiinspektion waren voll, wie immer, wenn schlechtes Wetter herrschte. Normalerweise war ihm das egal, denn er legte den Weg von seiner Mietwohnung hierher oft zu Fuß oder mit dem Rad zurück. Er betrat das ehemalige Kasernengebäude mit einer gewissen Vorfreude, denn er würde Maxi wiedersehen. 40 Jahre auf dem Buckel und kein bisschen cooler geworden.

Peter Wohlleben – ein kleiner, drahtiger Ermittler, dessen Beförderung zum Oberkommissar zum gleichen Zeitpunkt wie die von Richard zum Hauptkommissar erfolgt war – saß hinter seinem Schreibtisch, der einem Schlachtfeld glich. Nur kurz vor seinem Urlaub räumte er ihn auf.

»Du schaust aus, als wär dir a ICE übers G'sicht g'fahr'n«, sagte Peter in seiner unnachahmlich charmanten Art. »G'lumpert oder schlecht g'schlafen?«

»Letzteres, Herr Neugier. Wie war dein Wochenende?«

Richard wusste, dass Peter diese Montagmorgenfrage auf den Keks ging. Damit vergalt er Gleiches mit Gleichem, was ihrer Freundschaft keinen Abbruch tat. Peter konnte nicht nur austeilen, sondern auch einstecken.

»Langweilig. Die Fisch' mussten ohne mich auskommen.«

»Ich werde nie begreifen, was du am Angeln so aufregend findest.«

»Das brauch ich als Ausgleich zum Stress mit dir.«

»Apropos: Hast du die Liste der Verdächtigen abgearbeitet?«

»Da bin ich dran.«

Richard warf einen Blick auf die Uhr. Zeit für die Dienstbesprechung zu Wochenbeginn und damit die Gelegenheit, Maxi zu begegnen.

Er war der Erste im Konferenzraum, und als sich die Tür öffnete, musste er sich zwingen, auf sein Notizbuch zu starren. Schon am Klacken ihrer Absätze hatte er sie erkannt: leichtfüßig, dennoch energisch. Schließlich sah er doch hoch. Sie sah fantastisch aus, als sie ihn offen anstrahlte. Auch sie wollte wissen, wie sein Wochenende verlaufen war, verpackte die Frage nach seinem zerknitterten Aussehen jedoch geschickter als Peter.

Weiter kamen sie mit dem Austausch von Neuigkeiten nicht, da die Leiter der anderen Abteilungen eintrafen. Eine Situation wie diese bestärkte ihn in der Absicht, sich nicht näher mit Maxi einzulassen. Privates und Dienstliches soll ten strikt getrennt bleiben. Maxi schien der gleichen Ansicht zu sein, denn sie beschränkte ihre Kontakte mit ihm auf das Nötigste. Aber vielleicht bildete er sich das auch nur ein.

Der Tag verlief ereignislos. An Toni dachte er erst wieder, als gegen Dienstschluss eine Nachricht von Dom einging, er solle ihn anrufen. Es musste wichtig sein, sonst hätte er ihn zu Hause kontaktiert.

»Gegen Toni wird ein Strafverfahren eröffnet«, sagte Dom aufgeregt.

»Wieso das?«

»Ein Zeuge schwört Stein und Bein, er hätte beobachtet, wie Toni im Auto auf Herrn Haupt an der Ampel gewartet hat. Als der bei Grün mit seinem Fahrrad auf die Kreuzung fuhr, hätte Toni Gas gegeben. Also eindeutig kein Unfall, sondern Mord.«

»Das klingt nicht gut.«

»Außerdem war die Zeugenaussage vorher nicht so detailliert. Vorher war's ein: ›Ich glaube‹, und nun ist's ein: ›Ich weiß‹.«

»Komisch. Meistens ändern sich die Aussagen von Zeugen erst, nachdem sie aus den Medien oder sonst woher eine abweichende Darstellung ihrer Wahrnehmung erfahren haben.«

»Genau. Das rote Auto wird plötzlich grün und aus der Fahrerin ein Fahrer. In diesem Fall ist die Aussage präziser geworden. Ich habe kein gutes Gefühl dabei, aber die Kollegen freuen sich über die schnelle Aufklärung.«

Richard nickte, wenngleich Dom das nicht sehen konnte. Zu oft schon hatte er erlebt, wie Zeugen sich zum Beispiel durch Suggestivfragen beeinflussen ließen. Daher waren deren Beobachtungen stets mit einer gewissen Skepsis zu betrachten und beim Feststellen der Sachlage entsprechend zu bewerten. »Nach der neuen Aussage wurde Norbert Haupt also ermordet, vorher hörte es sich nach Unfall an, wenn auch da die Kollegen schon in alle Richtungen ermittelt haben. Und Toni soll der Täter sein?«

Doms Stimme senkte sich. »Vielleicht ein Racheakt, weil er in dubiose Geschäfte verwickelt war, sagen die Kollegen. Jetzt prüfen sie, ob es dafür Anhaltspunkte gibt.«

»Der Toni, unser freundlicher und hilfsbereiter Grillmeister, in Mafiageschäfte verwickelt? Nun mach einmal einen Punkt!«

»Wer kann schon in einen Menschen hineinschauen?«

»Da müsste ich mich schwer in ihm getäuscht haben.«

»Stimmt. Ich kenne ihn sogar länger als du. Wir haben früher oft etwas gemeinsam unternommen. Wusstest du, dass er Investmentbanker war und einen Master in Finanzwissenschaften hat?«

»Wirklich? Das ist mir neu.«

»Unser Grill-Toni hat wegen eines Burn-outs alles hingeschmissen.«

»Tausche Aktien gegen Bratwürste. Wow.« Dass Toni ein Aussteiger war, hatte Richard nicht geahnt. In der Regel fand man solche wie ihn eher auf einer griechischen oder spanischen Insel als bei einem deutschen Mittelalterverein im Süden Nürnbergs.

»Wer weiß, was dahintersteckt.«

»Um das rauszukriegen, müsste man ihm ordentlich auf den Zahn fühlen.«

»Richtig, doch das ist weder mein noch dein Bier. Dich geht das leider nichts mehr an.«

Da war er wieder, dieser stille Vorwurf, die Nürnberger verlassen zu haben. Ihm gegenüber saß Peter und beobachtete ihn scharf, als ahnte er, was in Richards Kopf vorging.

»Warum sollte Toni den Mann umbringen? Er ist mit ihm weder verwandt noch verschwägert. Sie hatten keine Geschäftsbeziehung und Toni keine Affäre mit der Ehefrau – oder täusche ich mich da?«

»So war das nicht«, sagte Dom. »Toni hat uns doch erzählt, dass er eine Beziehung zu Haupts Tochter hatte, die vor Haupts Tod aber schon beendet war. Haupt war verwitwet, demnach konnte es auch nicht um dessen Frau gehen. Man kann halt in keinen Menschen reinschauen. Bei unseren Schaukämpfen im Verein zeigt Toni sich nicht gerade als Draufgänger, ist eher zurückhaltend, vor allem aber hilfsbereit. Und er ist intelligent. So würde ich ihn beschreiben.«

»Das ist zwar wichtig für ein Täterprofil, hilft uns in diesem Fall jedoch nicht weiter.«

»Richtig. Auffällig ist eben auch, dass der vermeintliche Täter und das Opfer im Streetfood-Business unterwegs waren – der eine stationär, der andere mobil.«

War es tatsächlich möglich, dass Toni dem Haupt das Geschäft geneidet hatte? Das war weit hergeholt, denn Haupt war nicht der Einzige, der einen mobilen Imbiss in Nürnberg betrieben hat. »Das müssen deine Kollegen herausfinden. Kümmere du dich um deine Räuber in Nürnberg und ich mich um meine Mörder in Coburg. Da kommen wir uns wenigstens nicht in die Quere.«

»Schon gut.« Dom gluckste. »Dachte halt, dich interessiert's. Ich verfolge jedenfalls die weitere Entwicklung. Das bin ich dem Toni schuldig.«

»Halte mich auf dem Laufenden, okay? Ich muss jetzt aufhören. Peter schaut die ganze Zeit, als wolle er was von mir.«

Peter lief rot an und beschäftigte sich schnell mit seinem Computer. Richard würde ihn vermissen, sollte er sich tatsächlich nach Nürnberg versetzen lassen.

KAPITEL 7

In der weißgekachelten Küche der Metzgerei Schaller nahm Karin den Schafssaitling aus der Plastikumhüllung und legte ihn in leicht gesalzenem Wasser ein, damit er geschmeidig wurde. Auf einem langen Edelstahltisch war alles nach Arbeitsablauf hergerichtet. Schweinebauch und Schweineschulter lagen in Edelstahlbehältern bereit. Sie war sich sicher, dass das Fleisch dieses Mal vom Schwein war, allerdings haftete ihm ein leicht süßlicher Geruch an. Scharf durchgebraten und reichlich gewürzt würde man davon nichts mehr merken. Auch der große Fleischwolf stand bereit, ebenso Salz, schwarzer Pfeffer und der so wichtige Majoran. Vielleicht noch etwas Muskat, Piment oder etwas Zitrone, aber das würde Karin erst entscheiden, wenn die Wurstfüllung fertig war. Die Mengen der einzelnen Zutaten bestimmten den Geschmack, und jeder Metzger verwendete seine eigene Gewürzmischung.

Hinter ihr befand sich die Wurstmaschine. Das Endprodukt durfte nicht mehr als 35 Prozent Fettanteil haben, denn die erlaubte Konsistenz, die Dicke und Länge der Würstchen war bereits im 16. Jahrhundert festgelegt worden: sieben bis neun Zentimeter lang und etwa 20 bis 25 Gramm schwer. Ausschließlich Metzger, die ihre Würstchen innerhalb der Stadtgrenzen herstellten, durften sie Nürnberger nennen – zum Leidwesen der Fürther. Doch Fred wollte das nicht akzeptieren. Er mietete sich einen Container im Westen Nürnbergs, nur damit er aufgrund der Postadresse behaupten konnte, er würde Originalwürstchen produzieren.

Seit vier Wochen betrieben sie den Foodtruck, und das Wetter hatte sich von einem herbstwarmen September in einen verregneten Oktober entwickelt. Das Ende der Touristensaison war in Sicht, und zudem würde der begehrte Stellplatz am Hauptmarkt, den sie einige Male zugeteilt bekommen hatten, bald vom Christkindlmarkt beansprucht werden.

»Mach's gut«, sagte Fred und gab ihr einen Klaps auf den Po.

Heute Morgen hatte er die ehelichen Pflichten eingefordert. Früher hatte Karin nicht verstanden, wieso Sex eine Pflicht sein konnte, inzwischen wusste sie, warum. »Was hast'n vor?«, fragte sie.

»Der Truck braucht 'nen Ölwechsel, die Bremsen quietschen und die Inspektion ist überfällig. Frechheit von der Heidi, mich so zu bescheißen.«

Oder Fred hätte beim Kauf besser darauf achten sollen, was sie jedoch nie laut aussprechen würde. »Fährst du jetzt los?«

»Freili, oder meinst du, ich schieb den Karren zur Werkstatt? Dumme Nuss.«

Darauf gab es in ihren Gedanken nur eine Antwort: Arschloch. Sie griff nach der Schweineschulter und schnitt sie in kleine Würfel. Zwar fühlte sie sich leicht schmierig an, aber das Innere war noch rosa. Warum Schulter und Bauch im Verhältnis drei zu zwei vermischt werden mussten, wussten nur die, die das Rezept vor 600 Jahren erfunden hatten. Draußen entfernte sich das Brummen vom Dieselmotor des Trucks. Stille kehrte in der Küche ein, bloß vereinzelt drangen Klappern und leise Stimmen zu ihr herein, und hin und wieder klingelte die Türglocke, wenn ein Kunde den Laden betrat.

Sie nahm das Bauchfleisch, schnitt es zurecht und vermischte es mit den Schulterstücken. Nun die Gewürze hinzugeben. Ihre Gedanken wanderten aus dem Vorbereitungsraum nach Mallorca. Sie konnte förmlich das Meer riechen, aber es war lediglich das Salzwasser, in dem der Schafdarm aufweichte.

Mit einem Seufzer kehrte ihre Aufmerksamkeit an ihren Arbeitsplatz zurück. Das fertig gewürfelte und gewürzte Fleisch drückte sie durch den Fleischwolf, der eine rotweißgrün gesprenkelte Masse ausspie. Hatte da nicht jemand mal eine Leiche zerhackt, durch den Wolf gelassen und zum Verzehr hergerichtet?

Sie schüttelte sich vor Ekel bei der Vorstellung, dann zog sie den Darm aus dem Wasser und schob ihn über die Auslassdüse der Maschine. »Wurstkondome füllen« hatten sie das in ihrer Jugendzeit genannt, wenn sie den Saitling per Hand stopften. Heute ging es maschinell. Ruckzuck floppten einem die Würstchen entgegen, anschließend wurden sie gestapelt und ab in den Kühlschrank. Die zwei ersten und die letzten zwei legte sie zur Seite, denn Fred wollte sie probieren. Ihn zufriedenzustellen war schwer, ein »geht so« war das höchste der Gefühle.

Fertig.

Fred würde eine Weile unterwegs sein. Wo genau er sich rumtrieb, interessierte sie schon lange nicht mehr. Manchmal kehrte er mit einem fremden Geruch an sich zurück. Nicht mit dem von Alkohol oder Tabak, eher süßlich, um nicht zu sagen weiblich.

Sie marschierte ins Haus und duschte sich. Nachdem sie ihre Haare geföhnt und sich Make-up aufgelegt hatte, zog sie ein schickes Top zu Jeans und dazu hochhackige Schuhe an. Aus dem Spiegel schaute ihr eine adrette, hübsche Frau entgegen, die nun für ein paar Stunden freie Bahn hatte.

Ohne der Schwiemu Bescheid zu geben, trat Karin aus dem Haus, bestieg zuerst den Bus und dann die Straßenbahn. Das Auto ließ sie stehen, weil ihr der Verkehr zu viel war.

Bis Langwasser war es ein langer Weg. Ihr Ziel waren die Hochhäuser am Waldrand bei der Endstation der U1. Das Haus, in dem Toni wohnte, entdeckte sie auf Anhieb. Nach dem letzten Kursabend hatte er ihr mit einem Augenzwinkern seine Adresse gegeben. Sein Apartment befand sich etwa in der Mitte des Hochhauses, und sein Balkon ragte über den Nadelholzwald hinaus. Das Gebäude war gut in Schuss, und Karin fragte sich, wie viel Miete Toni aufbringen musste. Er öffnete die Wohnungstür, während im Hintergrund leise Schlagermusik ertönte.

Hungrig nach seinem Mund fiel sie ihm um den Hals. Toni erwiderte den Kuss und zog sie sofort in Richtung Schlafzimmer. Die Bude besaß den Charme einer Industrieanlage: spärlich eingerichtet, ein riesiger Flachbildschirm, Stereoanlage – was ein Junggeselle halt so braucht. Ein Regal voller Schallplatten. Von Gemütlichkeit keine Spur. Da fehlte der Geschmack einer Frau.

Sie schlüpfte aus den Schuhen, spürte den Laminatboden und den weichen Teppich unter ihren Füßen. Das Bett hatte er garantiert bei diesem schwedischen Möbelhaus gekauft. Er schob sie bis zur Bettkante und drückte sie nieder. Die Kleidung flog geradezu von ihren Köpern. Sie war bereit für ihn und er für sie. Der Höhepunkt kam schnell – für beide. Sex mit Toni machte Lust auf mehr – im Gegensatz zu dem mit ihrem fantasielosen Fred. Nach dem zweiten Durchgang schmiegte sie sich keuchend an ihn.

»Wie läuft's bei euch?«, wollte Toni nach einer Weile des Abkühlens wissen.

»Wie meinst du das?« Erst in diesem Moment nahm sie Details der Einrichtung wahr. Sie revidierte ihren ersten Eindruck. Da war nichts Billiges. Schwarz, Weiß und Chrom herrschten vor, dazu Bilder an der Wand, die den Eindruck machten, als hätte sich ein Kind mit Pinsel und Farbe ausgetobt. Solche Designermöbel gab es in einem teuren Laden in der Stadtmitte.

»Na, mit eurem Geschäft«, antwortete er.

Wieso fragte Toni ausgerechnet jetzt danach? Fred hatte in Tonis Bett nicht zu suchen. »Gut. Es läuft.«

»Du machst die Buchhaltung, stimmt's?«

»Ja.« Sie seufzte laut. Warum musste er die romantische Stimmung versauen?

»Und du bereitest die Wurst und das Kraut zu, oder?«

»Mensch, Toni, können wir nicht von was anderem reden?«

»Ich denke, du magst Würstchen.«

»Eine dicke Wurst ist mir lieber«, sagte sie neckisch. »Mit einem Wienerchen kannst du mich nicht begeistern, das hab ich zu Hause.«

Toni lachte. »Je dicker, desto besser, gell?«

Sie rollte sich auf den Bauch. »Scherz beiseite, mir hängt das Rumwursteln allmählich zum Hals raus. Ich hab die Schnauze voll. Dunkle oder hellere? Senf auf die Bratwürste? Eine Gurke dazu? Mir reicht's.«

»Was willst du dann?«

Sollte sie es ihm sagen? Eigentlich müsste er das wissen, teilten sie nicht denselben Traum? Er blieb stumm. Mit »Auswandern« half sie ihm auf die Sprünge.

Er drehte den Kopf und studierte ihr Gesicht, als wäre er von ihrer Idee überrascht. »Wohin?«

»Nach Mallorca.«

»Ui.« Er schwieg eine Weile. »Und wovon willst du dort leben?«

»Von meinem eigenen Restaurant.«

»Also wieder Wurst?«

»Das kann man nicht vergleichen.«

»Wieso? Von einer Fressbude zur nächsten.«

»Bloß mit dem Unterschied, dass du da arbeitest, wo andere Urlaub machen.«

»Das stellst du dir so einfach vor. Für so was braucht man ein Startkapital, das du nicht hast. Und die Touristen dort zu bedienen, wird dir bald genauso auf den Geist gehen wie bei den Leuten hier.«

»Ich hab Geld. Leider steckt das in dem blöden Foodtruck.«

»Der gehört dir?«

»Ich habe deswegen das Grundstück verkauft, das mir meine Oma hinterlassen hat.«

»Wie viel hat's denn gebracht?«

»80.000. Es war nicht besonders groß.«

»Und wie viel habt ihr für der Wagen hingeblättert?«

»35.000.«

Toni pfiff durch die Zähne. »Was ist mit dem restlichen Geld geschehen? Hast du's angelegt?«

Sie hatte keine Ahnung, wo Fred den Restbetrag versteckt hatte. In den Büchern der Metzgerei war er jedenfalls nicht aufgetaucht. Wie sollten sie den Truck abschreiben, wenn die Herkunft des Gelds unterschlagen wurde? Ihr Wissen reichte für die Gewinn- und Verlustrechnung, von Anlagemöglichkeiten verstand sie nichts. »Fred hat den Truck herrichten lassen: umspritzen, neues Logo und Teile der Küchenausstattung wurden ausgetauscht.«

»Das kostet ungefähr 15.000. Fehlen 30.«

»Worauf willst du hinaus? Glaubst du, er will abhauen?«

»Gschmarri. Hätte er das vor, hätte er sich die Investition in den Truck gespart und wäre mit der gesamten Kohle davon.« Toni richtete sich auf. »Schon bei Norbert wurde gemunkelt, dass es bei der Vergabe der Stellplätze nicht mit rechten Dingen zugeht.«

»Darum kümmert sich der Baumgärtner vom Ordnungsamt.«

»Hm. Kennst du den?«

»Freilich. Der schaut manchmal bei uns vorbei. Im Vorbereitungsraum lässt der sich aber nie blicken, sondern verschwindet immer gleich mit Fred im Büro.«

»Hm«, machte Toni erneut. »Was die zwei da wohl aushecken?«

KAPITEL 8

Kriminaloberkommissar Dominik Vorndran widerstrebte es, sich in fremde Angelegenheiten einzumischen, aber Toni hatte ihn gestern Abend angerufen und um Hilfe gebeten. Mit Recht hatte Richard darauf verwiesen, dass sie sich aus der Sache heraushalten sollten, womit Richard allerdings weniger sich selbst, sondern ihn gemeint hatte. Wo kämen die Polizeiinspektionen und ihre Kriminalfachabteilungen hin, gäbe es keine Zuständigkeiten?

Trotzdem juckte es Dom, seine Nase in die Sache zu stecken, und er wusste, dass Richard genauso empfand, zumal die nachträglich korrigierte Zeugenaussage einige Fragen aufwarf.

Die Großstadt Nürnberg verfügte über mehrere über die Stadt verteilte Polizeiinspektionen, während die Dienststelle der Kriminalpolizei am Jakobsplatz lag. Es gab vier Fachdezernate mit unterschiedlichen Aufgaben, die wiederum in kleinere Abteilungen aufgegliedert waren. Dominik gehörte dem Kriminalfachdezernat 2 an, das für Eigentums- und Vermögensdelikte zuständig war. Manche seiner Kollegen waren für ganz Mittelfranken zuständig, während für ihn an der Stadtgrenze Schluss war. Manchmal fragte Dominik sich, ob diese formalen Zuständigkeitsregelungen nicht hinderlich waren. Nicht jeder Räuber beging seine Straftaten ausschließlich innerhalb Nürnbergs. Lag der Tatort außerhalb, wurde der Fall an die Nachbarabteilung zur Koordination mit den entsprechenden Dienststellen abgegeben.

In Tonis Fall war die Sache eindeutig eine Nürnberger Angelegenheit. Natürlich kannten sich die Kollegen untereinander. Mit dem einen kam man besser aus, mit dem anderen weniger gut. Das Fachdezernat 1, zuständig für Morde, wurde von Albert Traudich geleitet, einem erfahrenen und in Ehren ergrauten Kriminaler. Benötigte man die Unterstützung seiner Truppe, ging ohne seine Zustimmung gar nichts. Der Mann ritt seine Prinzipien, wobei er sich durchaus einer gewissen Beliebtheit erfreute, da er stets das Wohl seines Teams im Auge hatte.

Fragen nach dem Stand von Ermittlungen verboten sich daher von selbst. Dom wusste, dass er geschickt vorgehen musste, wollte er etwas erfahren. Eine gute Gelegenheit bot sich durch die engagierte Oberkommissarin Bianca Müller, die schon so manchem Kollegen den Kopf verdreht hatte. Sie war ein echter Hingucker. Gemeinsam hatten sie die Polizeifachschule absolviert und kannten sich daher gut. Am Kantineneingang wartete er auf sie. Um möglichst unverfänglich zu wirken, hielt er einen Caffè Latte in der Hand. Wie könnte er sie am besten ansprechen, ohne neugierig zu erscheinen? Sie bog um die Ecke und steuerte direkt auf ihn zu. Biancas schwarze Haare, die zu einem Pferdeschwanz zusammengebunden waren, wippten im Takt ihrer Schritte.

»Hallo, Bianca! Hast wohl Hunger?«, fragte er mit seinem schönsten Lächeln.

»Danke, eigentlich weniger. Wir hatten gestern einen italienischen Abend bei uns. Das nächste Mal müsst ihr unbedingt vorbeikommen. Wie geht's Lena?«

Biancas Kochkünste waren legendär. Würde er regelmäßig in den Genuss davon kommen, brächte er nach kurzer Zeit bestimmt deutlich mehr Gewicht auf die Waage. Die beiden verband eine Freundschaft, die durch die Reitleidenschaft von Lena und Bianca verstärkt wurde. »Du solltest lieber fragen, wie's mir als Mit-Schwangerem geht. Ich hab zwei Kilo zugelegt. Scherz beiseite, sie fühlt sich gut, außer dass ihr der Bauch oft im Weg ist und nichts mehr passt.«

»Habt ihr das Kinderzimmer fertig eingerichtet?«

»Aber so was von. Hab sogar neu tapeziert.«

»Du mit deinen zwei linken Händen?«

Er zuckte mit den Schultern. »Na ja, bis auf die Ecken hat's ganz gut geklappt.«

»Wisst ihr schon, was es wird?«

»A Madla«, antwortete er und überlegte, wie er die Kurve vom Baby zu Toni bekam, ohne verdächtig zu wirken. Vielleicht war Frontalangriff die bessere Strategie?

»Schön für euch.« Sie sah ihn direkt an. »Sag mal, du kennst doch den Toni Meisenbach? Der ist im selben Verein wie du, oder?«

Glück musste man haben. Er runzelte die Stirn, als würde er nachdenken. »Stimmt. Warum fragst du?«

»Sag mir zuvor, ob dir Norbert Haupt ein Begriff ist.«

»Nie gehört den Namen.«

»Toni soll ihn umgebracht haben.«

Jetzt musste er überrascht wirken, auch wenn ihm klar war, dass er log, wenn er vorgab, nichts zu wissen. »Der tut keiner Fliege was zuleide. Das kann ich mir beim besten Willen nicht vorstellen. Wie denn?«

»Er soll Haupt mit seinem Auto überfahren haben. Das Opfer war mit dem Fahrrad auf dem Heimweg und wurde beim Überqueren einer Kreuzung von einem Auto gerammt. Haupt verstarb noch an der Unfallstelle. Der Fahrer flüchtete.«

»Davon habe ich gehört. Wieso sollte Toni das tun?«

»Das ist der springende Punkt oder das hüpfende Komma, wie Heinz Erhardt sagen würde. Es gibt kein Motiv.«

»Hat er gestanden?«

»Er streitet alles ab.«

»Vielleicht war's ja ein anderer?«

»Wir sind uns ziemlich sicher, denn wir haben einen Augenzeugen und Unfallspuren am Fahrzeug gefunden.«

»Ob das für eine Anklage reicht? Lassen sich die Spuren denn eindeutig zuordnen?«

»Leider nein. Wahrscheinlich hat er das Auto danach gründlich gereinigt. Die vorhandene Delle und die Kratzer erklärt er mit einem Fehler beim Einparken. Er sagt, er sei an einem Steinpoller hängen geblieben.«

Das bestätigte, was Toni ihm erzählt hatte. »Ihr werdet euch mit der Beweisführung wegen Mordes schwertun. Schon allein deshalb, weil nicht vorhersehbar war, ob das Opfer den Anschlag überleben würde. In Haupts Fall wurde er zu Boden geschleudert und hat sich das Genick gebrochen.«

»Wenn ich jemanden mit dem Auto bewusst über den Haufen fahre, muss ich damit rechnen, dass das Opfer stirbt. Wie du weißt, ist das Strafmaß für einen Mordversuch das gleiche wie bei einem vollendeten Mord«, sagte Bianca scharf. »Wir brauchen ein Motiv, Dom. Deshalb wollte ich von dir wissen, ob Toni irgendwann mal den Namen Haupt erwähnt hat?«

»Nicht dass ich wüsste. Was machte Haupt beruflich?« Dom nahm einen Schluck Kaffee, der inzwischen kalt geworden war. Er hasste kalten Kaffee.

Sie warf ihm einen strengen Blick zu. »Haupt hatte einen fahrbaren Imbissstand. Du hast ihn vielleicht mal in der Fußgängerzone oder am Hauptmarkt gesehen.«

»Aha.« Jetzt musste er das Gespräch so lenken, dass er die Information erhielt, die ihm fehlte. »Nein, der ist mir nicht aufgefallen. Toni verkauft ›Drei im Weggla‹ an seinem Stand. In die Quere sind sie sich also nicht gekommen. Der eine steht permanent auf seinem Platz, der andere fährt in der Gegend rum.«

»Der Haupt hat nur Fränkisches verkauft. Das Essensangebot war bei beiden ähnlich, aber nicht identisch.«

»Es scheint jede Menge Konkurrenz im Nürnberger Streetfood-Geschäft zu geben.«

Sie zog die Mundwinkel nach unten und die Schultern hoch. »Kann sein. Ist das wichtig?«

»Möglich, dass sich einer benachteiligt gefühlt hat und sich seines Konkurrenten entledigt hat. Habt ihr die anderen Foodtruck-Betreiber befragt?«

»N-nein. Wie gesagt, es gibt einen Augenzeugen und ein demoliertes Fahrzeug.«

»Aber kein Motiv. Keiner der beiden hat dem anderen den Platz streitig gemacht. Wie willst du Toni dann einen Mord nachweisen? Es könnte genauso gut ein Unfall gewesen sein. Einer fährt bei Rot über die Ampel und bums!«

»Nicht einer, sondern Meisenbach.«

»Im Dunkeln kann man sich leicht täuschen.«

Bianca seufzte. »Die Kreuzung ist gut ausgeleuchtet.«

»Trotzdem ...«

»Glaub mir, keiner von uns will einen Unschuldigen hinter Gitter bringen. Ich wollte lediglich von dir wissen, ob du dir ein Motiv vorstellen kannst.«

»Dazu kenne ich Toni zu wenig. Sorry, aber außer, dass es Querelen wegen der Standortvergabe gibt, hat mir Toni nichts erzählt. Übrigens ist er nicht selbstständig, sondern arbeitet für einen Gasthof, der für den Stand verantwortlich ist. Wenn es Streit gibt, dann mit den Besitzern des Wurststandes.«

Bianca blickte zu Boden und strich sich über ihren Pferdeschwanz. »Okay. Könnte Eifersucht ein Grund gewesen sein? Hat Toni eine Freundin?«

Immer noch wollte Dom seine engere Bekanntschaft mit Toni nicht zugeben. »Nicht dass ich wüsste ...« dehnte er. »Halt, da fällt mir was ein. Er hatte ein paarmal eine gewisse Heidi dabei. Ein nettes Madla, nicht auf den Mund gefallen. Rote Backen, blonde Haare. Bei der letzten Vereinsfeier war sie jedoch nicht dabei.«

»Ich glaube kaum, dass das die Frau des Herrn Haupt war. Er war Mitte 50.«

»Heidi ist so um die 30. Vielleicht seine Tochter?«

»Das werde ich überprüfen.« Sie nickte und drehte sich von ihm weg.

»Darf ich fragen, wer der Augenzeuge ist?«

Sie zögerte kurz. »Fred Schaller. Warum?«

»Vielleicht hat er einen Grund, Toni zu beschuldigen.«

»Hm. Er ist Metzger in Fürth. Kennst du ihn? Ist er auch in eurem Mittelalter-Verein?«

Dom schüttelte den Kopf. »Nie gehört.« Was dieses Mal stimmte. Er nahm einen Schluck von dem kalten Kaffee, der Rest davon würde in der Toilette landen.

Er rief sich den Stadtplan von Nürnberg ins Gedächtnis. Der Unfallort beim Westfriedhof befand sich auf dem Weg von der Stadtmitte nach Fürth, was bedeuten könnte, dass dieser Augenzeuge Schaller sich quer durch die Stadt nach Hause geschlängelt hat, anstatt auf den Hauptstraßen zu fahren, um zufällig am Unfallort zur rechten Zeit zu sein. Dom kratzte sich die Stoppeln seines Dreitagebarts.

»Was denkst du?«, fragte Bianca.

»Für meinen Geschmack passt das alles zu gut zusammen.«

»Mag sein, aber Traudich möchte Ergebnisse vorgelegt bekommen. Uns fehlt nur das Motiv, und dann aus die Maus.«

»Dich stört dieser Zufall nicht? Was wollte Schaller dort, ausgerechnet zu der Zeit?«

»Ich wüsste nicht, welchen Vorteil ein Metzger hätte, wenn er einen potenziellen Kunden überfährt. Haupt hat keine Würste produziert, er hat sie als Rohware gekauft. Macht keinen Sinn, oder?«

KAPITEL 9

Zwei Wochen lang wechselte Karin zwischen Himmel und Hölle. Beide Orte hatten einen Namen. Der eine war Tonis Apartment und der andere ihr Zuhause mit Fred darin. Je öfter sie mit Toni zusammen war, desto stärker merkte sie, wie öde und zerrüttet das Zusammenleben mit Fred geworden war. Er zeigte ihr gegenüber nicht die geringste Spur von Achtung und Liebe, aber schlug sie zumindest nicht. Für ihn war sie sein Dienstmädchen, das immer bereit zu stehen hatte, während er seine Mutter vergötterte. Letztlich verstand sie, warum ihre eigenen Kinder sie so selten besuchten.

Ein schlechtes Gewissen plagte Karin wegen ihres Ehebrechens nicht. Sie war ihrer Ehe einfach überdrüssig geworden, den letzten Schritt wollte und konnte sie dennoch nicht tun. Zu unsicher wäre ihre Zukunft dann. Die Eigentumsverhältnisse waren kompliziert, da ein Teil der Metzgerei und der Immobilien der Schwiemu gehörte. Am Ende würde Fred sie übers Ohr hauen, und sie säße mittellos auf der Straße. Was würden ihre Familie, die Freunde und Bekannten dazu sagen? Sie hatte einen kleinen, überschaubaren Freundeskreis, wobei die Verbindungen eher locker und wenig geeignet waren, ihr im Notfall zu helfen. Nur auf ihre Freundin Jenny war Verlass, doch Karin scheute davor zurück, ihre Hilfe zu sehr zu beanspruchen.

Inzwischen hatte sich zwischen Toni und Fred ein regelrechter Krieg entwickelt, denn Toni beschwerte sich zu Recht, dass Fred ihm an seinem Standplatz die Kundschaft wegnähme. Die anderen Foodtrucker boten Gerichte an, die für die traditionellen Bratwurstbräter keine Konkurrenz darstellten. Auf Facebook habe der Streit angefangen und sei nun auf andere Plattformen übergesprungen, hatte Toni gejammert.

Toni sagte, er sei zuerst da gewesen, was der Wahrheit entsprach, Fred hingegen meinte, dass das Recht des Stärkeren gälte, und der sei eindeutig er. In seinen Augen war Toni nur ein Grischberl, den man nach Belieben hin und her schubsen konnte.

Von der Körperfülle her stimmte das sogar.

Heute kam Karins Schwester Ingrid zu Besuch, die vor Jahren nach München gezogen war und sich dort einen gutverdienenden Mann geangelt hatte. Manchmal war Karin ein bisschen neidisch, denn Ingrid schwärmte in höchsten Tönen von ihrem Gatten. Sie kannte Ingrid gut genug, um sie zu durchschauen, aber eines stimmte: Der Kerl gab ihr viel Geld, und sie brauchte nicht zu arbeiten.

Karin beeilte sich mit der Würstchenherstellung, denn am nächsten Tag würden sie erneut mit dem Foodtruck auf Achse sein, und sie wollte nach getaner Arbeit unbedingt mit Ingrid ausgehen. Sie brauchte mehr Ware als sonst, weil sie mal wieder an der Frauenkirche verkaufen durften. Das begeisterte sie nicht, denn sie war inzwischen schon zweimal blöd von der Seite angequatscht worden, wieso sie schon wieder da standen. Allerdings würde Fred dabei sein, denn allein war der Ansturm dort für sie nicht zu bewältigen. Dann konnten sich die Lästermäuler mit ihm rumstreiten.

Sie werkelte allein im Vorbereitungsraum, denn Fred arbeitete mit dem Gesellen nebenan und hackte Rinderhälften auseinander, während Schwiemu den Verkauf im Laden übernahm.

Gewissenhaft stellte Karin zwei Schüsseln mit Bratwurstmett her. Die Tür ging auf und Manfred Baumgärtner, der Mann vom Ordnungsamt, stolzierte herein. Viel wusste Karin nicht über ihn, nur dass er manchmal Fred aufsuchte. Sie fand ihn drollig, weil er wie ein Hobbit klein und untersetzt war, was er heute durch einen unförmigen Mantel betonte. Er stellte sich neben sie.

»Grüß Gott, Frau Schaller«, sagte er. »Wo ist denn der werte Herr Gemahl?«

»Nebenan im Fleischraum.«

Sie starrte auf seine Mütze, die er daraufhin abnahm und somit seine Halbglatze ihren Blicken preisgab. Seine Backen hingen nach unten und zogen die Mundwinkel mit. Sie war froh, das Fleisch bereits zu Mett verarbeitet zu haben, denn sonst hätte er bemerkt, dass es überlagert war. Eine Extraportion Majoran, etwas Zitrone und Piment sowie das spätere scharfe Grillen würden helfen, das zu übertönen. Sie kannte sich aus.

»Was wird das?«, fragte Baumgärtner.

»Nürnberger.«

»Verkauft ihr die in eurer Metzgerei?«

»Auch, aber die sind für den Foodtruck bestimmt.«

»Oh«, machte Baumgärtner. »Dann verkauft ihr die nicht als Originale, sondern als Nürnberger Art.«

»Wieso eigentlich? Ist ja nix anderes drin. Wurst ist Wurst.«

»Laut EU-Verordnung ist die Nürnberger Rostbratwurst eine geografische Herkunftsbezeichnung«, antwortete er steif. »Der Name ist geschützt.«

»Das weiß ich.«

Er öffnete seinen Mund und schloss ihn wieder wie ein Karpfen. »Also verkauft ihr die nicht als Nürnberger Rostbratwurst?«

»Da müsste ich auf der Speisekarte am Foodtruck nachschauen.« Sie blinzelte ihn an, nahm den Schafsdarm aus dem

Sud und ließ das Wasser auf Baumgärtners Schuhe tropfen. Sofort trat er zwei Schritte zurück.

»Das kann ich selbst«, sagte er und blieb in sicherem Abstand stehen.

Sie ließ das Mett durch die Wurstfüllmaschine, knipste die ersten zwei Würste ab und legte sie beiseite.

»Was ist mit denen?«, wollte er wissen.

»Die sind für den Fred. Er kostet immer die ersten und letzten.«

»Qualitätskontrolle. Gut.«

Sie nickte und verschwieg, was passierte, wenn er mit dem Ergebnis nicht zufrieden war. Sein Gemecker würde sie bis ins Ehebett verfolgen. Wenn man ständig hörte, man sei eine blöde Kuh, glaubte man es am Ende. Im Verteilen von Schimpfwörtern aus dem Tierreich war Fred ein wahrer Meister. Schaf, Kuh, Trampeltier, Gans, Sau, Äffin, fielen ihr spontan ein. Der Toni beleidigte sie nie.

Fred betrat den Vorbereitungsraum und stellte die eine Metallwanne mit Fleischstücken auf dem Edelstahltisch ab. »Hallo, Manfred. Ich bin gleich bei dir.« Damit drehte er sich um und holte eine Schüssel mit Shrimps, die er neben den Fischfilets platzierte.

»So ein Shrimpcocktail ist was Feines«, sagte Baumgärtner.

Fred winkte ab und verschwand wieder im Kühlraum. Schwiemu tappte aus dem Verkaufsraum und ergriff die Schale mit den Shrimps. Mit ihrem pausbackigen Gesicht und dem stämmigen Körper erinnerte sie an eine Bulldogge.

»Biste endlich fertig?«, fuhr sie Karin an.

»Ich muss noch den zweiten Ansatz durch den Wurstfüller schicken, bevor Ingrid kommt.«

»Des nächste Mol bringst mir fei g'fälligst die Shrimps. Du weißt doch, dass Freddy allergisch auf die Dinger is.

Die anner Hälft' tust de in'n Kühlraum.« Damit rauschte sie hinaus.

»Doch nur, wenn er sie isst«, sagte Karin leise.

»So schlimm?«, fragte Baumgärtner.

»Dem würde die Luft wegbleiben. Egal, ob Shrimps, Krebse oder Hummer, von dem Zeug schwillt ihm die Kehle zu.« Manchmal wünschte sie, er würde daran ersticken, aber seit dem letzten Notarzteinsatz hatte selbst dieser Sturschädel Fred kapiert, dass der Verzehr von Krustentieren lebensgefährlich für ihn war. »Deshalb hat er so 'ne Spritze, die er sich im Notfall in den Oberschenkel stechen kann.«

»Na, hoffentlich hat er die immer dabei.«

»Wozu? Er isst das Zeug ja nicht.« Fred würde nie mit so einem Ding rumlaufen. Ein Mann zeigte keine Schwäche.

Draußen hupte ein Auto. Ingrid war eingetroffen. Mist, sie war nicht fertig. Na, dann würde sie eben eine Nachtschicht einlegen müssen. Karin packte das restliche Mett sowie die Shrimps und stellte sie in ein Regal im Kühlraum. Schnell entledigte sie sich der Handschuhe sowie der Schürze und nix wie raus. Baumgärtner stand inzwischen vor ihrem Foodtruck und öffnete die Ladenklappe. Der sollte glotzen so viel er wollte, ihr war es egal.

Ingrid war mit ihrem 7er BMW vorgefahren. Da konnte Karin mit ihrer alten Kiste nicht mithalten.

»Wohin gehen wir?«, fragte Ingrid. »Ich richte mich nach dir.«

»In ein Café?«

»Super. Aber in Nürnberg. Da war ich schon ewig nicht mehr.«

»Wir sollten mit der Straßenbahn fahren, da brauchen wir uns ums Parken keine Sorgen machen.«

»Bist du von allen guten Geistern verlassen? Mit Plethi und Krethi in einer Kiste?«

War das nicht verkehrt herum? Karin versuchte, sich an Omas Ausspruch zu erinnern, während sie Ingrid durch die Stadt bis ins Parkhaus Innenstadt dirigierte. Sie war gespannt, wie sie sich mit ihrem dicken Auto in eine Parklücke quetschen würde. Sie wurde enttäuscht, denn Ingrid meisterte die Aufgabe mühelos. Von dort aus bummelten sie zu einem Café, von dem aus man einen Blick auf die träge dahinfließende Pegnitz hatte. Um diese Zeit war es wenig besucht. Sie bestellte sich eine heiße Schokolade und einen Apfelkuchen mit Sahne, Ingrid wählte einen Cappuccino und eine Sachertorte. Nicht besonders fränkisch, aber bestimmt lecker.

»Wie läuft's mit Fred?«, wollte Ingrid nach der Hälfte ihrer Torte wissen. Sie hatte noch nie ein Blatt vor den Mund genommen.

Karin schaute ihre ältere Schwester an und erzählte haarklein, was heute vorgefallen war.

»Deine Schwiegermutter ist ein richtiger Hausdrachen«, meinte Ingrid und wischte sich Schokolade von der Oberlippe.

»Genau«, kicherte Karin und stellte sich vor, wie Schwiemu feuerspeiend durch den Laden flatterte.

»Warum lässt du dich nicht scheiden?«

»Dann wäre ich allein.«

»Na und? Frau kann gut ohne Mann leben.«

»Das sagst du so einfach. Du bist verheiratet.«

Ingrid senkte die Kuchengabel. »Deswegen wollte ich mit dir reden. Jürgen verlässt mich.«

»Was?«

»Ja.«

Als Ingrids Augen feucht wurden, legte Karin ihre Hand auf den Arm ihrer Schwester. »Ach herrje. Warum?«

»Dreimal darfst du raten? Wegen einer Jüngeren natürlich.«

»Wie gemein.«

»Ein bisserl bin ich selbst schuld, weil ich mich vor ein paar Jahren von ihm trennen wollte. Jetzt hat er den Spieß umgedreht.«

»Wieso wolltest du von ihm weg? Er bietet dir doch alles.«

»Weil … Weil … Jürgen hat ja einige Zeit im Ausland gearbeitet, und ich hatte meine Zweifel, ob er mir treu war.« Sie hob die Schultern. »Ich hatte mich in einen anderen verliebt und wollte mit ihm durchbrennen. Hätte ich es nur getan. Er ist jünger als ich und war arm wie eine Kirchenmaus, aber er war meine große Liebe. Jürgen ist mir vor Kurzem auf die Schliche gekommen und zieht nun die Konsequenz.«

Karin verschlug es die Sprache. Es dauerte eine Weile, bis sie sich gefasst hatte. Sofort verglich sie ihre eigene Situation mit der ihrer Schwester. Was, wenn Toni einen Rückzieher machen und Fred sie in die Wüste schicken würde? Dann wäre sie die Gelackmeierte. »Warum hast du mir nichts davon erzählt?«

»Weil ich mich geschämt habe.«

»Du hättest Jürgen nicht betrügen sollen«, sagte sie und dachte an sich selbst.

»Das sagst du so einfach. Gegen das Wüten der Hormone ist man manchmal machtlos. Jetzt sind beide weg. Mach nicht denselben Fehler, sondern hau sofort ab.«

»Dann stehe ich ohne Geld auf der Straße.«

»Na und?«

Ingrid hatte gut reden mit ihrem dicken BMW. »Alles, was ich habe, steckt in Freds Geschäft.«

»Er muss dir Unterhalt zahlen. Mensch, Karin, die Freiheit ruft.«

KAPITEL 10

»Bei uns gibt es in der Streetfood-Szene jede Menge Aufregung«, sagte Dom am Telefon.

Das interessierte Richard nicht die Bohne. Er war müde, lag bequem auf der Couch und schaltete das Handy auf seiner Brust auf Lautsprecher. Draußen herrschte Abenddämmerung, und im Fernseher lief irgendeine langweilige Show mit niedriger Lautstärke, die zumindest das Gefühl des Alleinseins dämpfte. Der Tag war ereignislos verlaufen, und die Müdigkeit von heute Morgen hatte sich nicht verflüchtigt, sondern verstärkt. Eigentlich hatte er ins Fitnessstudio gehen wollen, doch der innere Schweinehund hatte gesiegt. Vielleicht wurde er auch einfach alt.

»Wieso?«, fragte er und gähnte herzhaft.

»Shitstorm in den sozialen Medien. Das geht hin bis zu Morddrohungen.«

Deshalb rief Dom garantiert nicht an, denn wenn seinem Freund etwas egal war, dann ein Shitstorm. Dom war die Ruhe in Person, worum Richard ihn beneidete. »Das ist bloß ein Sturm im Wasserglas.«

»Meinst du? Hör zu. Da regen sich einige über die ungerechte Vergabe von Standplätzen auf und schreiben über Ungerechtigkeit und Korruption.«

»Welche Standplätze?«

»Die von den Foodtrucks. Es geht um den besten Stellplatz. Wer will schon abseits von jeglichem Publikumsverkehr stehen? Ansonsten bleibt denen nur privater Grund, wie zum Beispiel bei Supermärkten oder Firmen.«

Dort fand man die Foodtrucks in Nürnberg am häufigsten. Richard hatte sich nie Gedanken darum gemacht, wo welche standen und warum. In Coburg gab es auf dem Marktplatz Bratwurstbuden und zu besonderen Gelegenheiten den einen Foodtruck. Aber es ergab Sinn, das zu reglementieren, sonst wäre die Fußgängerzone voll mit Wagen, die alles blockierten.

Wenn man vom Essen spricht, wird man hungrig. Richard griff zu einem labbrigen Stück Pizza, das er zuvor in der Mikrowelle aufgewärmt hatte. Er betrachtete das Dreieck, wie es traurig die Spitze hängen ließ. Dazu ein kaltes Bier, obwohl ihm ein Glas Rotwein lieber gewesen wäre. Das Junggesellenleben hatte definitiv Nachteile, wenn man wie er zu faul zum Einkaufen war. »Und was hat das mit dir zu tun?«, fragte er. »Oder willst du umsatteln und eine Frittenbude eröffnen?«

»Garantiert nicht. Okay, es ist nicht mein Bier, wenn die sich um die Wurst raufen, aber …« Dom ließ eine Pause.

Richard gähnte extra laut, damit Dom es hörte. »Komm zum Punkt, bevor ich eingepennt bin.«

»Du wirst gleich wach werden. Der Initiator von dem Ganzen ist Fred Schaller.«

»Ah so.«

»Sagt dir nichts?«

Das Bier war eiskalt, wenigstens etwas Gutes. »Muss ich den kennen?«

»Du wirst es nicht glauben, aber …«, sagte Dom im Versuch, Spannung aufzubauen.

»Gute Nacht.«

»Du bist heute echt gut drauf.«

Richard streckte sich auf dem Sofa. »Stimmt. Auf meiner Couch bin ich immer gut drauf. Ich habe eine Flasche Bier in der Hand und dazu gibt's weiche Pizza.«

»Pizza und Bier? Wenn du so weitermachst, verkommst du total, Richard. Du brauchst eine Frau, die dir Stil beibringt und ab und zu mal in den Hintern tritt.«

»Du meinst, ich brauch das?«

Dom lachte laut auf. »Na, offensichtlich. Schau mich an, was wäre ich ohne Lena?«

»Vermutlich hättest du keine blauen Flecke. Also leg los, aber schnell, ich bin nämlich wirklich hundemüde. Die letzten Nächte waren die Hölle. Ein schlechtes Gewissen ist ein unsanftes Ruhekissen.«

»Du hast doch nichts angestellt, oder?«

»Das nicht, aber ich sorge mich wegen Oma. Irgendwann werde ich eine Lösung finden müssen. Sie wird nicht jünger.«

»Verstehe ich. Dann helfe ich dir mal auf die Sprünge. Fred Schaller ist der Augenzeuge, der Toni belastet.«

Vermutlich war sein Gehirn bereits eingeschlafen. Irgendwie bekam Richard Fred Schaller und Toni nicht zusammen. »Aha.«

»Fällt der Groschen jetzt?«

»Nicht sehr. Ich sehe da keinen Zusammenhang.«

»Der ist größer, als du denkst. Alle drei – Toni, Schaller und Haupt – sind im Streetfood-Business tätig.«

Nun war Richard hellwach. »Das ist ja interessant.«

»Fred Schaller ist Metzger in Fürth, und seit Haupts Tod ist er ebenfalls mit einer fahrbaren Imbissbude unterwegs.«

»Und alle drei waren zur selben Zeit am Unfallort. Zufall?«, nahm Richard seinen Gedanken von früher auf.

»Wenn das Zufall war, fress ich die nächsten fünf Jahre ausschließlich Bratwürste. Das ist kaum erklärbar, außer es hätte eine Versammlung des Vereins der Imbissbudenbesitzer am Westfriedhof um diese Uhrzeit gegeben.«

»Gibt's den?«

»Nicht dass ich wüsste. Es gibt eine Metzgerinnung und einen Verband der Gastronomen, aber ob die Foodtrucker organisiert sind …?«

»Soweit ich weiß«, sagte Richard, »ist Toni angestellt und sein Stand gehört zu einem Gasthof an der Kaiserburg.«

»Der vermutlich die rohen Würste von einer der drei Nürnberger Großmetzgereien kauft. Schaller ist Metzger in Fürth.«

»Wenn ich du wäre, würde ich diesem Schaller auf den Zahn fühlen, in welcher Verbindung er zu Haupt und Toni steht.«

»Ich werde den Teufel tun und mich in die Angelegenheiten von Traudich oder Bianca einmischen. Du kennst Bianca ja. Wenn die mal in Fahrt ist, gnade dir Gott.«

»Dann soll sie sich eben drum kümmern.«

»Die sind von Tonis Schuld überzeugt und Schaller ist Fürther. Du weißt doch, wie der Hase bei uns läuft: Traudich müsste die Fürther Kollegen um Unterstützung bitten, und das wäre das Letzte, was er will.«

Traudich war Richards früherer Chef und konnte äußerst unangenehm werden, wenn sich jemand aus seiner Abteilung nicht an die Dienstvorschriften hielt. »Verstehe.«

Richard nahm einen Schluck Bier, wobei sein Blick über die Zweizimmerwohnung glitt, die er vor drei Jahren als Übergangslösung gemietet hatte und inzwischen sein permanentes Domizil geworden war. Das Mobiliar stammte zum Teil aus eigenen Altbeständen, den Rest hatte er von Oma und Dom abgestaubt. Die Bude bedurfte dringend einer Renovierung, denn an den Wänden hingen Tapeten aus den 90ern. Die Bewohner des Mietshauses waren bunt gemischt: alt und jung, arm und nicht so arm, nett und verdrießlich. Die Sprachenvielfalt war beachtlich. Von draußen dröhnte Kindergeschrei herein, irgendwo bellte ein Hund.

»Ich weiß nicht, Dom. Das alles reißt mich nicht vom Hocker. Bianca beherrscht ihr Metier, trotzdem halte ich Toni nicht für den Täter. Ich erkenne bei ihm kein Motiv, außer du unterstellst ihm, dass er auf Haupts Imbiss scharf war.«

»Das sehe ich genauso. Ich will Toni nicht im Regen stehen lassen. Der leistet viel für unseren Verein; nicht nur als Grillmeister, sondern er packt auch sonst mit an. Erinnerst du dich, dass er mir sogar beim Renovieren meiner Wohnung geholfen hat?«

»Die Frage ist: Wie gut kennen wir ihn wirklich?« Richard wischte sich über die Augen. »Mein Gefühl sagt mir, dass Toni kein kaltblütiger Mörder ist. Und meistens liege ich mit meiner Einschätzung richtig.«

»Das Problem von Traudich und seinem Haufen ist das fehlende Motiv. Der Staatsanwalt will nicht nur einen Verdächtigen präsentiert bekommen, sondern auch die Hintergründe erfahren.«

Inzwischen gesellte sich zum Kinderjohlen die keifende Stimme einer Nachbarin, die Ruhe forderte. Nicht lange, und der Moslem auf der anderen Seite würde die Mitbewohner an seinem Abendgebet teilhaben lassen und dadurch alte Erinnerungen bei Richard wachrufen. Er setzte sich auf.

»Der Schaller hat eine Schmierenkampagne initiiert«, fuhr Dom fort. »Verständlicherweise sind Toni und sein Chef davon nicht gerade begeistert. Die ganze Stadt macht sich schon über den Bratwurstkrieg lustig.«

»Um ehrlich zu sein, erscheint mir der Schaller verdächtiger als Toni. Was hatte der in der Nähe des Unfallorts zu suchen, wo er rein zufällig den Unfall beobachtet, und woher hat er den Imbisswagen, den er jetzt fährt? Das wäre interessant zu erfahren.«

»Keine Ahnung, wie ich das anstellen soll, ohne eins auf die Nuss zu bekommen. Vielleicht kann ich Bianca anbohren.«

»Was wird deine Frau dazu sagen?«

Da lachte Dom auf. »Die würde mich zum Teufel jagen. Jedenfalls bleibe ich in der Sache am Ball. Lena ruft, ich muss auflegen. Tschüssle.«

Das Gespräch war beendet. Nebenan begann eine Stereoanlage zu wummern und der Muslim rief zum Gebet. Verdammt.

Richard drehte die Lautstärke des Fernsehers hoch, um die Umgebungsgeräusche zu übertönen, und legte sich wieder auf die Couch. Doch in Gedanken war er ganz woanders.

KAPITEL 11

Nach Ingrid kam Toni, und mit Toni kam Sex. Er hatte heute seinen freien Tag und ein Kollege kümmerte sich um seinen Stand, worüber er froh sei, denn er habe es satt, für andere den Buckel krumm zu machen, wie er sagte. Karin wusste, was er damit meinte, erging es ihr doch ähnlich. Nicht dass sie arbeitsscheu war, aber tagein, tagaus für nichts und wieder nichts zu schuften, ging ihr allmählich auf den Geist. Nichts ging vorwärts, nichts bewegte sich.

Sie lag neben ihm auf dem Futonbett und schmiegte sich an ihn. Sie liebte die vertraute Wärme, seinen männlichen Geruch.

Mit ihm schien ihr Leben einen Sinn bekommen zu haben, denn sie hatte jetzt eine Perspektive und einen Verbündeten, mit dem sie ihre Zukunft gestalten wollte. Nur ja sagen musste er noch. Nicht zur Ehe, sondern zu Mallorca. Sie dachte an Ingrids Ehedrama. Ihre Schwester hatte den richtigen Moment verpasst. Nein, so wie ihr würde es ihr selbst nicht ergehen, sie würde sich von Fred samt Schwiemu trennen.

»Kommst du mit?«, fragte sie leise.

»Wohin?«

Sie traute sich nicht, es offen anzusprechen, sie musste es anders angehen. »In die Innenstadt«, sagte sie.

»Da bin ich jeden Tag.« Er überlegte einen Moment. »Was hast du vor?«

»Bummeln.«

»Sei mir nicht böse, Kleine, aber die Stadtmitte steht mir bis hierhin.« Er führte seine Handkante an seine Oberlippe. »Und alles andere auch. Seitdem man mir vorwirft, den Haupt umgebracht zu haben, werde ich gemieden wie die Pest. Manchmal wünschte ich, der Prozess gegen mich würde endlich eröffnet werden, damit ich meine Unschuld beweisen kann und der Spuk ein Ende hat.«

»Wieso verdächtigen die ausgerechnet dich?«

Er lachte leise. »Hat dir dein Fred nichts erzählt? Er war Zeuge, behauptet, mich beobachtet zu haben.«

»Nee, kein Wort. Der Fred?«

»Aber ich war's nicht. Die Bullen suchen nach einem Motiv, warum ich's getan haben soll. Da werden sie sich schwertun, denn es gibt keins. Deshalb ermitteln sie nicht wegen Mordes, sondern wegen Körperverletzung mit Todesfolge und Unfallflucht gegen mich. Sollten sie damit durchkommen, kann ich mir die Würstlbraterei für einige Jahre abschminken, weil ich gesiebte Luft atmen werde.«

»Und das, weil Fred dich belastet?«

»Genauso ist es, meine Süße. Was hat er gegen mich?«

»Da kann ich dir leider nicht helfen. Mir verrät er nix.«

Toni streichelte ihren Rücken. »Hast du Zeit für einen Abstecher zum Verein?«

Sie musste sofort an Fred denken. »Ich hasse Fußball.«

»Wer redet von Fußball? Ich bin Mitglied in einem Mittelalterverein.«

»Was ist das denn?«

»Wir lassen die alten Zeiten aufleben, indem wir mit Schwertern und Äxten kämpfen, Met und Dünnbier trinken und Fladenbrot mit Gulasch aus dem Kessel essen.«

Karin überlegte eine Weile, sah vor ihrem geistigen Auge Frauen in Kartoffelsäcken herumlaufen und riesige Kochlöffel schwingen, dazu eine wilde Horde Männer, die aufeinander eindrosch. »Das wär nix für mich.«

»Es ist fast wie in einem Traum, quasi eine Flucht aus der Wirklichkeit. In unserer Kindheit wollten wir Sigurd oder Robin Hood sein und haben ihre Abenteuer nachgespielt.«

»Nicht Indianer und Cowboy? Lauft ihr da wie im Fasching rum?«

»Wir geben uns Mühe, die damalige Zeit möglichst detailgetreu nachzustellen. Um das zu erreichen, recherchieren wir, wie die Menschen damals gelebt haben. Manche reiten sogar und nehmen an Ritterturnieren oder Schlachten teil.« Er strahlte und setzte sich auf. »Das musst du unbedingt mal gesehen haben.« Er schwieg eine Weile. Dann wandte er sich zu ihr. »Wovon hast du als Kind geträumt?«

Zuerst hatte sie eine Prinzessin sein wollen, dann Tierärztin und zum Schluss Lehrerin. Ihre Träume waren zerplatzt wie Omas Kaffeekanne, die Fred in einem Wutanfall zerdeppert hatte. Träume sind Schäume, hatte man ihr beigebracht. Keine höhere Schule, keine Ausbildung. Um in der elterlichen Metzgerei hinter dem Tresen zu stehen, brauchte sie diesen Firlefanz nicht, hatte Vater gesagt.

Und dann war Fred, wie das Kaninchen des Zauberers, aus dem Nichts erschienen und mit ihm neue Träume. Und wieder waren sie nichts als eine gemeine Täuschung gewesen.

»Ich habe einen Traum«, sagte sie leise. »Du kennst ihn.«

Toni zog sich sein T-Shirt über seinen hageren Körper. »Mallorca, stimmt's? Ein Restaurant mit fränkischen Spezialitäten am Ballermann. Und in der Freizeit Strand, Meer und Sangria.«

»Das wär echt geil.«

»Ohne Moos nix los.«

»Ich weiß. Würdest du mitgehen, wenn ich welches hätte?«

»Mit dir gehe ich überall hin«, sagte er. »Mit oder ohne Geld. Was ist jetzt? Wir müssen ja nicht lange bleiben.«

»Also gut.« Karin sah auf die Uhr und erschrak. »Allmächd, ich muss heim! Wo habe ich bloß meinen Kopf? Die letzte Charge muss noch zubereitet werden. Wenn Fred heimkommt und ich bin nicht fertig, wird er stinksauer. Ich muss ihm immer die zwei ersten und die zwei letzten Würste zum Probieren auftischen.«

»Traut er dir nicht?«

»Der traut niemandem. Er hält alle für dumm, unfähig und faul – außer seine Mutter, und sie denkt das Gleiche über alle außer über ihn. Er ist ihr Bubberle, der nie was falsch macht.«

»Solche Typen habe ich gefressen. Lass dich scheiden.«

Das hatte Ingrid ihr auch geraten. »Dann wär ich allein.«

»Du hast mich.«

»Hm«, gab sie von sich, steckte ihre Hand unter sein T-Shirt und ließ sie an seiner Brust abwärts gleiten. »Sagst du das zu jeder?«

»Da gibt's keine andere.«

»Hattest du viele Freundinnen oder warst du mal verheiratet?«

»Eine feste Bindung wäre mir zu eintönig.«

Ihre Hand wanderte weiter nach unten. »Sag schon, wie viele hattest du?«

»Du fragst Sachen.« Als er nach seiner Unterhose angelte, zog sie ihre Hand zurück. »Sorry, so weit kann ich nicht zählen.« Er zwinkerte.

»Wann war die letzte?«

»Warum wollen das alle Frauen wissen? Na gut. Es ist zwei Jahre her. Zufrieden?«

»Ich dachte, du warst mit Heidi Haupt zusammen?«

»Hat sie das behauptet?«

Hatte sie das falsch verstanden? Die Information hatte ihr Marga aus dem Kochkurs gegeben. »Nein, Marga.«

»Ach die! Ich weiß von nichts, und unter Gedächtnisschwund leide ich nicht.« Er lachte verschmitzt. »Wie steht's jetzt mit Mallorca?«

»Was wollen wir anbieten? Sagtest du nicht Fränkisches?«

»Kommt drauf an, wem du was anbieten willst. Fische und Shrimps laufen sicher auch, wenn du keine Würste mehr riechen kannst.«

Sie überlegte. »Hab ich noch nie gemacht. Fred ist sehr allergisch gegen Shrimps.«

»Da muss er gewaltig aufpassen.«

»Tut er auch. Er fasst das Zeug nur mit Handschuhen an. Einmal wäre er fast erstickt, weil er wie immer nicht hören wollte. Da musste ich ihm die Notfallspritze geben.« Sie blickte erneut auf die Uhr. »Ich muss wirklich los.«

»Soll ich dich heimfahren?«

Sie wusste inzwischen, dass Toni nicht gern in Nürnberg mit dem Auto fuhr. »Nein, zu gefährlich. Wir könnten gesehen werden. Außerdem ist die U-Bahn schneller. Ich muss zudem beim Supermarkt vorbei, was einkaufen.« Sie beeilte sich mit dem Anziehen, hüpfte einige Male, bis sie die knallenge Jeans nach oben gezogen hatte. Nun in die Schuhe geschlüpft, Abschiedsbussi und draußen war sie.

Die U-Bahn-Haltestelle war um die Ecke und gleichzeitig die Endstation. Die Waggons warteten bereits in einiger Entfernung. Nach schier endlos langen fünf Minuten setzten sie sich in Bewegung und fuhren an dem Bahnsteig ein. Schnell sprang sie in einen der menschenleeren Waggons und nahm am Fenster Platz. Sie hätte sich eher verabschieden sollen, denn jetzt war Ärger mit Fred vorprogrammiert. Scheißfred, Scheißwürste.

Sie schloss die Augen und stellte sich vor, auf Mallorca zu leben. Die U-Bahn rauschte unter die Erde. Hauptbahnhof, Lorenzkirche, Weißer Turm, Plärrer und dann Richtung Fürth. Nach einer Weile spürte sie Licht auf den Augenlidern, die Bahn war aus dem Untergrund aufgetaucht und an den Fenstern zogen die Wohngebiete vorbei.

Nachdem sie ausgestiegen war, musste sie noch ein Stück mit dem Bus fahren, doch der tauchte nicht auf. Sie verlor mindestens eine halbe Stunde. Schnell in den Lebensmittelladen und das Dosensauerkraut gekauft. Draußen fuhr ein schwarzer Flitzer vorbei. War da nicht Toni dringesessen? Fuhr der so einen? Nein. Unmöglich.

Als sie beim Wohnhaus mit der angeschlossenen Metzgerei ankam, bemerkte sie, dass Freds Mercedes nicht da war. Zum Glück war ihr Mann noch unterwegs. Sie eilte in die Küche und stopfte das Wurstmett in die Schafssaitlinge. Das Mett fühlte sich kalt und glitschig an und wies eine rosa Farbe mit grünen Majoran-Sprenkeln auf. Sie hatte gute Arbeit geleistet.

Schwere Schritte näherten sich. Fred war daheim. Geschafft, das letzte Würstchen war fertig. Sie legte die vier beiseite, die für ihn zum Verkosten bestimmt waren.

»Bist du fertig?«, fragte er und seine Bierfahne erreichte sie noch vor seinem Schweißgeruch.

»Bin ich.«

»Dann brat mir die ersten zwei und die letzten zwei – wie immer.« Er verließ den Raum und verschwand in ihre Wohnung. Sie folgte ihm mit den Würstchen und bog in die Küche ab.

Ihr Blick fiel durchs Küchenfenster auf den verfluchten Foodtruck, in dem ihr Geld steckte. Sie nahm die Würstchen und legte sie in eine Pfanne. Eigentlich sollten sie auf den Grill, aber den Unterschied würde Fred nach dem x-ten Bier und einigen Schnäpsen eh nicht mehr feststellen können.

Sie wartete, bis sie schön dunkelbraun waren, und legte sie dann mit ein wenig Sauerkraut sowie einer Scheibe Graubrot auf einen Teller.

Den stellte sie auf den Couchtisch, was Fred aber nicht zu registrieren schien. Seine Schuhe lagen mitten im Wohnzimmer, der Fernseher lief und seine Beine hatte er auf einer türkischen Ottomane abgelegt. Die hatte ihm Schwiemu geschenkt. Das war seine kleine, spießige Welt, in der sie mit ihm lebte. »Willste ein Bier?«, fragte sie.

»Du kannst Fragen stellen.«

Die Hoffnung, dass er sich vielleicht einmal ändern würde, hatte sie längst aufgegeben. Sie zuckte mit den Schultern, ging gemächlich in die Küche zurück und holte das Bier aus dem Kühlschrank. Aus dem Wohnzimmer hörte sie Messer und Gabel auf dem Teller klappern. Dann ein dumpfes Geräusch, fast so, als fiele ein Sack zu Boden. Was zum Teufel ging dort vor?

Sie öffnete die Bierflasche und lauschte. Jetzt setzten klopfende Geräusche ein. Das war nicht normal.

Ängstlich, was sie dort erwarten würde, schlich sie mit der Flasche in der Hand zum Wohnzimmer zurück. Fred saß nicht mehr auf seinem Stuhl, seine Füße lagen nicht mehr auf der Ottomane. Stattdessen wälzte er sich röchelnd auf dem Boden und ruderte mit den Armen, als wollte er schwimmen.

Karin trat zu ihm. Das Ende einer Bratwurst ragte aus Freds Mund, seine Augen schienen aus den Höhlen springen zu wollen.

Der Kerl war dabei zu ersticken.

KAPITEL 12

Das Foto, das Dom ihm kommentarlos geschickt hatte, sah mehr als grotesk aus. Richard starrte auf seinen Computerbildschirm in der Polizeiinspektion Coburg. Er musste zweimal hinschauen, um zu begreifen, was darauf abgebildet war. Ein Mann lag auf dem Wohnzimmerteppich und aus dem Mund ragte das Ende einer dunklen Bratwurst. Die Augen weit aufgerissen, das Gesicht blau und aufgedunsen. In seinem Bein steckte etwas, das wie ein Epipen-Autoinjektor aussah, der bei heftigen Allergiereaktionen verabreicht wurde. Das nächste Foto zeigte die Wurst zwischen den blauen Lippen in Nahaufnahme. Wie aus einem Horrorfilm. Wäre ihm die Aufnahme nicht von Dom gesendet worden, hätte er einen pietätlosen Scherz vermutet. Richard schickte ein Fragezeichen als Antwort zurück.

»Fred Schaller. Was sagst du dazu?«, schrieb Dom.

Zunächst nichts. Richard hatte schon einige Tote gesehen, aber dieses Bild war zu absurd. Er erinnerte sich an den Namen des Mannes. »Das ist der, der gegen Toni ausgesagt hat, oder?«, fing er an zu schreiben, aber das wurde ihm zu umständlich. Gerade als er anrufen wollte, summte sein Handy. »Was ist passiert, Dom?«

»Der Fred Schaller ist an einer Wurst erstickt.« In Doms Stimme schwang Verwunderung mit.

»Wow. So was kommt nicht alle Tage vor.«

»Laut seiner Frau war der Mann hochgradig allergisch.«

»Dann hätte er die Finger von allem lassen sollen, was diese Reaktion auslösen kann.«

»Das sollte man annehmen. Die Ehefrau hat ihn so vorgefunden. Sie hat ihm eine Rettungsspritze in den Oberschenkel gerammt, aber offenbar zu spät. Als der Notarzt eintraf, war der Mann bereits tot.«

»Wurde eine rechtsmedizinische Untersuchung veranlasst?«

»Nein, vorerst nur eine klinische. Die hat bestätigt, dass er einen anaphylaktischen Schock erlitten hat und erstickt ist, weil die Atemwege zugeschwollen sind. Die Notfall-Injektion wurde zu spät verabreicht, steht in dem Bericht der Pathologie. Damit gilt die Todesursache als natürlich.«

»Und weiter?«

»Nichts weiter. Kann man auf Schweinefleisch allergisch reagieren?«

Darauf wusste Richard keine Antwort. Zum Glück hatten sie mit ihrem Halb- oder Nichtwissen die Möglichkeit, Laboruntersuchungen einzuleiten und wissenschaftliche Gutachter hinzuzuziehen. »Wenn man sogar auf den eigenen Körper allergisch reagieren kann, warum nicht auch auf Fleisch? Autoimmunreaktionen nennt man das Erstere, glaube ich. Mein Wissen darüber ist ziemlich begrenzt. Beim Bund wurde uns beigebracht, wie man eine Atropinspritze bei einem Angriff mit Chemiewaffen einsetzt.«

»Ist eh nicht mein Bier.«

»Wird es eine Untersuchung geben?«

»Was weiß ich. Bianca rotiert. Die meint, Toni hat ihren Zeugen umgebracht. Sie vermutet Mord.«

»Das müsste nachzuweisen sein.«

»Sicher. Traudich hat mit dem Staatsanwalt gesprochen, und der meint, wenn der Arzt einen natürlichen Tod bescheinigt, seien ihm die Hände gebunden. Und Traudich wäre der Letzte, der widersprechen würde. Die Ermittlungen gegen Toni als Unfallverursacher bei Haupts Tod bleiben davon unberührt.«

Richard beendete das Gespräch und blickte in Peters neugierige Augen. Er seufzte innerlich. Peter würde ihm so lange auf die Nerven gehen, bis Richard ihn informiert hatte. Er zeigte ihm die Großaufnahme.

Peter stutzte, ließ ein »Oh« hören und runzelte seine Stirn. »Is des in der Geisterbahn aufgenommen worden?«

»Leider nein. Das ist echt, kein Scherz.«

»Is des a Bratwurscht, die dem armen Kerl da ausm Mund hängt?«

»Lecko mio«, sagte Richard, als er das Foto erneut betrachtete. »Das sind sogar zwei. Hat ihm die jemand reingestopft und er hat versucht, sie rauszuwürgen? Wer isst denn zwei auf einmal?«

»Wenn's drei im Weckla gibt, warum net?«, fragte Peter achselzuckend.

»Gibt's hier was zu essen?«, fragte eine Frauenstimme, die Richard durch und durch ging. Maxi bezog neben seinem Schreibtisch Position. Wie von selbst glitten seine Mundwinkel nach oben, und Peter grinste wie ein Honigkuchenpferd. Am liebsten hätte er ihm dafür in den Allerwertesten getreten.

»Zeig's ihr«, sagte Peter mit lauerndem Blick.

Richard durchschaute ihn sofort. Peter wollte Maxi schockieren. Eine weibliche Vorgesetzte zu haben, war in ihrem Beruf nicht alltäglich, und so mancher männlicher Kollege hatte damit Probleme. Auch dass Maxi als junge Kriminalrätin auf der Karriereüberholspur an allen anderen Aspiranten vorbeigerauscht war, hatte nicht geholfen. Als Fachabteilungsleiter brauchte man praktische Erfahrung, und die sollte sie sich ausgerechnet hier in Oberfranken holen. Aber inzwischen hatte sie sich als kompetent erwiesen und sie hatte sich den Respekt der Kollegen erarbeitet.

Er deutete auf das Foto auf dem Bildschirm seines Computers. Maxi betrachtete es eine Weile. Hatte Peter gehofft, sie würde sich mit Grausen abwenden, sah er sich getäuscht. Ohne eine Regung zu zeigen, sah sie ihn an mit einem Blick, der sagte: Pech gehabt. Da müsst ihr schon schwerere Kaliber auffahren, um mich aus der Fassung zu bringen.

Wieder hatte er bei ihr einen Minuspunkt kassiert. Im Sammeln davon war er inzwischen unschlagbar. »Das stammt von den Nürnberger Kollegen«, versuchte er zu erklären, wie er in Besitz des Fotos gelangt war.

»Dann geht es uns nichts an.«

»Stimmt. Trotzdem … Ein Metzger stirbt an einer Bratwurst – genauer gesagt, an einem allergischen Schock. Kommt dir das nicht merkwürdig vor?«

Maxi verschränkte die Arme vor der Brust und besah sich das Bild ein zweites Mal. »Wieso ist er Metzger, wenn er gegen bestimmte Fleischsorten allergisch ist?«

»Gute Frage. Die Nürnberger Bratwurst enthält nur Schweinefleisch; außerdem Salz und Majoran.«

»Deswegen schmecken die so fad«, warf Peter ein. »Denen fehlt des gewisse Etwas. Unsere enthalten auch Rindfleisch, Muskat und Zitronenschale und bloß keinen Majoran.«

Maxi winkte ab. »Vielleicht hat er auf die Gewürze reagiert?«

»Keine Ahnung. Das wurde meines Wissens nicht untersucht. Der Mann war Zeuge eines tödlichen Unfalls mit Fahrerflucht. Seiner Aussage nach wurde das Opfer mit Absicht überfahren, und er kannte sogar den Täter.«

»Bestimmt die Mafia«, meinte Peter.

»Deine Fantasie geht mit dir durch, Peter«, sagte Maxi. »Was hat dieser Nürnberger Fall mit uns zu tun?«

Auf diese Frage hatte Richard gewartet. »Nichts.«

»Dann sollen die sich damit rumärgern. Man hat dir das Bild also nur zur Belustigung geschickt? Ganz schön geschmacklos.«

Jetzt kam Richard in Erklärungsnot. »Dominik hat mir das Bild geschickt. Ihm kommt die Sache suspekt vor, ebenso wie der ermittelnden Kollegin. Außerdem ist der Verdächtige ein Bekannter von Dom und mir.« Er erklärte ihr kurz die Zusammenhänge.

»Ach«, sagte Maxi. »Ich erwarte, dass du dich aus allem raushältst. Oder ist es dir bei uns zu langweilig? Dem kann ich abhelfen.«

Ihr herablassender Ton ging ihm auf den Senkel. »Ober sticht Unter – wie beim Bund?«

Der nächste Fehler. Er hatte genug, erhob sich und marschierte hinaus Richtung Servicecenter, wie es neuerdings hieß. Dort wartete die Kaffeemaschine auf Arbeit. Er sah ihr beim Kaffeebrühen zu, wobei ihn das schlechte Gewissen wegen seines Benehmens plagte, doch mehr noch die Fragen, die ihm durch den Kopf gingen.

Er wählte Doms Nummer, der sofort ranging, als hätte er auf seinen Anruf gewartet. »Ich habe das vorhin nicht ganz verstanden, Dom. Wurde Schallers Leiche inzwischen freigegeben?«

»Nein, der Notarzt hat unklar angekreuzt, und die Obduktion hat einen allergischen Schock als Todesursache ergeben. Der Mann war Allergiker und hatte deshalb Notfallspritzen zu Hause. Ich gehe davon aus, dass die Leiche demnächst freigegeben wird.«

»Hat er noch was anderes außer Rostbratwürste gegessen?«

»Keine Ahnung. Ich denke, du hast einen guten Draht zur Lange. Die kann dir die Frage nach Fleischallergien vielleicht beantworten.«

Dr. Monika Lange war Leitende Rechtsmedizinerin in Erlangen und nicht nur immer bestens informiert, sondern auch kooperativ. Er sollte eine Spritztour dorthin machen. Wäre sie zu beschäftigt oder abwesend, könnte er bei Oma Elke vorbeischauen. Kurz entschlossen marschierte er los und steckte seinen Kopf durch die Tür zu Maxis Büro.

»Sorry«, sagte er. »Ich wollte nicht so aufbrausen. Ich nehme den Rest des Tags frei. Ist das okay für dich?«

»Was Besonderes los?«

»Nein, hab was Privates zu erledigen. Im Notfall könnt ihr mich ja anrufen.«

Im Prinzip konnte sie nicht anders, als den Überstundenabbau zu genehmigen. Er kehrte in sein Büro zurück und räumte seinen Schreibtisch mit ein paar schnellen Handgriffen auf.

»Bring mir a paar Nürnberger Bratwürscht mit«, sagte Peter, der sein Reiseziel erahnte.

»Das könnte dir so passen. Du kannst deine Coburger essen, bis sie dir zum Hals raushängen.«

»Solang ich net dran erstick.«

KAPITEL 13

Karin saß wie betäubt auf einer Sitzbank im Hausflur, während die Trauergäste hereinströmten. Dabei brachten sie Gerüche von Schweiß und Parfüm mit und drückten ihr geheucheltes Beileid aus. Sie kamen, obwohl es keine Beerdigung gegeben hatte. Die hätte heute stattfinden sollen, aber gestern Nachmittag war Karin mitgeteilt worden, dass die Leiche überraschend nicht freigegeben worden sei. Auf die Frage nach dem Warum hatte sie keine Antwort erhalten.

Zu Karins Überraschung hatte Schwiemu darauf mit einem giftigen Blick in ihre Richtung reagiert. »Hamses endlich kapiert«, hatte die wie eine Schlange gezischt.

»Hä?«

»Dass mein Freddy ned einfach so g'storben is. Die Wahrheit kommt ans Licht, wirst sehen.«

Was wollte sie damit sagen, hatte Karin überlegt. »Wir müssen den Trauergästen absagen.«

Das hatte Schwiemu zu denken gegeben. »Nee, wir sag'n denen, dass sie ned zum Friedhof müss'n. Die soll'n zu uns kommen. Bis die Leich' freigegeben wird, ham die uns längst vergessen.«

Dabei war es geblieben, und nun drängten die von Neugier und Sensationslust getriebenen Freunde und Verwandten, Nachbarn und Vereinsmitglieder ins Haus. Eine Beerdigung ohne Leiche erlebte man schließlich nicht alle Tage. In der Küche hatten sie einen Leichenschmaus bereitgestellt, was ihnen als Metzgereiinhaber leichtgefallen war. Karin hatte außerdem Kartoffelsalat im Supermarkt besorgt. Die meisten hätten sicher nichts dagegen, sich nach der tatsächlichen Bestattung noch einmal bei ihnen durchzufuttern.

Hoffentlich war das alles bald vorbei. Erst heute früh hatte sie realisiert, dass mit Freds Tod die Freiheit winkte. Sie würde nicht nur den Foodtruck, Freds Mercedes und seinen Teil des Hauses erben, sondern auch eine Lebensversicherung ausbezahlt bekommen, da er kein Testament aufgesetzt hatte.

Doch noch war es nicht so weit. Wenn sie die Lider schloss, sah sie Fred mit den Armen rudern und sie mit weit aufgerissenen Augen anstarren, hörte seine Würgegeräusche. Er hatte genauso ausgeschaut wie damals, als er trotz Warnungen des Arztes einen Hummerschwanz gegessen hatte.

Danach hatte sie ihn mit der Spritze gerettet. Bedankt hatte er sich nicht, sondern lediglich gemotzt, warum sie so lange gebraucht hätte.

Auch dieses Mal hatte sie ihm die Rettungsspritze in den Oberschenkel gerammt, aber da war er bereits blau angelaufen gewesen und hatte sich nicht mehr gerührt.

Was passiert war, verschwamm in einem Gwerch von Geräuschen und Bildern. Schwiemu hatte um Hilfe gekreischt und war auf die Straße gerannt, während Karin sich geschockt auf die Couch gesetzt hatte. Irgendetwas war schiefgelaufen. Nach einer halben Ewigkeit waren Sanitäter und Notarzt eingetroffen, doch da war Fred bereits tot gewesen. Sie hatte alles um sich herum wie in Trance wahrgenommen.

Heute, drei Tage nach Freds Ableben, strömten die Besucher herein und brachten Unruhe ins Haus. Die meisten waren in Schwarz gekleidet, einige in Grau, keiner in Bunt. Karin trug Trauerkleidung unter ihrer dunkelblauen Schürze, die sie noch vom Saubermachen der Metzgerei anhatte. Sie sollte sie ausziehen, fand aber nicht die Kraft dazu. Tröstende Worte hatte ihr gegenüber keiner geäußert, nur ihr Sohn hatte sie jeden Tag angerufen, gefragt, wie es ihr ginge und ob sie ihn brauche. Er habe mit seiner Schwester gesprochen und sie würde bestimmt an der »echten« Beerdigung teilnehmen. Ein Lichtblick in dem Grau.

Leider fehlte Freds jüngere Schwester Silke, aber sein Bruder Jörg stand bei der Schwiemu und redete unentwegt auf sie ein. Deren schwarze Augenbrauen schienen zusammenwachsen zu wollen, und Jörg schaute feindselig zu ihr herüber, obwohl er bislang immer gerne mal mit ihr gequatscht hatte. Eine richtige Blabberguschn war der. Zu allem Unglück steuerten die beiden nun auf Karin zu. Am liebsten hätte sie sich verdrückt, doch wohin? Sie faltete ihre Hände wie zu einem Gebet und zog die Schultern hoch.

»Du hast ihn um'bracht!«, schleuderte Schwiemu ihr so laut entgegen, dass es jeder hören musste.

»Na los, gib's zu!« Freds Bruder stemmte seine Hände in die Hüften und beugte sich vor. Wenn er nicht aufpasste, würde er mit seinem Bierbauch vornüberkippen. »Da sagst nix mehr, gell?«

Sie schüttelte den Kopf. Tränen wollten aufsteigen, aber sie schniefte lediglich. Endlich funktionierte ihr Mund wieder. »Wie kommt ihr denn darauf?«

»Du hast ihm Shrimps in die Bratwurstmasse getan!«

»Was soll ich getan haben?«

»Es fehlen welche. Mindestens a Pfund. Ich hab's sofort g'merkt. Außer dir nimmt die keiner die Hand. Mei Freddy is an ei'm Allergieschock g'storben, ned an 'ner Bratwurst. Und du Mistpritschn, du grausliche, hast 'n aufm G'wissen!«

Jetzt hatten sie die Aufmerksamkeit aller Gäste, die einen Halbkreis um sie herum bildeten. Karin drückte sich mit dem Rücken gegen die Wand und hob abwehrend die Hände. »Ich hab nur das verarbeitet, was du mir gegeben hast. Und ein wenig Zitrone und ein bissel Piment, weil's Fleisch schon alt g'wesen ist.«

»Lüg'ngusch! Aufs Erbe bist scharf g'wesen. Denkst wohl, du kannst alles einheimsen. Aber die Suppe werde ich dir versalzen. Ich hab der Polizei g'steckt, dass Shrimps in den Bratwürsten drin g'wesen sein müssen. Die wer'n dir des Handwerk legen, du Mörderin. Einsperr'n wer'n se dich. Für immer und ewig!«

Zuerst herrschte Totenstille, dann wurden Rufe laut, die sich vervielfältigten und immer lauter wurden.

»Mörderin!«

»Ich war's ned!«, schrie Karin.

»Des sagen alle Verbrecher.«

»Brauchst a Brobellafotzn, dass de wieder zu dir kommst?«, rief Jörg.

Nein, Schläge brauchte sie nicht. Nur in Ruhe gelassen wollte sie werden. Sie schüttelte ihren Kopf und hielt sich die Ohren zu, doch das Gekeife drang zu ihr durch. Wie eine Mauer der Anklage standen die Menschen vor ihr, einer garstiger als der andere.

»Sie ist schuld!«

»Ins Gefängnis mit derra Giftmischerin!«

»Einfach ihr'n Mo umzubringa! Des is ned zu fassen!«

Sie musste weg von hier. Als sich eine Lücke ergab, zwängte sie sich hindurch. Jemand versuchte, sie an der Schürze festzuhalten, doch die Panik verlieh ihr ungeahnte Kräfte. Sie riss sich los, löste im Laufen den Knoten des Kittels und warf ihn von sich. Sie rannte und rannte, bis sie die U-Bahn-Station erreichte. Dort rang sie nach Atem. Ihr war kotzübel.

Wohin sollte sie sich wenden? Zurück ins Haus kam nicht infrage. Wohin dann? Zu ihrer Tochter, die mit 16 abgehauen war und sich seitdem nicht mehr gemeldet hatte? Oder zu ihrem Sohn? Aber der wohnte weit weg und sie wollte ihm nicht zur Last fallen.

War sie tatsächlich an Freds Tod schuld? Sie hatte keine Shrimps in die Masse gegeben und die Bratwürste wie immer mit Graubrot und Sauerkraut serviert. Nur dass sie gebraten und nicht gegrillt gewesen waren.

Wo sollen denn die Shrimps hergekommen sein? Von der Schüssel, die sie in den Kühlraum gestellt hatte. Hatten da welche gefehlt? Von alleine konnten die nicht in das Bratwurstmett gehüpft sein.

Das Gwerch in ihrem Kopf wollte sich nicht entwirren. Sie tappte weiter, setzte sich in die U-Bahn und ließ sich von ihr mitnehmen. Erst jetzt fiel ihr auf, dass sie weder Geld noch sonst irgendwas mit sich führte. Von jetzt an begleitete sie das schlechte Gewissen einer Schwarzfahrerin. Als Kind wären ihr dafür ein paar ordentliche Schellen sicher gewesen.

Zum Glück wurde sie nicht kontrolliert. An der Lorenzkirche stieg sie aus. Auf der Rolltreppe tauchte sie hinter der Kirche in der Fußgängerzone aus dem Untergrund auf und ließ sich über die Pegnitzbrücke zum Hauptmarkt treiben. In der Stadt war wie immer viel los. Auf der Pegnitz trieben Enten, dahinter erhob sich das Heilig-Geist-Spital. Die Harmonie zwischen den Sandsteinbauten, dem Fluss und dem Gelb der Bäume beruhigte ihren Puls und gab ihr ein Gefühl von Ausgeglichenheit. Von dort ging sie quer über den Hauptmarkt, am »Schönen Brunnen« vorbei und dann die Straße entlang zum historischen Rathaus und zur Sebalduskirche. Dort vorn stand Tonis Bratwurststand, allerdings ohne ihn.

Nanu? Hatte er seinen freien Tag?

»Hallo, Karin!«, ertönte seine Stimme hinter ihr.

»Toni! Dich schickt der Himmel!«

Er grinste. »Nicht, dass ich wüsste.« Er näherte sich ihr, fasste sie an ihren Ellenbogen und drückte ihr ein feuchtes Bussi auf den Mund. »Für heut bin ich fertig. Der Junior übernimmt.« Er ließ eine Pause und fragte dann: »Wie geht's dir, mei' Schatzele?«

Sie liebte es, wenn er sie so nannte. »Ziemlich beschissen. Meine Schwiegermutter behauptet, ich hätte den Fred umgebracht!«

»Hast du?«

»Fei wergli ned! Wie kannst du nur so von mir denken?«
Er drückte sie an sich. »Ich weiß doch, dass du dazu nicht
fähig wärst.« Plötzlich stutzte er, nahm sie an der Hand und
zog sie in eine Ecke neben der Sebalduskirche, weil es dort
ruhiger war. »Wenn rauskommt, dass wir ein Paar sind, werden sie sich die Mäuler über uns zerreißen.«

Wie das klang: ein Paar. Sie legte ihren Kopf auf seine
Brust und lauschte dem Pochen seines Herzens. »Weißt du,
worauf ich mich freu?«

»Lass mich raten: Mit mir zusammen den Foodtruck zu
betreiben.«

Sie erstarrte. »Was? Das ist nicht dein Ernst.«

»Wieso? Ist doch naheliegend.«

»Ich will den Scheißkarren aber nicht!« Sie löste sich von
ihm und starrte ihn zornig an. Wie konnte er sie nur so ent-
täuschen?

»Jetzt mach mal langsam.« Er flüsterte ihr ins Ohr. »Denk
mal nach. Was werden die Leute sagen, wenn wir nach Mallorca verduften, kaum dass dein Göttergatte unter der Erde
liegt?«

»Das wär mir wurscht.«

»Und was wird die Polizei denken, jetzt, wo wir für den
Tod zweier Menschen verantwortlich sein sollen?«

Sie blinzelte und versuchte, das Gehörte richtig einzuord-
nen. »Du meinst also, wir sind beide verdächtig?«

»Sieht so aus. Deine Schwiegermutter hat sich entsprechend geäußert, und die Polizei wird dem nachgehen. Hat
sie gesagt, wie du ihn umgebracht haben sollst?«

Karin überlegte kurz und erzählte Toni, was ihr vorgeworfen worden war. »Ich hab das Mett wie immer gemacht!«

»Das glaube ich dir. Trotzdem wäre es besser, das mit Mallorca zu verschieben. Aufgeschoben ist nicht aufgehoben. Im

Übrigen sollten wir vorsichtiger sein und uns nicht mehr so oft treffen. Wenn wir zusammen gesehen werden, könnte der Eindruck entstehen, dass wir unter eine Decke stecken.«

Es dauerte eine Weile, bis ihr klar wurde, was das bedeutete. »Eine längere Trennung von dir halt ich nicht durch. Ich brauch dei' Hilfe und die Einnahmen vom Imbiss. Allein schaff ich das ned.«

»Hm ... Wär echt schad' drum. Ich habe eine Idee. Was hältst du davon, wenn du mich als Koch für deinen Foodtruck einstellst. Dann könnten wir öfter zusammen sein, ohne dass einer Verdacht schöpft.«

»Und was willste anbieten?«

»Fränkisches natürlich. Der Truck ist dafür ausgestattet.«

Das hörte sich verlockend an, bis auf die Tatsache, dass sie weiterhin Würstchen produzieren müsste. »Aber ned lang.«

KAPITEL 14

Sein Audi brachte Richard auf der Autobahn zügig zur Rechtsmedizin in Erlangen. Das Institut gehörte zur Universität Erlangen-Nürnberg und lag in der Stadtmitte, nahe beim Campus. Es bot neben Forschung und Ausbildung Dienstleistungen für die Staatsanwaltschaft und die Bevölkerung an. Jedes Mal, wenn es in Nordbayern offene Fragen zur Todesursache eines Menschen gab, halfen sie mit

der Erstellung von Gutachten, die auch vor Gericht zugelassen waren.

Richard kannte Dr. Monika Lange schon viele Jahre und
hatte ein gutes Vertrauensverhältnis zu ihr aufgebaut. Deshalb ging er davon aus, von ihr Antworten auf seine Fragen zu erhalten, obwohl sie nicht in die Obduktion involviert gewesen war.

Er parkte seinen Wagen auf dem Großparkplatz und marschierte in Richtung Universitätsstraße. Erlangen hatte seine
Reize und hob sich als alte Hugenottenstadt von dem mittel-
alterlich geprägten Nürnberg ab. Zudem belebte die Universität mit ihren Tausenden von Studierenden die Stadt; außer
in den Semesterferien, dann beruhigte sich alles.

Zum Glück war es bis zu seinem Ziel nicht weit, denn
dunkle Wolken zogen sich zusammen. Als die ersten Tropfen fielen, erreichte er den Eingang der Rechtsmedizin, aus
der ihm eine Horde Studenten entgegenströmte. Zügig nahm
er die Treppen bis in den zweiten Stock. Monika war nicht
in ihrem Büro, dafür eine junge Studentin, die ihm nicht
weiterhelfen konnte.

Richard vermutete Monika in einem der Autopsiesäle
und hoffte, dass er nicht in eine Lehrstunde platzen würde.
Durch eine milchige Glastür entdeckte er sie schließlich
inmitten einer Menschenansammlung, betrat den Raum aber
trotzdem. Alle starrten wie gebannt auf einen nackten männlichen Körper auf dem Seziertisch. Der Geruch von Form-
aldehyd und Verwesung lag in der Luft. In einer Ecke saß
ein Student vornübergebeugt auf einem Stuhl. Offensichtlich war dem armen Kerl übel geworden.

Langsam schritt Richard näher. Monika erklärte die verschiedenen Schnitttechniken beim Öffnen des Schädels,
der Brust und des Bauchs. Der Körper des Toten wies eine

Unzahl von Hämatomen auf, der Schädel war deformiert – vermutlich das Opfer eines Verkehrsunfalls. Kein Fall für den Staatsanwalt, da sonst neben dem zuständigen Kriminalbeamten zwei offizielle Zeugen sowie ein Protokollführer anwesend wären. In diesem Fall diente die Leichenöffnung zu Demonstrationszwecken.

»Wen haben wir denn hier, die Kripo?«, sagte sie unvermittelt. »Hi, Richard, was führt dich in unsere unheiligen Gemäuer? Willst du noch was lernen?«

Alle Augen richteten sich auf ihn. Neugierige, aber auch scheue Blicke waren darunter. »Dazu ist es nie zu spät, oder? Schlimmer als du könnte ich ihn auch nicht zurichten.«

»Da wäre ich mir nicht so sicher. Vor allem wenn's um das Zusammenflicken geht. Bist du für die Leiche zuständig?«

»Nein, zum Glück nicht.«

»Dann warte bitte, bis ich fertig bin.«

»Ich wollte nicht stören, ich hab nur ein paar Fragen. Geht schnell.«

»Das kenne ich.« Sie zeigte mit ihrem Skalpell in Richtung Tür. »In etwa einer Stunde bin ich für dich da.«

»Lassen Sie ihn doch bleiben«, sagte eine Studentin. »Ich möchte sehen, ob er sich übergibt.«

»Bevor dem schlecht wird, wird der Tote hier wieder lebendig.«

Richard stützte seine rechte Hand in die Hüfte und gab so den Blick auf seine Waffe im Gürtelholster frei. Sofort weiteten sich einige Augenpaare. Monika drohte ihm grinsend mit ihrem Zeigefinger, um dann Richtung Ausgang zu deuten.

»Okay, ich geh ja schon«, sagte Richard und trat den Rückzug an. Letztlich musste jeder, der mit dem Gedanken spielte, als Rechtsmediziner seine Brötchen zu verdienen, sich mit Polizei und Waffen aller Art auseinandersetzen. Da er die Zeit irgendwie überbrücken musste, trat er hinaus in den Nieselregen. Die Institute für Pathologie und Anatomie, die er früher im Rahmen seiner Ausbildung besucht hatte, lagen sich gegenüber. Er lief einmal um den Block, und als der Regen sich verstärkte, kehrte er zur Rechtsmedizin zurück. Dort kamen ihm die Studenten aus dem Sektionssaal entgegen. Manche winkten ihm lächelnd zu. So sehr erschreckt konnte er sie also nicht haben.

Monika empfing ihn in ihrem Büro. Die Schutzkleidung hatte sie abgelegt und war soeben dabei, ihre Hände einzucremen. »Setz dich.«

Er nahm hinter einem kleinen Tisch Platz, an dem er schon oft gesessen war, um mit ihr die Ergebnisse zu diskutieren. Zwischen ihnen bestand eine gewisse Zuneigung, doch es hatte sich nie mehr entwickelt. Beide hatten Beziehungen gehabt, sich darüber ausgetauscht, aber keiner von ihnen wollte seine Freiheiten aufgeben. Für Monika ging der Beruf vor, was Richard gut nachvollziehen konnte. Oma und Dom hatten sie bereits vor dem Traualtar stehen sehen, doch dazu würde es nie kommen.

»Ich will dich nicht lange aufhalten, und es ist auch nicht mein Fall«, sagte er.

»Trotzdem mischst du dich ein?«

»Nur halb.« Er lächelte sie an. »Ich bin auf dem Weg nach Fischbach und wollte dich was fragen.«

Sie setzte sich ihm gegenüber an das Tischchen. »Ich bin nicht davon ausgegangen, dass du mich wegen mir besuchst. Also, schieß los.«

»Es geht um den Tod eines Fred Schaller.«

Sie stutzte. »Warte mal.« Sie stand auf und ging zu ihrem Computer. »Der ist heute reingekommen – vom Klinikum

Fürth.« Sie studierte den Bildschirm. »Die Staatsanwaltschaft Nürnberg hat eine gerichtsmedizinische Untersuchung angeordnet. Eindeutig ein anaphylaktischer Schock, der zum Ersticken geführt hat, und die wollen wissen, was sich in seinem Magen befindet und wogegen er vielleicht allergisch gewesen sein könnte. Was hast du damit zu tun?«

»Eigentlich nichts. Weißt du, dass Schaller Zeuge eines tödlichen Verkehrsunfalls mit Fahrerflucht war?«

»Woher denn?« Sie setzte sich wieder zu ihm.

»Ein Bekannter von Dom und mir soll der Täter sein. Toni Meisenbach. Er schwört, dass er es nicht war, aber Schallers Zeugenaussage wird ihn vor Gericht bringen. Schaller meinte sogar, es wäre Mord und kein Unfall gewesen.«

»Interessant. Willst du damit sagen, dein Bekannter hat Schaller getötet, um ihn an einer Zeugenaussage zu hindern?«

»Das trau ich ihm nicht zu.« Er hob beide Hände. »Ja, ich weiß, nur eindeutige Beweise und Geständnisse zählen. Traudich leitet die Ermittlungen. Du kennst ihn ja.«

»Allerdings. Und er wird dir gehörig in die Parade fahren, wenn du dich einmischst.«

Richard zweifelte keine Sekunde daran, dass sich sein ehemaliger Chef direkt bei der Polizeidirektion über ihn beschweren und Maxi ihn so bei einer Lüge erwischen würde. »Nachdem die Staatsanwaltschaft nun doch eine Autopsie veranlasst hat, erübrigt sich meine Frage.«

»Du hast mich neugierig gemacht.«

»Es geht um die Frage, ob Schallers Tod Mord gewesen sein kann.«

»Zunächst muss ich davon ausgehen, dass der Mann aufgrund einer Allergie verstorben ist.«

»Aber gegen was?« Er wollte seinen Gedankengang noch nicht aufgeben. »Mir wurde gesagt, er wäre an einer Bratwurst erstickt, weil er gegen das Fleisch darin allergisch sei. Mich wundert, dass ein Metzger auf Schweinefleisch allergisch sein soll. Dann hätte er bestimmt einen anderen Beruf gewählt.«

»Stimmt.«

»Steht in dem Bericht der Pathologie, auf was er allergisch war?«

»Nein, und das lässt sich bei einem Toten schwer feststellen. Du weißt, wie eine Anaphylaxie entsteht?«

»Nicht genau, um ehrlich zu sein. Lediglich, dass man Antihistaminika als Gegenmittel injiziert.«

»Richtig. Das Immunsystem dreht durch. Es wehrt einen körperfremden Stoff durch die Produktion von Antikörpern ab; wie es das zum Beispiel auch bei Grippe- oder Coronaviren tut. Die Antikörper aktivieren unter anderem Mastzellen, die entzündungsfördernde Botenstoffe ausschütten, beispielsweise Histamin, was die Allergiereaktion auslöst. Im Gegensatz zum Ablauf bei einer normalen Infektion oder einer leichten Allergie wird das Histamin bei einer Anaphylaxie in großen Mengen und sehr schnell in die Blutbahn abgegeben. Die Blutgefäße dehnen sich, die Durchlässigkeit der Gefäßwände erhöht sich, während sich gleichzeitig die Bronchien verengen. Alles zusammen führt zu einem massiven Blutdruckabfall, Gleichgewichts- und Bewusstseinsstörungen bis hin zur Bewusstlosigkeit, Herzrasen, Atemnot und Herzstillstand. Das kommt zwar nicht häufig vor, doch immerhin sterben in Deutschland 30 Menschen pro Jahr daran.«

»Diese Reaktion kann man demnach nur am lebenden Körper feststellen.«

»Ja. Aber – und darauf willst du wahrscheinlich hinaus – die meisten Allergiker wissen, wogegen sie allergisch sind.

Und auch, dass Allergien zwar manchmal verschwinden, allerdings leider nur selten, meistens verschlimmern sie sich stattdessen oder weiten sich auf andere Allergene aus. Viele Asthmapatienten sind Allergiker.«

»Das heißt, Fred Schaller hätte nie im Leben eine Bratwurst gegessen oder Schweinefleisch angefasst.«

»Davon ist auszugehen.«

»Oder er hat auf etwas anderes allergisch reagiert, von dem er nichts wusste.«

»Viele Fragen und keine Antworten. Offenbar bist du nicht der Einzige, der sich darüber Gedanken macht. Wir haben den Auftrag seinen Mageninhalt zu untersuchen. Ich gehe davon aus, dass man herausfinden will, wogegen Schaller so heftig reagiert hat. Seinen Hausarzt können wir leider nicht befragen.«

Wegen der Schweigepflicht. »Die Ehefrau könnte Auskunft geben.«

»Außer sie hat ihm das Allergen absichtlich verabreicht. Quasi eine Abwandlung des klassischen Giftmords. Das wäre äußerst raffiniert.«

KAPITEL 15

Mittagspause. Dom erhob sich von seinem Schreibtisch und streckte sich. Gestern Abend hatten Richard und er Ju-Jutsu trainiert, weshalb ihn heute ein Muskelkater plagte. Dazu hatte er einige blaue Flecken eingesteckt.

Wie immer wartete er ein bisschen, bis sich der Ansturm auf die Kantine gelegt hatte. Kurz vor deren Eingang kam Bianca Müller mit ausgestrecktem Zeigefinger auf ihn zu, als wollte sie ihn aufspießen. Im ersten Moment befürchtete Dom, sie würde ihn beschuldigen, sich in ihre Angelegenheiten zu mischen.

»Hast du schon das Neueste gehört?«, fragte sie, als sie ihn erreicht hatte.

»Traudich will sich pensionieren lassen? Wird echt Zeit.«

Sie stutzte und lachte. »Das würde euch so passen. Den werden sie mit den Füßen zuerst aus seinem Büro tragen müssen. Rate weiter.«

»Hm. Die Fürther geben endlich ihren Widerstand auf und wollen Nürnberger werden.«

Zwei Kollegen, die zufällig vorbeigingen und den Scherz gehört hatten, lachten lauthals. »Eh das passiert, wird der Club Bundesligameister«, sagte der eine. »Oder die Fürther«, der andere.

Dom sah ihnen nach und nahm sich vor, in Zukunft vorsichtiger mit solchen Äußerungen zu sein. »Ich bin schlecht im Raten.«

»Kannst du dich an den Namen Fred Schaller erinnern?«

»Das ist der Zeuge, der Toni belastet.«

»Er ist tot.«

»Davon hab ich gehört«, sagte Dom langsam.

»Weißt du, woran er gestorben ist?«

»Er ist erstickt.«

Sie setzte ein triumphierendes Gesicht auf. »Wieder falsch.«

»Okay, dann vielleicht an Sauerstoffmangel?«

»Du verwechselst Wirkung mit Ursache.«

»Worauf willst du hinaus? Er war allergisch auf irgendwas.«

»Richtig. Und jetzt kommt's: auf Shrimps.«

Das war neu. Offenbar hatte die Rechtsmedizin schnell gearbeitet. »Warum isst er dann welche?«

»Hat er eben nicht, zumindest nicht freiwillig.« Sie trat näher an Dom heran und klopfte ihm auf die Brust. »Die Shrimps steckten in den Bratwürsten.«

Sofort stellte sich Dom ganze Krustentiere in einer Bratwurst vor. Passten die überhaupt in die kleinen Nürnberger? Mit Daumen und Zeigefinger zeigte er deren ungefähre Größe an.

»Doch nicht am Stück. Sag mal, du stehst doch sonst nicht so auf dem Schlauch«, entgegnete Bianca. »Schön kleingehackt und dann mit der Bratwurstmasse vermischt. Da staunst du, was?«

In der Tat. Sofort klärten sich seine Gedanken. »Jemand muss genau gewusst haben, was er da tut.«

»Das meinen wir auch. Und wer weiß, wie man Bratwürste herstellt? Naaa …?«

»Da wär Toni ziemlich blöd, und das ist er garantiert nicht.«

»Also kennst du ihn doch besser, als du neulich behauptet hast.«

Dom wand sich innerlich. »Als Freund würde ich ihn nicht bezeichnen, eher als guten Bekannten«, erwiderte er schwach.

»Wir werden ihn heute vorladen.«

»Darüber wird er nicht sehr begeistert sein. Habt ihr handfeste Beweise?«

»Um ehrlich zu sein, nein. Immerhin hat Meisenbach sich mit Schaller öffentlich beharkt.«

»Weswegen?«

»Weil Schaller seinen Foodtruck zu nahe an Tonis Stand abgestellt hatte.«

»Wohl kein Grund, einen umzubringen.«

»Hm«, machte Bianca. »Traudich hofft, ihm ein Geständnis zu entlocken.«

»Warum erzählst du mir das?«

Sie näherte ihren Kopf seinem Ohr. »Weil ich glaube, dass du mir ein Motiv liefern kannst. Immerhin kennst du ihn gut.«

»Herrgott, ich bin nicht mit ihm verheiratet.«

Sie schüttelte den Kopf, sodass ihr Pferdeschwanz hin und her wippte. »Nimm ihn in die Zange. Quetsch ihn aus.«

»Wie bitte?«

»Dir wird er vielleicht mehr erzählen als uns.«

Den letzten Satz hatte sie besonders leise gesprochen. Als er sich umdrehte, erkannte er den Grund. Traudich schob seinen massigen Körper um die Ecke. Als er sie beide entdeckte, verfinsterte sich sein Gesicht augenblicklich. Bianca straffte ihre Schultern und warf Traudich einen trotzigen Blick zu.

»Was gibt's da zu besprechen?«, schnarrte er.

»Lena geht's gut«, antwortete Dom. »Und dem Baby auch. Es wird ein Madla.«

Bianca lächelte breit. »Mir würde gefallen, wenn ihr sie Bianca nennt. Ist doch ein schöner Name. Ich muss weiter, Grüße an Lena.«

»Meinen Glückwunsch«, sagte Traudich, während er ihr hinterherblickte. Dann wandte er sich an Dom. »Ihnen ist hoffentlich klar, dass Sie für die Aufklärung eines Mordes nicht zuständig sind.«

»Selbstverfreilich. Wie kommen Sie darauf?«

»Weil Sie ständig Bianca ausfragen. Außerdem ist Ihr Freund und unser alter Kollege bei Frau Dr. Lange aufgetaucht, um sich nach Allergien unseres verstorbenen Zeugen zu erkundigen.«

Dom beschloss, sich als Unschuldslamm zu präsentieren. »Erstens frage ich Bianca nicht aus, und zweitens bin ich nicht für Richard verantwortlich. Was soll er gemacht haben?«

»Sind Sie schwerhörig?«

»Eigentlich nicht, aber vielleicht habe ich ein selektives Hörvermögen.« Dom schluckte, denn ihm war bewusst, dass er zu weit gegangen war. »Er wird einen Grund dafür gehabt haben.«

»Der möchte uns in die Spucke suppen.«

Dom stutzte einen Moment und konnte sich ein Lachen kaum verkneifen. Traudich war mit Vorsicht zu genießen, vor allem, wenn er rot angelaufen war. »Das macht er mit Sicherheit nicht«, sagte Dom beschwichtigend. »Warum sollte er?«

»Weil er sich nicht an Regeln hält, weil er immer alles besser weiß. Aber nicht mit mir. Das ist mein Fall und ich erwarte sowohl von Herrn Levin als auch von Ihnen, dass Sie sich heraushalten. Habe ich mich deutlich genug ausgedrückt?«

»Schon gut, Sie können Ihre Suppe allein auslöffeln.« So, nun war es draußen und die Front geklärt. »Guten Tag.«

Nachdem Dom sich in seiner Abteilung abgemeldet hatte, trat er ins Freie auf den Jakobsplatz hinaus. Es musste einen Grund geben, warum Traudich so aufgebracht reagiert hatte. Normalerweise war Zusammenarbeit zwischen den Abteilungen sogar erwünscht, denn manchmal sah man den Wald vor lauter Bäumen nicht, und ein Außenstehender hatte eine andere Perspektive oder eigene Erkenntnisse.

Der Platz vor ihm war kaum besucht, doch ein paar Schritte weiter, beim »Weißen Turm«, änderte sich das. Der war Teil der inneren Stadtmauer und ein wuchtiges Überbleibsel des Hochmittelalters. Der eckige Bau stand im Kontrast zu den beiden kleineren Rundtürmen vor dem Durchlass. Den weißen Putz, von dem der Name herrührte, hatte der Turm längst eingebüßt. Der Überlieferung nach gäbe es in Nürnberg nicht genug Jungfrauen, um ihn rein und somit weiß zu erhalten. Aber das waren nur böse Verleumdungen, die bestimmt die Fürther verbreitet hatten.

Als Dom den »Weißen Turm« und den neuzeitlichen Hans-Sachs-Brunnen – den alle wegen seiner mitunter frivolen Darstellungen nur das Ehekarussell nannten – passiert hatte, schlug er den Weg hinunter ins Pegnitztal ein. Hier gab es weniger Touristenattraktionen zu sehen, wofür ihn der Henkersteg über den Fluss entschädigte. Die Pegnitz floss gemächlich dahin und lud zum Verweilen ein. Er liebte diese ruhigen Ecken von Nürnberg, die sich etwas von der alten Zeit bewahrt hatten und wo man Ruhe finden konnte. Früher, als Richard noch bei ihnen gearbeitet hatte, waren sie oft zusammen da gewesen, um den Kopf freizubekommen.

Danach ging es bergauf, auf den Burgberg zu, doch die Kaiserburg war heute nicht sein Ziel, sondern die Sebalduskirche, auf deren Vorplatz Tonis Bratwurstbude stand. Ursprünglich hatte er nicht vorgehabt, Biancas Wunsch zu entsprechen, aber Traudichs Verhalten hatte ihn überzeugt, dass da mehr sein musste. Etwas, von dem der Alte nicht wollte, dass es ans Licht kroch.

Der Geruch von Rostbratwürsten empfing ihn. Mit rotem Gesicht stand Toni am Grill und rollte eifrig seine fingerlangen Würstchen über der Flamme.

»Drei im Weggla, bitte«, sagte Dom, nachdem ihn Toni nicht zu bemerken schien.

Der blickte auf. »Dom. Sorry, hab dich nicht gesehen. Was machst du hier?«

»Meinen Hunger stillen.«

»Das hättest du weiter unten schneller haben können.«

»Außerdem wollte ich mir die Beine vertreten.«

»Du warst schon immer schlecht im Lügen.« Toni schnitt eine Semmel auf und legte drei dunkelbraune Würste hinein. »Senf?«

»Gern.«

Der mittelscharfe gelbe Senf passte nicht nur farblich, sondern auch geschmacklich hervorragend. Dom lief das Wasser im Munde zusammen. Wenn das Lena wüsste. In letzter Zeit sprach sie oft davon, sich vegetarisch ernähren zu wollen, was er bislang nur mit dem Argument ihrer Schwangerschaft hatte verhindern können. Heißhungrig biss er ins Weggla. Im Mund formten Senf, das Brötchen und das gebratene Fleisch mit dem Majoran eine perfekte Geschmackskomposition. »Bei dir gibt's echt die besten«, sagte er.

»Gell.« Toni beugte sich vor. »In Zukunft wirst mich hier aber nicht mehr finden.«

»Warum?«

»Weil ich mich mit 'nem Foodtruck selbstständig machen werde.«

»Glückwunsch! Du machst dich selbstständig?«

»Kann man so sagen.« Toni strahlte vor lauter Stolz. »Dann gibt's nicht mehr nur diese blöden Würste. Ich kann die Dinger nicht mehr sehen, geschweige denn riechen.«

Dom wurde bewusst, dass er dabei war, das zu tun, worum Bianca ihn gebeten hatte: ein Motiv finden. »Woher kriegst du den?«, fragte er vorsichtig. »Die wachsen schließlich nicht auf Bäumen und sind sauteuer.«

»Beziehungen.« Toni zwinkerte ihm zu. »Man muss halt die richtigen Leut' kennen.«

»Das soll helfen«, antwortete Dom, ohne zu wissen, wen Toni damit meinte.

»Wenn ich ihn hab, musst du unbedingt mal vorbeischauen.«

»Wo wirst du stehen? Am Jakobsplatz?«

»Um ehrlich zu sein, habe ich keine Ahnung, ob ich mich da hinstellen darf. Wird sich noch zeigen.«

»Da wird einiges an Papierkrieg auf dich zukommen.«

»In diesem Fall nicht, denn der Truck ist schon registriert. Ich werd nur Teilhaber sein, aber das ist okay.« Er zuckte mit den Schultern. »Hauptsache, raus aus dem Mief.«

»Was wirst du anbieten?«

»Fränkisches für den Anfang, und später – mal sehen.«

»Auch Ochsenmaulsalat und saure Zipfel? Im Frühjahr Spargel? Wer wird dein Kompagnon?«

Toni kniff die Augen zu. »Horchst du mich gerade aus?«

»Ich? Wie käme ich dazu?«

»Weil sich das so anhört.«

»Du hast doch nichts geklaut, oder?«

»Nein, aber mir hängt der Vorwurf, Unfallflucht begangen zu haben, wie ein Mühlstein am Sack.«

Ebenso wie der Verdacht, ein Doppelmörder zu sein, dachte Dom. Verdammt, in was hatte Toni sich da geritten?

Laut sagte er: »Mach dir keine Sorgen. Wenn du's nicht warst, hast du nichts zu befürchten. Ich muss weiter. Alles Gute.«

»Servusle.«

Dom wischte sich die Finger an einer Papierserviette ab und marschierte los. Eine hübsche Frau kam ihm entgegen: mittelgroß, schlank, kurze braune Haare, attraktive Figur und ein nettes Gesicht, Ende 30 oder Anfang 40. Sie passierte ihn und steuerte strahlend auf Toni zu, der sie mit einem breiten Grinsen empfing. Intuitiv wusste Dom, dass dies Tonis Geschäftspartnerin war. Und damit auch, um wen es sich handelte.

KAPITEL 16

Das Besprechungszimmer mit seinem Whiteboard und den hellen Wänden verschwamm vor Richards Augen, als er während der Abteilungsbesprechung in Gedanken versank. Kollege Biesenecker, mit dem ihn eine gegenseitige Antipathie verband, lieferte lang und breit einen Bericht, und wie Richard ihn kannte, würde er den Erfolg, seinen Fall bald abschließen zu können, bis zur letzten Sekunde auskosten.

Richard konnte es Monika nicht verübeln, dass sie seine Fragen zu Schaller weitererzählt hatte, denn es gab nichts zu verheimlichen. Er hatte es sich selbst zuzuschreiben, dass er sie nicht um Stillschweigen gebeten hatte. Zuständigkeiten und Kompetenzbereiche existierten nicht ohne Grund. Jeder sollte sich auf sein Aufgabengebiet konzentrieren, denn sonst kam man sich in die Quere.

Monika hatte ihn am nächsten Tag angerufen und mitgeteilt, dass sich Überreste von Shrimps in Schallers Magen und in den Bratwürsten befunden hatten. Damit lag der Fall klar, jemand hatte die Shrimps in sein Essen gemischt, um ihn zu töten. Sie hatte das als raffinierten Mord bezeichnet. Ein Allergiker stirbt an einem anaphylaktischen Schock, also eines natürlichen Todes, und keiner schöpft Verdacht. Hätte beinahe geklappt.

Ausgeklügelte Morde reizten Richard am meisten, denn dafür benötigte es Fantasie und gute Planung seitens des Täters oder der Täterin. Jemand hatte sich einen cleveren Plan ausgedacht, wie er sein Opfer unauffällig ins Jenseits befördern könnte, ohne eine auffällige Spur zu hinterlassen.

Nur – das perfekte Verbrechen gab es nicht. Schon allein, weil es einen Ermittler erst recht herausforderte, die meisterlich gesponnenen Fäden zu entwirren. Die meisten Morde wurden von Angehörigen oder von Personen aus dem engeren Umfeld des Opfers begangen. Deshalb begann man dort mit der Suche. Wenn dies ergebnislos verlief, wurde der Kreis der Verdächtigen erweitert wie bei den Schichten einer Zwiebel, nur dass man sich von innen nach außen vorarbeitete. Bei Fred Schaller würde es genauso sein. Seine Ehefrau würde als Erste vernommen werden, und danach würde man den nächsten Verwandten und den engsten Freunden auf den Zahn fühlen.

Richard hätte gern erfahren, ob die restlichen Bratwürste in der Metzgerei sichergestellt worden waren und wie deren Analyse ausfiel.

Zwei Wochen waren vergangen. Gestern hatte Dominik ihm mitgeteilt, dass man Toni verdächtigte, gemeinsame Sache mit der Ehefrau des Herrn Schaller gemacht zu haben. Hatte Toni ein Verhältnis mit ihr? So etwas kam vor, aber Toni wurde auch des Mordes an Herrn Haupt beschuldigt. Das hieße, zwei Menschen wären wegen eines Foodtrucks umgebracht worden? Wie hingen Haupt und Schaller zusammen?

Wie immer drehte sich alles um die Frage nach dem Warum. Die Feststellung des Motivs war neben der Beweislage eine wichtige Komponente für die Verurteilung und die Bemessung des Strafmaßes. Damit der Tatbestand Mord erfüllt war, mussten bestimmte Mordmerkmale gegeben sein – Planung, Heimtücke und niedrige Beweggründe, wie Habsucht und Rache. Es wäre interessant zu erfahren, auf was die Staatsanwaltschaft ihre Anklage aufbauen würde. Zwar stellte ein Foodtruck einen gewissen Wert dar, doch durch die Morde an Norbert Haupt und Fred Schaller hätte Toni nicht viel gewonnen, außer dass er von einem Grill zum nächsten wanderte.

Zunächst würden Zeugenbefragungen, das Abklopfen von Alibis, die Auswertung von Bewegungsdaten und Verbindungsnachweise sowie das Sammeln von DNA-Spuren erfolgen. So reizvoll diese Arbeit auch sein mochte, Richard war froh, dass er nicht zuständig dafür war, denn so blieb ihm erspart, einen Freund womöglich hinter Gitter bringen zu müssen.

»Richard?«, fragte Maxi in seine Gedanken hinein. »Bist du noch bei uns?«

Er blickte auf und in ihre grünen Augen, die ihn skeptisch musterten, während seine Kollegen betreten zur Seite schauten.

»Natürlich«, sagte er. Es war ihm peinlich, ertappt worden zu sein, und er fühlte sich gemaßregelt, wobei Maxi recht hatte, was das Ganze noch verschlimmerte. Er räusperte sich. »Biesenecker hat berichtet, dass sein Hauptverdächtiger gestanden hat und der Fall gelöst ist.« Das Schweigen erzählte ihm, dass da mehr besprochen worden war. »Gratulation, Herr Kollege«, fügte er schnell hinzu.

Biesenecker strahlte. »Danke, danke. War ein hartes Stück Arbeit.«

Das konnte er leicht sagen, weil er fleißige Kommissare unter sich hatte, die ihm die meiste Arbeit abnahmen.

»So ein Erfolg tut richtig gut«, fuhr Biesenecker mit selbstgefälligem Grinsen fort.

»Erfolge werden immer dem gesamten K1 angerechnet, nicht einer Einzelperson«, sagte Maxi.

Die anderen nickten zustimmend, während Bieseneckers Mundwinkel der Schwerkraft nachgaben.

Stühle rückten, die Besprechung war zu Ende. Richard wollte sich erheben, als Maxi sagte: »Bleib noch.«

Die Kollegen verließen den Raum schneller als sonst. Peter streckte seinen Daumen nach oben und drehte ihn nach unten, wie bei den Gladiatorenkämpfen im alten Rom. Richard wusste, was er damit sagen wollte: »Morituri te salutant«, die Todgeweihten grüßen dich.

Maxi blickte Peter irritiert nach und wandte sich an Richard. »Du warst zwar körperlich anwesend, aber dein Geist schwebte in anderen Sphären. Ist alles in Ordnung mit dir?«

»Mir geht's blendend, obwohl der Körper bekanntlich nicht ohne Geist lebensfähig ist.«

Sie zuckte zurück, die Augenbrauen rundeten sich. »Was ist los? Du bist in letzter Zeit mir gegenüber so reserviert.«

Das war die Gelegenheit, ihr seine Gefühle zu offenbaren oder sie zumindest zu einem Abendessen einzuladen. »Es ist nicht so einfach, Maxi.«

»Seit wann scheust du Herausforderungen?«

»Seit ich mich in deiner Gegenwart wie ein kleiner Junge …«

Weiter kam er nicht, denn Maxis Assistentin Sylvia streckte ihren Kopf zur Tür herein. War das die Rettung oder eine verpasste Gelegenheit? Er hatte auf seine Verliebtheit anspielen wollen, und nun klang der Satz, als wäre er auf Maxis Verhalten als Vorgesetzte gemünzt. Blöd gelaufen.

»Maxi, der Herr Adler möchte dich sprechen.«

Adler war der Chef der Polizeiinspektion, der sich langsam, aber sicher seiner Pensionierung näherte. Böse Zungen behaupteten, der Mann würde seine Leute deshalb so auf Trab halten, weil ihm langweilig sei. Da er die Verantwortung übernehmen musste, wenn etwas schieflief, vergab man ihm das. Dass er Maxi ständig um sich haben wollte, war jedoch etwas, das Richard nicht passte.

»Sofort«, sagte Maxi.

Sylvia nickte und verschwand. Mit einem herausfordernden Blick in seine Richtung schnappte sich Maxi die Jacke ihres Hosenanzugs, die sie über die Stuhllehne gelegt hatte. »Du ähnelst meinem Vater, weißt du das? Nur für den Dienst leben, nur happy sein, wenn's ordentlich kracht und rummst, keinen noch so gefährlichen Auftrag fürchten, aber sich anstellen, wenn es um Gefühle geht. Ehrlich gesagt reicht mir einer von der Sorte.«

Mit einer energischen Drehung stürmte sie aus dem Raum und ließ ihn wie einen begossenen Pudel stehen.

Autsch, das tat weh. Sie hatte den Spieß umgedreht und ihn mit ihrem Vater verglichen. Sauber. Seine Laune war im Eimer und fühlte sich dort wohl. Als er sein Büro betrat, duckte sich Peter ein wenig merklich. »Uiuiui, da lässt einer die Lätschn hängen. Ich mach mich mal lieber unsichtbar, bevor du deinen Frust an mir auslässt«, murmelte er.

Zum zweiten Mal in Folge fühlte Richard sich wie bestellt und nicht abgeholt. Verpasste Gelegenheiten. Auf seinem Schreibtisch lag ein Abschlussbericht, den er heute abgeben sollte, doch sein Termin mit dem Staatsanwalt war erneut verschoben worden. Da Biesenecker diese Woche Bereitschaftsdienst hatte, würde er neu hereinkommende Fälle übernehmen. Was blieb Richard also anderes übrig, als einen Cold Case hervorzuholen, an dem sich schon Generationen von Kommissaren die Zähne ausgebissen hatten? Solche Flauten waren extrem selten, aber in dieser Woche schien sich alles gegen ihn verschworen zu haben.

Sollte er seiner Neugier nachgeben oder nicht? Er sah auf die Uhr, entschied sich dafür und meldete sich ab.

Seinen Audi parkte er im Parkhaus am Nürnberger Hauptmarkt. Von hier aus war es nur ein Katzensprung bis zu Tonis Bratwurststand.

In der Bude stand jedoch nicht sein Bekannter, sondern eine Unbekannte. »Wo ist Toni?«, fragte er die Frau.

»Drei im Weggla, der Herr?«

»Ist er nicht hier?«

»Sehn Se ihn?«

»Deshalb frag ich ja.«

»Woll'n Se die Würschd oder ned?«

Seine Hand zuckte nach seinem Dienstausweis, doch er besann sich eines Besseren. »Okay, geben Sie mir drei, und dann verraten Sie mir, wo Toni steckt.«

Sie grinste verschmitzt, während sie die Semmel aufschnitt. Er legte das Geld in die bereitstehende Schale und nahm das Essen entgegen.

»Der Doni ist schon seit zwei Wochen nimmer bei uns«, sagte sie endlich. »Der fährt auf so 'nem Fuuddregg mid. Des hadder scho' imma woll'n. Der hat von nix annerm gebabbeld, den ganzen Tag lang.«

Bei ihr hörte sich »Truck« wie »Dreck« an, nur mit zwei fränkischen Gs am Ende. »Hat er den gekauft?«

»Erschlafen hat er sich den, denn anners kommt der zu nix. Der hat so viel Rückgrat wie a ozuzelte Worschdhaud.«

»Wie bitte?« Toni mit einer schlaffen Wursthaut zu vergleichen, brachte Richard zum Lachen.

»Der hat jetzt a Freundin. Kaum is der ihr Mo g'schdorm, springt se mid'm Nächstbesdn in die Falle.«

Karin Schaller. Bingo. Man musste nur mit den richtigen Leuten reden, um Neues zu erfahren. »Wo finde ich den Foodtruck?«

Sie zuckte mit den Schultern. »Woher soll ich des wiss'n?«

Inzwischen war ein Familienvater mit drei Kindern herangetreten, dem sie ihre Aufmerksamkeit schenkte. Gegen die Lautstärke von vier hungrigen Mäulern konnte Richard nichts ausrichten und verzichtete deshalb darauf, noch mal nachzuhaken. Viel mehr hätte er aus der Dame vermutlich eh nicht herausbekommen.

KAPITEL 17

Es klingelte an der Wohnungstür. Karin wollte schon vom Küchentisch aufstehen, als Schwiemu an ihr vorbeischoss. »Mei' Haus. Ich öffne die Tür!«

Auch gut, dachte Karin und blieb sitzen, vor ihr der Morgenkaffee und daneben die Tageszeitung.

»Gestatten Sie, dass ich eintrete? Bianca Müller, Kriminalkommissarin vom Fachdezernat in Nürnberg.«

»Jetzt schicken die uns scho' ihre Sekretärinnen. Wo is'n Ihr Chef?«

»Zuerst mein herzliches Beileid, Frau Schaller. Sie werden mit mir Vorlieb nehmen müssen.«

Schritte erklangen und Schwiemu betrat die Küche. »Und no eine Hilfskraft aus Nämbersch, als ob wir Färda ned selba a Bolizei hädd'n!«, rief Schwiemu im Fürther Dialekt, als ob dies eine Fremdsprache wäre, die nur Einheimische verstehen würden. Sie warf Karin einen vorwurfsvollen Blick zu, als hätte diese die Polizistin ins Haus gebeten. Seit dem schrecklichen Vorwurf, sie hätte Fred mit Shrimps umgebracht, herrschte Eiszeit zwischen ihnen. Allerdings waren sie sich ohnehin nie grün gewesen en, denn die Schwiemu hatte keine Gelegenheit ausgelassen, Karin zu zeigen, dass sie allenfalls dritte Wahl für ihren kleinen Prinzen gewesen war. Ihre jetzige Feindseligkeit toppte jedoch alles bislang Dagewesene.

Die Anwesenheit der Kripobeamtin verstärkte das Gefühl des Unbehagens, an dem selbst deren aufgesetztes Lächeln nichts ändern konnte. Sie war ein bisschen jünger als Karin und machte einen energischen Eindruck. Sie trug moderne, unauffällige Zivilkleidung, kein Make-up und hatte ihre schwarzen Haare zurückgebunden.

Bianca Müller setzte sich zu ihnen an den Küchentisch, auf dem sich noch einige Krümel des Kuchens der Trauerfeier befanden, und legte einen Notizblock sowie einen Stift daneben. Schwiemu hatte alle Reste eingefroren, um sie nach der Bestattung wieder auftischen zu können. Karin wischte die Krümel vom Tisch. Dass sie auf Schwiemus Rock landeten, war nicht beabsichtigt gewesen. Die schnaubte und schüttelte sie von ihrer Schürze.

»Ich bin hier, um Ihnen, Frau Schaller, einige Fragen zu stellen«, sagte die Kommissarin an Karin gerichtet und dann zu Schwiemu: »Würden Sie uns bitte allein lassen?«

»Wann dürf'n wir meinen Freddy endlich beerdigen?«, fragte die stattdessen.

»Sobald die Untersuchungen abgeschlossen sind und die Staatsanwaltschaft die Leiche freigegeben hat.«

»Mein Freddy is ka' Leich'«, erwiderte Schwiemu mit zornigem Unterton.

Die Kommissarin verzog keine Miene. »Haben Sie bereits ein Bestattungsunternehmen beauftragt?«

»Allmächd na, was des kost'.«

»Die Kosten für die Autopsie und der damit verbundene Aufwand fallen der Staatskasse zur Last. Alles andere müssen Sie selbst bezahlen.«

»Isser noch ganz?«

Die Kommissarin zögerte mit einer Antwort, also fuhr Schwiemu fort: »Sie müss'n nämlich wissen, dass die da«, sie deutete mit dem Kopf auf Karin, »ihn aufm G'wissen hat.«

»Nun machen Sie mal halblang«, sagte die Kommissarin. »Solange jemand nicht verurteilt wurde, gilt er als unschuldig – auch Schwiegertöchter. Zurück zu Ihrer Frage. Natürlich bekommen Sie ihn komplett zurück.«

»Aber ihr habt 'n doch aufg'schnitten. Ich möchte mir gar ned vorstell'n, was des kost', den wieder g'scheid herzurichten.«

»Tut mir leid, so sind nun mal die Bestimmungen«, sagte die Kommissarin mit einer Stimme, in der alles andere als Mitgefühl zu hören war, was Karin zu diesem Zeitpunkt gut nachvollziehen konnte. »Außerdem habe ich Ihnen bereits gesagt, dass der verbundene Aufwand der Staatskasse zur Last fällt.«

»Die da had'n um'bracht. Eins sog ich dir, Karin: Von dem Erbe siehst du kan' Cent.«

»Ich würde nun gerne mit Ihrer Schwiegertochter unter vier Augen sprechen. Danach können Sie Ihre Aussage machen.«

»Die lügt doch wie g'druckt.«

»Frau Schaller, würden Sie uns bitte allein lassen?«

»Hier wird man ausm eignen Haus g'worfen!« Schwiemu stürmte hinaus.

Die Kommissarin legte den Kopf leicht schief und presste ihre Lippen kurz zusammen. »Keine einfache Situation, in der Sie sich befinden«, stellte sie fest. »Ich möchte auch Ihnen mein Beileid aussprechen.«

»Danke. Die konnte mich nie leiden und seit dem Tod vom Fred noch weniger.«

»Ist sie die Besitzerin dieses Hauses?«

»Zum Teil. Die Metzgerei und das Wohnhaus haben ihrem Mann gehört. Die hat er in die Ehe eingebracht. Als er gestorben ist, haben Fred und sie jeweils die Hälfte davon geerbt. Freds Bruder und seine Schwester wurden ausbezahlt.«

»Und Sie werden jetzt Freds Hälfte bekommen, nicht wahr?«

»Was weiß ich.«

»Hatten Sie Einblick in die Finanzen Ihres Mannes?«

Sollte sie das leugnen? Besser nicht, denn Lügen hatten kurze Beine, vor allem wenn Schwiemu Bescheid wusste. »Ja. Ich war für die Buchhaltung zuständig. Meine Eltern wollten, dass ich das lerne, was gut war, denn man muss schon wissen, wo's Geld hinfließt. Fred hatte mit Zahlen nix am Hut. Früher hat seine Mutter sein Konto geführt, bis ich's übernommen hab. Alles, was ihm unangenehm war, hat er auf mich oder seine Mutter abgewälzt.« Und ich dumme Nuss hab mir das jahrelang gefallen lassen, fügte sie in Gedanken hinzu.

»Hat er ein Testament hinterlassen?«

»Der Fred?« Karin zog ihre Schultern weit hoch. »Nicht dass ich wüsste.« Was der Wahrheit entsprach. Fred hätte im Leben nicht erwartet, dass er den Löffel vor ihr abgeben würde.

Damit lag Mallorca zum Greifen nahe. Doch es gab noch einige Hindernisse zu überwinden. Zuerst bräuchte sie den Erbschein und dann würde sie alles verhökern – einschließlich Imbisswagen. Weg mit dem Albtraum. Ihren Kindern stand auch was zu, aber es würde genug übrigbleiben. »Sieht so aus«, sagte sie ruhig.

»Rechnet Ihre Schwiegermutter damit, dass Sie erben, Frau Schaller?«

»Garantiert. Die trauert zwar um ihr Bubele, aber in erster Linie ist sie geldgierig. Und ihr anderer Sohn, der Jörg, würde sich liebend gern hier einnisten.«

Die Kommissarin warf ihr einen abwägenden Blick zu. Allzu gern hätte Karin gewusst, was hinter deren Stirn vor sich ging. Nimm dich in Acht vor denen, hatte Toni sie gewarnt. Er kenne zwei von den Bullen, und denen sei nicht zu trauen. Die tun scheißfreundlich, damit du Details ausplauderst, die sie später gegen dich verwenden. Nun, das würde nicht geschehen.

»Erzählen Sie mir, was Sie an dem Tag gemacht haben, an dem Ihr Mann starb.«

»Ich habe wie immer das Mett zubereitet.«

»Für die Bratwurstfüllung?«

Anscheinend war die Frau von auswärts, wenn sie so blöde Fragen stellte. »Ja, freilich.«

»Was sind die Zutaten?«

Karin zählte sie auf und beschrieb die Arbeitsabläufe. Die waren bekannt, man konnte sie sogar im Internet nachlesen. Trotzdem gab es einige Kniffe, wie zum Beispiel die richtige Auswahl und Menge an Gewürzen.

»Wer wusste, dass Sie die Würste zu dieser Zeit herstellen?«

»Jeder im Haus. Die Schwiegermutter, der Geselle und Fred natürlich.« Karin dachte nach. Toni und Ingrid. Aber das ging die Polizei nichts an. Keiner von denen war da gewesen. »Bei uns gibt's die jeden Tag. Wenn wir mit dem Imbisswagen unterwegs sind, brauchen wir mehr als sonst. Die bereite ich am späten Nachmittag für den nächsten Tag vor, sonst schaffe ich das net.«

»Machen nur Sie die Füllung?«

»Ja. Fred ist fürs Fleisch zuständig, wenn wir mal ganze oder halbe Tiere bekommen. Der Gesell kümmert sich um die fertig zerteilten Stücke. Beide schneiden daraus die Portionen, sodass der Kunde sieht, wie's er möchte. Die Schwiegermutter kümmert sich um die Auslage und den Verkauf.«

»Hat Sie jemand dabei beobachtet?«

»Kann sein. Vielleicht ein Kunde, wenn die Tür offen stand. Worauf wollen Sie hinaus?«

»Ist Ihnen bekannt, dass jemand Shrimps in die Würste getan hat?«

»Allmächd!« Karin erschrak und erkannte die Gefahr. Schwiemus Vorwürfe ergaben plötzlich Sinn. »Wie sollen die da reingekommen sein?«

»Das fragen wir uns auch.«

»Sie meinen, ich hätt'…?«

»Wir meinen nichts, wir sammeln nur Fakten. Sie können uns helfen, wenn Sie uns genau erzählen, was an diesem Tag passiert ist. Wer war sonst zur fraglichen Zeit anwesend, außer den üblichen Personen?«

»Wie gesagt, niemand.« Karin dachte nach. »Doch, da war einer. Der Herr Baumgärtner.«

»Und was wollte der?«

»Der wollte zu Fred. Den müssten Sie eigentlich kennen. Der ist vom Ordnungsamt. Da ging's um die Stellplätze für den Foodtruck.«

Die Kommissarin schrieb sich alles auf und unterstrich den Namen Baumgärtner. Ihr Gesicht drückte Skepsis aus.

»Ich glaub nicht, dass er das war«, sagte Karin. »Warum auch? Die beiden haben sich gut verstanden.«

»Wer wusste von Freds Allergie?«

»Fast jeder. Er hat's jedem erzählt, der es wissen wollte.«

»Waren Shrimps in greifbarer Nähe?«

»Ich sollte welche in den Kühlraum stellen. Aber ich tue die doch nicht ins Mett. Die Würschd würde kein Mensch essen wollen.«

Die Kommissarin blickte verwirrt. Wahrscheinlich kochte sie nicht selbst, sonst wäre ihr das sofort klar gewesen. »Die würden gebraten ganz anders aussehen als das

Schweinefleisch«, fügte Karin als Erklärung hinzu. »Die werden rosa.«

»Das waren keine ganzen Shrimps, sondern Stücke davon waren mit der Fleischmasse vermengt.«

»Aber ich hatte doch schon alles durch den Fleischwolf gelassen, und da waren hundertprozentig keine Shrimps drin.«

Die Kommissarin schrieb erneut. »Waren Sie die ganze Zeit über bei der Füllmasse?«

»Nee. Ich hab mal wegmüssen, weil ich mit meiner Schwester was unternommen hab. Ich hab die Schüssel so lang kühl gestellt und erst nach meiner Rückkehr den Saitling damit gefüllt.« Dass sie bei Toni gewesen war, verschwieg sie. Das ging niemanden etwas an, vor allem Schwiemu nicht, die sich bestimmt die Ohren an der Tür plattdrückte.

»Das heißt, in der Zwischenzeit hätte jemand die Shrimps beimengen und das Ganze eventuell ein zweites Mal durch den Fleischwolf lassen können?«

»Uiala, daran hab ich ja gar ned gedacht. Stimmt. Da hätte sich jemand die Masse aus dem Kühlraum schnappen und die Shrimps untermischen können.« Damit schied sie zum Glück als Verdächtige aus, oder?

Die Frau nickte bedächtig. »Könnte gut sein. Kennen Sie einen Norbert Haupt?«

Karins Herz begann zu rasen. Das war der Kerl gewesen, den Toni umgefahren haben sollte. Sie umklammerte die leere Kaffeetasse, als könnte die ihr Halt geben. »Wen? Ach der. Nee, den kannt' ich nicht persönlich, aber seine Tochter. Die hat uns den Foodtruck verkauft.«

»Wie erfuhren Sie davon, dass der zum Verkauf steht? Er war nicht annonciert.«

Karin studierte das Marienkäfer-Dekor der Kaffeetasse, die sie vor vielen Jahren für ihre kleine Tochter gekauft hatte. Sie atmete tief durch. »Fred hat das organisiert. Ich musste nur das Geld locker machen.«

»Aus der Familienkasse?«

»Nein, aus dem Nachlass meiner Oma. Die Metzgerei wirft nicht so viel ab.«

Der Mund ihres Gegenübers kräuselte sich. Mochte die doch denken, was sie wollte.

»Sie wissen, wie Herr Haupt ums Leben gekommen ist?«

Karin wurde klar, worauf die Kommissarin hinauswollte. Was sollte sie antworten, wenn sie nach Toni fragen würde? Abstreiten, ihn zu kennen, wäre am besten. »Nur aus der Zeitung.«

»Sagt Ihnen der Name Toni Meisenbach was?«

»Nee.«

»Sind Sie sicher?«

Durchhalten. »Nie gehört.«

»Auch nicht im Zusammenhang mit dem Foodtruck des Herrn Haupt?«

»Nee.«

»Der Name ist wirklich nie gefallen?«

»Als wir den Truck kauften? Nicht dass ich wüsste.«

»Gut, das war's. Ich muss Sie bitten, zu unserer Dienststelle am Jakobsplatz zu kommen, damit wir Ihre Aussage zu Protokoll nehmen können.«

»Kein Problem.«

Die Kommissarin erhob sich, gab ihr eine Visitenkarte, nahm ihren Notizblock und wandte sich zum Gehen. Karin zeigte ihr den Weg zur Haustür und mit einem Kopfnicken verschwand die Gefahr. Sie ahnte jedoch, dass es jetzt erst richtig losgehen würde.

KAPITEL 18

Am folgenden Abend fuhr Richard erneut nach Nürnberg, wollte dieses Mal übers Wochenende bleiben. Mit Maxi herrschte Funkstille. Er konnte das nachvollziehen, denn sie hatte versucht, den ersten Schritt zu machen, und er hatte es verbockt, was ihm unendlich leidtat. Bevor er jedoch den Gang nach Canossa antreten würde, wollte er mit sich selbst ins Reine kommen, und das Wochenende bot dazu Gelegenheit.

Er fuhr nicht wie sonst über die A3 und das Nürnberger Kreuz nach Fischbach, sondern nahm die A73, die um diese Uhrzeit dicht befahren war. Er hatte sich die Adresse von Schallers heutigem Standplatz besorgt, um herauszufinden, ob Toni bei Karin Schaller im Foodtruck arbeitete. Sie würden nicht ewig dort stehen, also musste er sich sputen.

Bei Erlangen verdichtete sich der Verkehr schlagartig, bis er schließlich an den Ampelkreuzungen, die die Stadtautobahn unterbrachen, zum Stocken kam. Das Ärgernis der Ampeln und der zu niedrigen und zu engen Eisenbahnunterführungen bestand schon seit 30 Jahren, seitdem die Stadtautobahn auf der Trasse des ehemaligen Ludwigkanals gebaut worden war, doch es gab Licht am Horizont. Nur noch 30 weitere Jahre, so wurde gespottet, und die Autobahn würde ihren Namen verdienen.

Endlich konnte er das Nadelöhr passieren und fuhr danach auf die Nopitschstraße, um in die Schweinau zu gelangen. Laut Dom hatte sich der öffentliche Unmut über die Vergabe der Standplätze für Foodtrucks gelegt, stattdessen wurde nun ordentlich über die Todesfälle gemutmaßt.

Heute sollte der Schaller'sche Truck in der Schweinau stehen, wie Richard im Internet recherchiert hatte, offenbar auf einem Firmengrundstück, auf dem ein kleines Volksfest veranstaltet wurde, das Kunden für die umliegenden Firmen anlocken sollte. Überhaupt hatte er einiges über Streetfood gelernt. Für Foodtruck-Aspiranten war es nicht einfach, sich durch den Dschungel der erforderlichen Genehmigungen zu kämpfen. Es lebe der deutsche Ordnungssinn und die damit verbundene Bürokratie. Natürlich benötigte der hoffnungsfrohe Gastronom zunächst einen entsprechenden Führerschein, um seinen umgebauten Truck fahren zu dürfen, der eine Abnahme durch den TÜV brauchte. Dann musste er sich um einen Gewerbeschein und zusätzlich um eine Reisegewerbekarte bemühen, weil Imbisswagen eben nicht stationär waren und ihre Betreiber somit den Schaustellern zugerechnet wurden. Für die Reisegewerbekarte war ein polizeiliches Führungszeugnis Voraussetzung. Nach dem Infektionsschutzgesetz war eine Belehrung der Mitarbeiter durch das Gesundheitsamt Vorschrift, die alle zwei Jahre vom Betreiber wiederholt werden musste. Daneben wurde eine Inspektionsbescheinigung des Lebensmittelaufsichtsamts verlangt, die erste Inspektion erfolgte nach Vereinbarung, die folgenden Besuche spontan und unangemeldet. Die Schanklizenz nicht zu vergessen, wenn der geplagte Foodtrucker Alkohol anbieten wollte, und last but not least ein Gesundheitszeugnis des Verkaufspersonals.

Wer alle erforderlichen Bescheinigungen endlich in Händen hielt und meinte, sich nun mit seinem Grillwagen in der Fußgängerzone platzieren zu dürfen, irrte, denn dazu musste man sich beim zuständigen Straßenverkehrsamt eine Sondernutzungsgenehmigung besorgen. Das Ordnungsamt überwachte die Einhaltung der Regeln. Die meisten Betreiber der Foodtrucks boten ihre Ware deshalb auf privatem Grund an und bildeten eine Gemeinschaft, in der sie sich absprachen.

Laut Navi würde er bald den heutigen Standplatz von Schallers Imbisswagen erreichen, der sicher nicht zu den ertragreichsten gehörte. Er fand das knallrote Gefährt am Rande eines Parkplatzes, stellte seinen Wagen ab und stieg aus. In der Nähe drehte ein Kinderkarussell seine Runden. Außerdem gab es eine Schießbude sowie einen Stand mit Zuckerwatte. Vier Kinder vergnügten sich auf dem Karussell, während deren Eltern ihnen amüsiert zusahen.

Ein kalter Wind fegte Staub und Blätter an Richard vorbei. Die Straßenbeleuchtung sprang an und tauchte alles in gelbes Natriumlicht. Im von innen beleuchteten Foodtruck erkannte Richard eine Frau und Toni, der soeben über die Ablagefläche wischte und mitten in der Bewegung innehielt. Die Frau indes werkelte unbeirrt weiter. Richard schätzte sie auf Anfang 40. Er näherte sich bis auf einige Schritte und hob die Hand zum Gruße.

»Hallo, Richard!«, rief Toni ohne die übliche Herzlichkeit in seiner Stimme. »Was hat dich denn hierher verschlagen?«

»Die Neugier. Wurdest du befördert und das ist dein Upgrade?«

»Meinst du den Wagen?« Toni zeigte auf das Innere des Trucks. Jetzt nahm auch die Frau von Richard Notiz. Sie legte eine Frischhaltedose auf dem Tresen ab und starrte auf ihn herab. Niemals einen Feind unterschätzen, wenn der über dir in der Burg sitzt. Richard schob diesen Gedanken beiseite.

»Was sonst?«, sagte er. »Darf man gratulieren?«

Tonis Gesicht verfinsterte sich zusehends. »Besuchst du uns aus dienstlichen Gründen?«

»Nein, aus privaten.« Im Hintergrund brummte leise ein Aggregat, ein angenehmer Geruch nach Gebratenem stieg Richard in die Nase. Alles machte einen gepflegten und ordentlichen Eindruck. Die Frau entsprach Doms Beschreibung. Sie trug unter einer makellos weißen Schürze einen dunklen Pullover. Die Art, wie sie Toni ansah, offenbarte, dass die zwei mehr als nur Geschäftspartner waren.

»Richard Levin«, stellte er sich vor. »Toni und ich kennen uns vom Mittelalterverein.«

Sie nahm seine Aussage kommentarlos zur Kenntnis.

»Richard arbeitet bei der Kripo«, sagte Toni, ohne ihn aus den Augen zu lassen.

»Warum sind Sie hier?«, fragte sie leise. »Wollen Sie Toni verhaften?«

»Um Gottes willen, nein.« Es wäre gut, ihren Namen zu erfahren, selbst wenn er dabei Gefahr liefe, die zwei zu beunruhigen. »Und Sie sind …?«

»Karin Schaller«, antwortete Toni für sie. »Die Witwe von Fred Schaller. Das wolltest du doch wissen, oder?«

Tonis Reaktion ließ vermuten, dass ihm klar war, dass sich durch die Verbindung zu Karin Schaller der Verdacht gegen ihn verstärkt hatte. »Wieso sollte ich das wollen?«, erwiderte Richard leichthin.

»Weil du uns unterstellst, etwas mit dem Tod ihres Mannes zu tun zu haben.«

»Ich unterstelle nie jemandem etwas. Außerdem befindet sich meine Dienststelle in Coburg, wie du weißt. Für Nürnberg bin ich nicht zuständig.«

»Aber Dom ist es?« Tonis Stimme klang ungewohnt scharf. Der Mann war eindeutig in der Defensive.

»Nur, wenn du was geklaut hast. Hast du?«

»Dumm's Gschmarri.«

Richard setzte sein freundlichstes Lächeln auf. »Also reg dich ab.«

»Was willst du von uns?«

Aus Richards Erfahrung paarte sich ein schlechtes Gewissen gern mit Misstrauen. Tonis defensive Haltung deutete darauf hin, was nicht heißen musste, dass er tatsächlich etwas mit dem Tod von Fred Schaller und Norbert Haupt zu tun hatte. Aber irgendetwas stimmte nicht. »Ich bin auf dem Weg zu meiner Oma, die in Fischbach wohnt, und will für sie etwas in der Schweinau besorgen. Woher sollte ich wissen, dass du hier bist? Ich wähnte dich oben an der Burg. Ich habe Kohldampf, und als ich den Imbiss gesehen hab, hab ich angehalten – nicht wegen dir. Ich wusste nicht mal, dass du inzwischen unter die Foodtrucker gegangen bist.«

»Na gut.« Tonis verkniffene Lippen entspannten sich sichtlich. Mit einer einladenden Geste beugte er sich über die Theke. »Was darf ich dir anbieten? Und weil du's bist, mach ich extra was warm, obwohl wir schon zu haben und einpacken.«

»Versuchst du gerade eine Beamtenbestechung?«

Toni fuhr hoch. »Hä?«

»Mensch, war ein Späßchen. Gib mir was, bloß keine Bratwurst.«

»Wie wär's mit einer Stadtwurst mit Musik?«

Das kam davon. Er hätte alle Würste ausschließen sollen. Um die Sache nicht zu verkomplizieren, sagte er: »Gerne.«

Toni bereitete ihm einen Pappteller mit dem Gewünschten und legte eine Scheibe Bauernbrot mit Butter dazu. »Aus der Fränkischen Schweiz.«

Das Brot schmeckte frisch, und die Butter zerschmolz köstlich auf der Zunge. Die Musik bestand aus einer Marinade mit Essig, Öl, Salz, Pfeffer und Zwiebeln und ergänzte die geräucherte Brühwurst hervorragend. Er lobte das Essen, woraufhin Karin sich sogar ein Lächeln abrang.

»Wir legen Wert darauf, dass alles frisch zubereitet ist«, sagte sie. »Und die Nürnberger sind jetzt echte.«

»Waren sie das vorher nicht?«

Sie lief knallrot an, was ihm als Antwort genügte. Sie ergriff ihre Frischhaltedose und verschwand im hinteren Teil des Wagens. »Keine Sorge, mir ist die Wurst wurscht, aber eventuell euren Konkurrenten nicht«, sagte Richard, um sie zu beruhigen.

Toni zuckte mit den Schultern. »Wir im Streetfood-Business halten prima zusammen und sprechen uns ab, wenn es Probleme gibt.«

»Den Druck machen dann eher die Metzgereien? Ich glaube, etwas in der Richtung gehört zu haben.«

Nun lief Toni rot an. »Was bringt dich auf die Idee?«

Richard stellte den Teller mit einem Rest von Zwiebeln in der Essigmarinade auf die Theke zurück. »Lass uns Klartext reden. Du hast dich an uns gewandt, damit wir dich mit Rat und Tat unterstützen. Das können wir nur, wenn du die Karten offen auf den Tisch legst. Halbwahrheiten und Mauern helfen da nichts, zumal der Verdacht der Fahrerflucht nach wie vor im Raum steht, oder?«

»Ja, leider.«

»Bislang scheint kein Motiv gefunden worden zu sein. Möchtest du mir dazu etwas sagen?«

Drinnen fiel ein Gegenstand zu Boden.

»Ich bin nicht der Besitzer dieses Imbisses, Richard. Ich helfe Karin, weil sie das allein nicht stemmen kann.«

»Woher kennt ihr euch?«

»Das ist meine Privatangelegenheit.«

»Diese Fragen, wird man dir zur gegebenen Zeit stellen.«

»Aus einem Kochkurs, den ich gehalten habe.«

»Gute Antwort«, sagte Richard. »Und merk dir: Ich will euch nichts Böses, solange ihr eine weiße Weste habt.«

Toni biss sich auf die Unterlippe, die Anspannung wich aus seinem Körper, und er sackte in sich zusammen. Offensichtlich ergab er sich in sein Schicksal. »Du hast recht, es sieht beschissen aus, vor allem weil sie mich wegen dem Unfall am Wickel haben, obwohl ich weder damit noch mit Schallers Tod was zu tun habe. Karin wurde deswegen schon befragt. Jemand soll Shrimps, gegen die er allergisch war, in sein Essen getan haben. Dummerweise hat Karin das Essen zubereitet. Wir sind zusammen, das leugnen wir nicht. Mir war das von Anfang an klar, aber ich muss ihr helfen. Was uns noch mehr in die Bredouille bringt. Mich haben sie auch schon zu einer Befragung vorgeladen.«

»Das ist der normale Ablauf. Und dass ihr anscheinend ein Paar seid, verbessert die Lage nicht.«

»Was soll ich tun?«

»Kneif die Arschbacken z'amm, und durch. Die Mühlen der Justiz mahlen zwar langsam, aber sie mahlen. Wenn ihr's nicht wart, wird sich das beweisen lassen. Ich muss weiter. Macht's gut.« Richard verließ die beiden, den Kopf voller Gedanken. Das sah böse für die zwei aus, und er verstand jetzt, warum Traudich und Bianca mit einer schnellen Aufklärung rechneten. Man hatte schließlich nicht alle Tage zwei Verdächtige, die sich durch ihr Verhalten freiwillig als Täter anboten.

KAPITEL 19

Das Erscheinen des Kripobeamten hatte Karin in Panik versetzt, denn Bulle war Bulle, egal, ob der in Coburg oder Nürnberg arbeitete. Als der Kommissar verschwunden und die Kirmes beendet war, bereitete sie den Wagen für die Wegfahrt vor. Der Umsatz war mau gewesen, und wie viel nach Abzug der Ausgaben überhaupt übrigbleiben würde, würde die Abrechnung zeigen. Es würde schwer werden, mit der geringen Auswahl an geeigneten Standplätzen genügend Profit zu erwirtschaften, wie Toni das nannte, denn die besten waren schon vergeben und die Szene schien sie nicht willkommen zu heißen.

Toni schwieg nachdenklich, während er sich wie selbstverständlich ans Steuer setzte. Obwohl sie sich zutraute, das Gefährt unfallfrei zu fahren, ließ sie ihn gewähren, da ihre Nerven flatterten und er wie viele Männer gern in einem dicken Truck am Steuer saß.

Plötzlich schlug Toni mit seiner Faust aufs Lenkrad und rief: »Verfluchte Scheiße, dass das ausgerechnet mir passieren musste!«

Sie ahnte, worauf sich sein Ausbruch bezog. »Du hast nichts getan, also kann dir keiner ans Bein pinkeln.«

»Bist du so naiv oder tust du nur so?«

Wie von einer Tarantel gestochen zuckte Karin zusammen. Das war das erste Mal, dass Toni ihr gegenüber so ausfällig geworden war. Einem ersten Impuls folgend, wollte sie beleidigt schmollen, aber sie hatte sich geschworen, sich nichts mehr gefallen zu lassen. Schweigen hatte nie was verbessert. Man musste sagen, was einen störte, wollte man was ändern. »Stimmt doch, oder?«

»Ja, natürlich«, sagte er deutlich sanfter. »Entschuldige bitte. Ist mir rausgerutscht. Ich wollte dich nicht verletzen. Mir stinkt es halt allmählich. Wenn die dich mal in der Mangel haben, findest du da nur schwer wieder heraus.«

Seine Stimme klang gequält, er tat ihr leid. »Du meinst, die sind wie ein Fußpilz, den man nimmer loskriegt? Die können dich doch nicht so mir nix, dir nix einbuchten.«

»Das könnten die allein aufgrund von Indizien, sogar ohne Geständnis. Oder sie haben Beweise. Allerdings müssten die hieb- und stichfest sein.«

»Indizien sind keine Beweise?«

»Da gibt es 'nen Unterschied, den ich so genau nicht kenne.«

»Wenn du's nicht warst, gibt's weder Indizien noch Beweise.«

»Zum Glück muss ich denen nicht meine Unschuld, sondern die mir meine Schuld beweisen. Leider hab ich für den Unfallzeitpunkt kein wasserdichtes Alibi. Schlimm ist, dass Fred mich belastet hat. Der ist zwar jetzt tot, aber seine Beschuldigung steht nach wie vor im Raum. Dreimal darfst du raten, wen die jetzt auf dem Kieker haben.«

Langsam dämmerte ihr, wo das Problem lag. Und dass sie mit Toni zusammen war, machte sie beide noch verdächtiger. »Du meinst, sie denken, du hättest den Haupt und ich den Fred umgelegt, weil wir unter einer Decke stecken?«

»Schlaues Madla. Du hast ja gehört, was Richard angedeutet hat.«

»Und warum hätten wir das tun sollen?«

»Ich, um an einen Foodtruck zu gelangen, und du, um Fred zu beerben.«

»Blödsinn. Traust du dem Richard?«

»Inwiefern?«

»Na, ob er verraten wird, dass wir zusammen sind.«

»Dazu ist er als Kriminaler sogar verpflichtet. Dom muss das genauso.«

»Wer ist Dom?«

»Richards Freund. Ich habe ihm öfter geholfen. Er ist recht umgänglich, lustig, aufgeschlossen und eher unbürokratisch. Richard hingegen ist härter. Irgendwo verstehe ich es. Sie tun halt ihren Job.«

»Und warum ist dieser Richard bei uns aufgetaucht, der will dir hoffentlich nicht an den Kragen?«

»Daran bin ich selbst schuld, weil ich mich an ihn und Dom gewendet habe, damit sie mir helfen. Mich wundert sowieso, dass ich bisher keinen Gerichtstermin habe.«

»Vielleicht, weil denen die Indizien fehlen?«

»Hoffentlich.«

Karin merkte erst, dass sie sich auf die Unterlippe gebissen hatte, als sie wehtat. Der Weg in die Freiheit schien beschwerlicher zu sein als angenommen. »Du, sag mal, warst du am Abend an dem Fred g'storbn is, bei uns?«

»Wie kommst du darauf?«

»Weil ich g'meint hab …«

»Nein! Hast du das bei der Polizei ausgesagt?«

»Iwo.« Sie schwieg erleichtert. »Vielleicht wäre es besser, wenn wir uns in nächster Zeit nicht mehr treffen? Ich könnte den Truck daheim stehen lassen.«

»Damit würdest du alles nur verschlimmern, weil das aussähe, als hätten wir was zu verbergen.«

»Okay, meine Schuld.«

»Ist halt nicht zu ändern.«

»Ich will das alles ned. Ich möcht den Karren verkaufen und dann ab durch die Mitte. Den Laden kann die Schwiemu haben.«

»Aber sie hat doch die Bullen erst darauf aufmerksam gemacht, dass Fred auf Shrimps allergisch ist und damit den Stein ins Rollen gebracht.«

»Die sagt, ich hätt' ihn aufm Gewissen. Die Alte ist dermaßen garstig zu mir. Ich krieg jedes Mal Schiss, wenn sie mir über den Weg läuft.«

»In deinem eigenen Haus?«

»Mir gehört nur eine Hälfte, die andere ihr.«

»Und wenn du im Knast sitzt, gehört alles ihr, weil du dann erbunwürdig wärest.«

Karin ließ seine Worte auf sich wirken. An der Metzgerei hing ihr Herz garantiert nicht; auch nicht am Haus. Mit dem Geld, das sie eingebracht hatte, war das allerdings anders, denn das würde ihr den Weg in die Freiheit ebnen. Den Rest konnte sich Schwiemu und ihre Sippschaft sonst wohin stecken.

Inzwischen hatten sie ihr Ziel erreicht. Toni fuhr den Laster in den beleuchteten Hinterhof der Metzgerei. Die Fenster des Hauses waren dunkel, was allerdings nichts zu bedeuten hatte, denn Schwiemus Einliegerwohnung lag auf der dem Hof abgewandten Seite. Karins Hand ruhte auf dem Griff zum Öffnen der Beifahrertür. »Wenn die mit Worten töten könnte, wär ich längst tot. Die Frau hat mich vom ersten Tag an gehasst. Ihr geht's weniger ums Erbe, sondern eher darum, dass ich für immer aus ihrem Leben verschwinde. Dabei will ich nur meine Freiheit.«

»Dann habt ihr beide ja das gleiche Ziel. Wenn das alles vorbei ist, wandern wir nach Mallorca aus. Das verspreche ich dir.«

Hoffnung erfüllte Karins Herz und milderte die Angst ein bisschen. »Danke dir.«

»Wenn was ist, ruf mich an.«

»Mach ich. Morgen stehe ich am Hauptmarkt. Treffen wir uns dort? Den Truck kann ich selbst dorthin fahren, wär nicht das erste Mal. Ich möchte den Standplatz nicht so schnell aufgeben. Die Konkurrenz wartet nur drauf.«

»Bist du dir sicher, dass wir uns dort treffen sollen?«

»Lass mal gut sein. Ich glaub, es ist besser so. Gute Nacht.« Sie drückte ihm ein Bussi auf die Wange und er ihr eines auf den Handrücken.

Nachdem sie ausgestiegen waren, blieb er am Tor stehen, bis sie im Haus verschwunden war, wo sie den Knopf für die automatische Schließung des Tores drückte.

Im Haus herrschte Ruhe, obwohl es erst früh am Abend war. Schwiemu ging selten aus, und wenn, dann zum Friseur, um einzukaufen oder um zu tratschen. Spätestens zum Abendbrot war sie stets wieder zu Hause und ließ den Fernseher laut laufen, weil sie schwerhörig war.

Im Hausflur blieb Karin stehen und lauschte. Nichts zu hören. Komisch. Schwiemu war bestimmt vor der Glotze eingepennt. Die schaltete sich selbstständig aus, wenn die Tasten der Fernbedienung über einen längeren Zeitraum nicht gedrückt wurden. Als ihr alter TV kaputt gegangen war, hatte Fred darauf gepocht, dass der neue diese Funktion hatte. »Das spart Strom«, hatte er gesagt. Schwiemu hatte sich später darüber beklagt, dass der Fernseher sich manchmal abschaltete, obwohl sie noch schauen wollte.

Nachdem Karin eine Weile damit gerungen hatte, ob sie ihrer Neugier nachgeben sollte, wagte sie sich in ihr Wohnzimmer, das sie seit Freds Tod nicht mehr betreten hatte. Auf dem Teppichboden waren Urinflecken zurückgeblieben, wo er gelegen hatte. Sofort sah sie die Bilder wieder, wie er gestorben war. Sie drehte sich eilig um und steuerte auf ihr Zimmer zu. Sie hatten seit einigen Jahren getrennte Schlafzimmer gehabt, weil Fred wegen der Fleischlieferungen in aller Herrgottsfrühe hatte aufstehen müssen, während sie liegen bleiben konnte. Dafür hatte sie bis spät abends gearbeitet, hatte die Metzgerei geputzt und die Ware für den nächsten Tag vorbereitet. Als die Kinder ausgezogen waren, hatte sie eines der Kinderzimmer für sich beansprucht.

Sie machte sich bettfertig, schaltete den kleinen Fernseher in ihrem Schlafzimmer ein und reduzierte dessen Lautstärke. Den würde sie selbst ausschalten müssen, wenn sie müde genug zum Schlafen war. Sie legte sich ins Bett, knipste das Licht aus. Durch die Löcher im Rollo drang das Licht der Straßenbeleuchtung. Langsam dämmerte sie weg.

Eine Tür wurde geöffnet, so nah und deutlich, dass es nur die zu ihrem Schlafzimmer sein konnte. Sie fuhr aus dem Halbschlaf hoch, lauschte atemlos.

Totenstille.

Im Flur Schritte, die sich entfernten. Eine Treppenstufe knarrte. Träumte sie? Nein, sie war hellwach. Ihr Puls raste, Schweiß brach ihr aus. War da jemand bei ihr im Zimmer gewesen? Im düsteren Licht konnte sie nichts Ungewöhnliches entdecken. Ihre Hand tastete nach dem Lichtschalter, doch dann bemerkte sie es und ihr Herz blieb beinahe stehen.

Der Fernseher war aus.

KAPITEL 20

Am heutigen Samstag war im Mittelalterverein Übungs-
stunde für diejenigen angesagt, die bei Veranstaltungen mit
echten, jedoch stumpfen Waffen Schaukämpfe vorführten.
Das Eintrittsgeld, das die Zuschauer dafür zahlten, konnte
der Verein gut gebrauchen. Die übrigen Mitglieder feuer-
ten ihre Kameraden an.

Richard musste auf Dominik warten und vertrieb sich
die Zeit, indem er der Tanzgruppe bei einem Reigen zu mittelalterlichen Klängen zuschaute. Für nichts in der Welt
würde er an diesem Gehopse teilnehmen; dann schon eher
bei einem Rollenspiel, dem LARP, das meistens mit einer
kleinen Rauferei endete. Dabei wurden Polsterwaffen verwendet, die zwar eindrucksvoll waren, aber kaum eine Ver-
letzungsgefahr darstellten.

Nicht weit entfernt beschäftigte sich Toni mit der Repa-
ratur eines Holzgestells zum Anlehnen von Lanzen. Bislang hatte er vermieden, Richard anzusehen. Richard verstand diese Reaktion, denn es wäre auch ihm unangenehm,
sogar bei der Ausübung seines Hobbys das Gefühl zu haben,
unter Beobachtung zu stehen.

Nach den Tänzen sollten Dom und er eine neue Kampf-
choreografie einstudieren, die vor allem der Unterhaltung
diente. Für Richard war das nicht besonders reizvoll, da er
mehr an realer Kampftechnik interessiert war. Dom hatte in
seiner Jugend Fechtsport betrieben und dachte genauso. Bislang war das Publikum durch ihre realistischen Darbietun-
gen auf seine Kosten gekommen. Mit ihrem neuen Übungs-

leiter Kai sollte sich das ändern, falls der sich mit seinen Ideen würde durchsetzen können.

Endlich trabte Dom auf ihn zu. »Sorry. Lena meinte, dass die Wehen einsetzen.«

»Wäre ein bisschen früh, oder?«

»Davon verstehst du nichts.«

»Mag sein. Ich muss nicht auf dem Mond gewesen sein, um zu wissen, wie es dort ist.«

»Es wäre tatsächlich verfrüht gewesen. Deshalb die Panik.«

»Wenn die Herren fertig gequatscht haben, könnte ich vielleicht deren werte Aufmerksamkeit haben?«, spottete Kai, der im richtigen Leben als Choreograf am Nürnberger Schauspielhaus arbeitete, wo er geschätzte Arbeit leistete, das musste Richard ihm lassen.

»Wenn's sein muss«, sagte Dom. »Was steht heute an?«

»Wir üben einen neuen Ablauf. Ich zeig es euch.« Kai hüpfte mit dem Schwert in der Hand wie ein Balletttänzer zwei Mal vor und zurück, und drehte dann eine Pirouette, bevor er erneut nach vorn sprang. Sehr elegant und grazil, aber eher für die Bühne als für einen Turnierplatz geeignet.

»Welcher Hofnarr soll das nachtanzen?«, fragte Richard, Schlimmes ahnend.

Dom lachte. »Du natürlich. Wer sonst?«

Ohne große Hoffnung versuchte Richard es zumindest und merkte sofort, dass es leichter aussah, als es tatsächlich getan war. »So ein Schmarrn. Bis ich mit meinem Arsch rum bin, hast du mich längst von hinten abgestochen.«

»Dann muss Dom eben langsamer zustoßen und du musst dich schneller drehen«, meinte Kai.

»Vergiss es. Wenn der mir einmal den Rücken zuwendet, ist er fällig. So eine Chance krieg ich nie wieder«, rief Dom. »*En garde! Allez!*«

Noch nicht in sein Schicksal ergeben reagierte Richard nicht auf die Aufforderung. »Dom ist kleiner und wendiger als ich. Es wäre besser, wir würden die Rollen tauschen.«

»Eben nicht, weil es in diesem Teil des Kampfes so wirken soll, als wärst du ihm überlegen.«

»Na sauber. Aber wenn es dich glücklich macht. Also *en pointe* und dann die Pirouette.«

Auch Kai schien inzwischen Zweifel zu hegen, denn er nagte kurz an seiner Unterlippe. »Probiert es einfach mal und wir sehen, ob es funktioniert.«

Dom nahm Positur ein, wobei das Langschwert nach unten zeigte. So ausgeglichen und besonnen Dom sonst war, beim Schwertkampf oder Fechten verwandelte er sich in einen wahren Wirbelwind. Richard stellte sich ihm fünf Schritte entfernt gegenüber. Ausfallschritt. Mit erhobenem Schwert sprang er an Dom heran. Ein schwungvoller Hieb, und die Klingen prallten wie im Skript vorgegeben aneinander. Es folgte eine schnelle Drehung, und schon spürte Richard, wie die Breitseite von Doms Schwert auf seinen Hintern klatschte. Es tat nicht weh, aber Richard ließ sich wie ein Fußballer, der eine Schwalbe machte, mit einem Aufschrei zu Boden fallen. Kai und Dom brachen in Gelächter aus.

»Du bewegst dich wie eine alte Frau«, frotzelte Dom.

»Keinen Respekt, die Jugend. Auch du wirst in mein Alter kommen.«

»In einem Jahr ist's so weit«, lachte Dom.

»Ein Satz mit x, das war wohl nix«, japste Kai.

Es half nichts, sie übten weiter, bis die neue Bewegungsabfolge klappte. Trotz des kühlen Herbstwetters schwitzte Richard. Er freute sich auf ein Bier, während er mit Dom nach Abschluss ihres Trainings auf das Vereinsheim zumarschierte. Kai kümmerte sich jetzt um eine andere Gruppe.

Drinnen wurden sie von Schaschlik- und Currywurstgeruch empfangen.

»Mist«, sagte Dom. »Den Döner, auf den ich mich die ganze Zeit gefreut hab, kann ich mir wahrscheinlich abschminken.«

»Geschieht dir ganz recht. Wer einem alten Mann auf dem Hintern haut, hat keinen verdient.«

Geplänkel zwischen ihnen waren an der Tagesordnung und nicht ernst gemeint. Er ging zum Tresen und holte zwei Seidla Bier. Hier waren sie weit weg von Gewalt und Eigentumsdelikten, von Lügen und Unterstellungen, von Papierkram und Bürokratie. Kaum saßen sie, kam Toni mit gerundeten Schultern auf sie zu. Er sah blass und übernächtigt aus.

»Darf ich mich zu euch setzen?«, fragte er.

»Logisch«, antwortete Dom. »Was gibt's?«

»Ich wollte mit euch reden. Ihr wisst ja, in welcher Scheiße Karin und ich stecken. Deshalb warst du doch gestern bei uns am Stand, stimmt's, Richard? Dass das Zufall war, kannst du deiner Großmutter erzählen.«

Dom zog fragend die Augenbrauen hoch. »Wovon spricht er?«

»Ich war dort, weil ich wissen wollte, ob Karin und du euch kennt«, sagte Richard zu Toni.

»Das dachte ich mir. Danke, dass du Karin nicht noch mehr verunsichert hast. Die steht eh schon völlig neben sich. Sie fürchtet sich – vor allem vor ihrer Schwiegermutter.«

»Wieso vor der?«

»Gestern Abend war angeblich jemand in Karins Schlafzimmer. Vielleicht hat sie sich das eingebildet. Jedenfalls getraut sie sich seitdem nicht mehr, dort zu schlafen, und übernachtet jetzt bei einer Freundin. Sie will alles hinschmeißen, will fort.«

»Wird sie bedroht?«

»Nicht direkt. Ihre Schwiegermutter wirft ihr vor, Fred umgebracht zu haben. Dabei hat Karin durch den Tod ihres Mannes keinerlei Vorteil. Warum also hätte sie ihn töten sollen?«

»Außer Habgier gibt es noch andere Motive«, sagte Dom bedächtig. »Zum Beispiel wenn der Ehepartner gewalttätig ist oder fremdgeht.«

»Fred hat sie nie geschlagen, hat Karin gesagt.«

»Es gibt auch psychische Gewalt. Wenn man zum Beispiel ständig auf seinem Partner rumhackt. Ich erinnere da an den Sketch über den Streit eines Ehepaars um ein angeblich zu hart gekochtes Ei von Loriot, wo der Ehemann am Ende sagt: ›Morgen bringe ich sie um.‹ In dem Witz steckt ein Kern Wahrheit.«

Toni wiegte seinen Kopf langsam hin und her. »Das würde passen. Fred soll ihr oft unter die Nase gerieben haben, wie wenig er von ihr hält. Er hat sie kleingeredet, und sie ihm zu lange geglaubt.«

»Warum ist sie bei ihm geblieben?«

»Erst wegen der Kinder und später aus Gewohnheit.«

Es sah aus, als wäre die Frau in einer unglücklichen Ehe gefangen gewesen, bis der Tod sie geschieden hatte. Richard fasste Toni scharf ins Auge. »Wie steht's mit Eifersucht als Motiv? Seit wann seid ihr zusammen?«

»Erst seit Kurzem. Jedenfalls nicht lange genug, um uns richtig kennenzulernen.«

»Ihr habt also noch keine Zukunftspläne geschmiedet?«

»Das war nie ein Thema.« Toni wischte sich mit den Fingern über eine Wange. Er log. Die Frage war, warum.

»Frauen sind oft emotionaler und lassen sich deshalb eher zu Unvernünftigem hinreißen«, glaubte Dom zu wissen. »Karin träumt vielleicht von etwas, worauf du im Leben nicht kommen würdest.«

Toni zog die Schultern hoch. »Kann sein. Jedenfalls hab ich mit dem Tod von dem Haupt genauso wenig zu tun wie Karin mit dem vom Fred.«

»Wer war's dann, deiner Meinung nach?«

»Wenn ich das wüsste.«

»Woher stammt der Foodtruck?«

»Das musst du Karin fragen.«

»Ist das der vom Norbert Haupt?«

Toni stutzte. »Könnte sein, jetzt wo du's sagst. Sie hat mir gegenüber nur den Kaufpreis erwähnt und dass er umgespritzt wurde und ein neues Logo erhalten hat.«

Das nahm Richard ihm nicht ab. Wenn er mehr wissen wollte, musste er den Druck erhöhen. »Von der Zeit her würde das passen.«

»Worauf willst du hinaus?«

»Dass es einen Zusammenhang zwischen dem Tod vom Haupt und dem Verkauf des Foodtrucks geben könnte. Du wolltest einen Foodtruck und jetzt hast du einen.«

Tonis Kiefer mahlten. Es dauerte eine Weile, bis er sich fing. »Was willst du damit andeuten?«

»So hat es deine Nachfolgerin im Bratwurststand formuliert.«

Tonis Faust krachte auf den Tisch, sein Gesicht lief hochrot an. »Verfluchte Saubande! Mir hinterherzuschnüffeln. Und ich dachte, wir sind Freunde.«

»Wenn du das so siehst, tut's mir leid«, sagte Dom ruhig.

»Ihr seid nicht im Dienst, oder? Wie würdet ihr reagieren, wenn bei euch einer vorne schöntut und euch dann von hinten in die Eier tritt?«

»Das tut keiner«, sagte Richard. »Wie sollen wir dir sonst helfen, wenn du nicht ehrlich zu uns bist?«

»Freilich wollte ich so einen Imbisswagen, aber doch nicht durch einen Mord!«, schrie Toni.

»Das kann man auch leiser sagen«, zischte Dom.

Toni sah sich um. Einige Anwesende hatten ihre Köpfe erhoben. »Das habe ich nicht nötig«, erwiderte er nun fast flüsternd. »Ich habe genug Geld, um mir einen oder sogar mehrere zu kaufen. Ich war nicht immer Koch.«

»Ich weiß. Du warst Banker«, sagte Dom. »Als wir uns kennengelernt haben, wollte mein Vater Aktien bei dir kaufen.«

»Stimmt. Ich hab damals viel Geld mit Wertpapierhandel verdient. Dafür hab ich 72 Stunden pro Woche vor den Monitoren gehangen, selbst in der Nacht die Entwicklung der Aktien und Anlagen verfolgt. Hier ein Zehntel Zinsen mehr, dort ein Anstieg um zehn Prozent, schnell kaufen und wieder verkaufen, ups, war wohl nichts.«

»Und warum hast du aufgehört?«

»Weil mir mein Arzt erklärt hat, dass ich kurz vor einem Herzinfarkt stehe. Die Pumpe wollte nicht mehr gegen die vor Stress verengten Adern ankämpfen. Er hat mir einen Stent angedroht mit noch nicht mal 40! Daraufhin hab ich alles hingeschmissen und mich neu orientiert. Das heißt aber nicht, dass ich mittellos bin. Eine Beschäftigung braucht der Mensch, und ich habe schon immer gern gekocht.«

»Warum hast du dann kein Restaurant eröffnet?«

»Zu viel Stress. Ich koche aus Spaß und nicht, weil ich

muss. Der Umgang mit Menschen macht mir Freude, und wenn's ihnen schmeckt, umso mehr. Als ich einem Freund mal beim Bratwurstbraten in seinem Stand ausgeholfen hab, ist mir klar geworden, dass das meine Zukunft ist.«

Dom legte seine Hand auf Tonis Arm. »Na siehst du, geht doch.«

»Das hilft uns weiter«, sagte Richard. »Vor Kurzem hast du uns erzählt, der Haupt wäre dein Feind gewesen. Was gab's zwischen euch?«

»Erstens hat er mich als Konkurrenten erachtet, und zweitens war ich mit seiner Tochter liiert. Die Beziehung ging lange vor dem Unfall in die Brüche. Wir haben nicht zusammengepasst. Sie war nett, mehr nicht. Sie hatte keine Ziele. Dafür Haare auf den Zähnen. Ihre Welt drehte sich um sich und ihren Vater. Als sie von Heirat gesprochen hat, hab ich klar gesagt, dass das nicht infrage kommt. Daraufhin hat sie mir den Laufpass gegeben, was mir gut gepasst hat. So hat es ihr weniger wehgetan.«

»Was ist mit Frau Schaller?«

Toni atmete tief durch und lächelte. »Sie ist Teilnehmerin meiner Kochkurse. Ich wusste, dass sie verheiratet war, aber die Verbindung zu Fred Schaller ist mir erst später bewusst geworden. Inzwischen wurde mehr daraus. Karin mag zwar manchmal etwas naiv wirken, aber das ist sie nicht. Sie ist sehr warmherzig, und das ist mir wichtig.«

»Dann bleibt noch die Frage, warum dich Fred Schaller angeschwärzt hat.«

»Darauf weiß ich keine Antwort. Mit dem hatte ich nie was am Hut. Ihr müsst mich jetzt entschuldigen, die Arbeit ruft.« Damit stand Toni auf und ging hinaus.

»Uff«, sagte Dom. »Jetzt bin ich noch unsicherer, was ich von der Geschichte halten soll.«

»Ich würde mich gern mal mit der Tochter vom Haupt unterhalten, was ihre Perspektive ist.«

KAPITEL 21

Kaum war Karin vom morgendlichen Einkauf zurück, giftete Schwiemu sie im Hausflur an: »Hast du all's vorbereitet? Ich brauch dringend Koteletts und Gulasch. Die Post war da und had an Stapel Rechnungen 'bracht. Der Großschlachter Meier hat die zweite Mahnung g'schickt. Kümmerst du dich überhaupt no' um was, du faule Drudschn?«

Hinter ihr erschienen Freds Schwester Silke sowie sein Bruder Jörg. Jörg war zwei Jahre jünger als Fred und das ungeliebte Mittelkind, wie Jenny, Karins Freundin, zu sagen pflegte. Silke war nett und völlig anders als ihre zwei Brüder. Karin freute sich, sie nach langer Zeit mal wiederzusehen. Die Schwägerin winkte ihr zu und rollte hinter Schwiemus Rücken die Augen.

»Wie soll's eigentlich mit der Metzgerei weitergeh'n?«, wollte Jörg wissen. »Ich würd' sie übernehmen woll'n.«

»Bist a Metzger?«, fuhr Schwiemu ihn an. »Du brauchst an Meisterbrief, sonst wirst ned zug'lass'n.«

»Fei wergli?«

Das stimmte, Toni hatte Karin erklärt, dass Fleischereibetriebe zulassungspflichtig waren und die Handwerkskammer die Einhaltung des entsprechenden Regelwerks kontrollierte. Allerdings gab's Schlupflöcher. So konnten zum Beispiel Hochschulabsolventen mit einer berufsnahen Ausbildung eine Zulassung erhalten. Welcher Studiengang jedoch mit der Arbeit eines Metzgermeisters vergleichbar sein sollte, war Karin unbegreiflich. Auch konnte man eine Ausnahmebewilligung erreichen, wenn man, wie sie, lange genug in einem Betrieb mitgearbeitet hatte und so bei einem Meister das Handwerk quasi nebenbei gelernt hatte. Toni hatte allerdings darauf hingewiesen, dass sie trotzdem die Meisterprüfungen würde ablegen müssen, doch darauf hatte Karin null Bock. Es war ihr, als stünde sie am Rand eines Wasserstrudels, der drohte, sie in den Abgrund zu ziehen. Sie wollte weg vom Fleisch und vor allem von der Wurst, die sie inzwischen anekelte.

»Versuch's einfach, Jörg. Du musst das bei der Handwerkskammer beantragen. Wenn du Glück hast, lassen sie dich auch ohne Meisterbrief zu«, sagte sie. »Unser G'sell braucht aber einen Meister. Den werden wir gehen lassen müssen.«

»Warum machst du's nicht?«, fragte Silke.

»Weil a dumme Drudschn wie ich die Meisterprüfung nicht schafft«, antwortete Karin und deutete mit ihrem Kinn Richtung Schwiemu.

»Dir tät ich des a ned zutrau'n«, zischte die, worauf Silke zur Decke hochschaute und eine Grimasse zog.

Schön, dass Karin in ihr eine Verbündete hatte, die sie bei ihrem Vorhaben unterstützen könnte. »Wenn keiner den Laden weiterführen kann, werde ich meinen Teil verschachern.«

»Untersteh dich!«, kreischte Schwiemu, die sofort erkannte, dass sie in diesem Fall ihren Teil ebenfalls verkaufen müsste. »Dann soll's der Jörg eben übernehma.«

»Wie du willst. Du kannst mich gern ausbezahlen.«

»Einen Scheißdreck werd ich. Du wanderst in den Knast und damit hat sich's ausgeerbt.«

»Mutter, du bist unmöglich«, sagte Silke, womit sie Karin aus dem Herzen sprach. »Lass die arme Karin in Frieden und sei lieber froh, dass sie dir hilft. Ich an ihrer Stelle wäre längst auf und davon.«

Wenn das so einfach wäre. Die Vorwürfe gegen Toni und sie machten ein Weglaufen unmöglich, denn das würde wie ein Schuldeingeständnis aussehen. Sie würden eh erst den Erbschein brauchen, bevor sie irgendetwas in Angriff nehmen konnten. Und solange Freds Leiche nicht freigegeben war, ginge nix voran, hatte Toni gemeint.

Ausnahmsweise hatte Schwiemu recht, wenn sie sagte, dass die Rechnungen bezahlt werden müssten, denn die Fixkosten fielen immer noch an. Freds und ihr gemeinsames Bankkonto waren bis auf Weiteres gesperrt. Wie sollte sie so ihren Lebensunterhalt bestreiten?

»Die dreh'n uns den Strom ab, wenn wir ned zahl'n«, jammerte Schwiemu.

»Du übertreibst, wie alleweil. So schnell geht das nicht«, schaltete sich Silke erneut ein.

»Damit hätt' ich kein Problem«, entgegnete Karin. »Ich hab eh nie Zeit zum Fernsehen.«

»Bei dir Stromverschwenderin läuft die Kiste doch die ganze Nacht durch.«

Sofort keimte ein Verdacht in Karin auf. »Hast du mir den Fernseher neulich abgeschaltet?«

Schwiemu wechselte einen Blick mit Jörg, der betreten zu Boden glotzte. Erwischt.

»Frechheit!«, platzte es aus Karin heraus. »Was habt ihr in meinem Zimmer zu suchen?«

»Du gehst nachts eh immer zu dei'm Stecher«, brummte Jörg. »Als ich g'hört hab, dass des Ding noch lefd, hab ich's ausg'schaltet. Konnte ja ned wissen, dass de da bist.«

»Deswegen schlafe ich jetzt erst mal bei meiner Freundin Jenny.«

Schwiemu winkte ab. »Mach, was de mogst, aber seh zu, dass Geld in die Kasse kommt!«

Der Foodtruck schien dazu die einzige Möglichkeit zu sein, obwohl der auf Fred zugelassen war. Einen Meisterbrief, um ihn betreiben zu dürfen, brauchte man nicht. Dafür musste jede Menge Papierkram ausgefüllt werden, wobei Toni ihr behilflich sein würde. Wie die Standrechte geregelt waren, wusste sie nicht, denn bei denen hatte sich Fred nie in die Karten schauen lassen.

Die paar privaten Stellplätze waren zwar okay, aber nicht besonders ertragreich. Fred hatte sein Augenmerk vor allem auf den Standplatz am Hauptmarkt gerichtet. Wäre er noch am Leben, stünde er heute dort. Der Kalender im Vorbereitungsraum zeigte alle geplanten Standplätze innerhalb der nächsten zwei Wochen an. Sie atmete tief durch. »Ich fahre den Truck zum Hauptmarkt. Da läuft das Geschäft am besten«, sagte sie mehr zu sich selbst als zu den drei Anwesenden.

»Dann setz dein' Arsch g'fälligst in Bewegung. Von allein verkauft sich nix.« Damit rauschte Schwiemu hinaus.

»Den Laden kann ich übernehmen«, sagte Jörg. »Ich hab die G'sell'nprüfung g'macht.«

Obwohl er im Schlachthof Fürth arbeitete, hatte er nie in der Metzgerei einen Finger gerührt. Karin kannte ihn kaum, denn Fred hatte ihn nicht leiden können. Als sein Blick an ihren Brüsten hängen blieb, fiel ihr ein, dass er ewiger Junggeselle war. »Hast du was an den Ohren? Du brauchst 'nen Meisterbrief. Ich muss jetzt arbeiten.«

Damit war das Gespräch beendet und Jörg verschwand zu Schwiemu ins Wohnzimmer, während Silke seufzte. »Die ändern sich nimmer.«

»Hast du was anderes erwartet?«

»Was hast du vor, wenn alles vorüber ist?«

Karin zögerte, Silke von ihren Plänen zu erzählen. »Ich werde auf keinen Fall hierbleiben; egal, was die anderen sagen.«

»Stimmt es, dass du einen neuen Freund hast?«

»Nö. Ich hab bloß einen Koch gefunden, der mir mit dem Foodtruck hilft.«

Unter Silkes prüfenden Blick wurden ihre Wangen heiß. Mit einem Lächeln legte Silke die Hand auf ihre Schulter. »Schon gut, so genau will ich's gar nicht wissen. Du hast dich viel zu lange von Fred und Mutter tyrannisieren lassen. Zieh aus.«

»Dazu bräucht ich a wengla Kohle. Ich kann niemandem zumuten, mich durchzufüttern. Der Ladenverkauf muss eingestellt werden, wenn wir niemanden finden, dann läuft nur der Imbiss des Ladens und der Foodtruck.«

»Du musst selbst wissen, wie lange du das noch durchhältst. Pass bloß auf, dass du nicht von einer Abhängigkeit in die nächste rutschst.« Silke umarmte sie. »Wenn du Hilfe brauchst, ruf mich an, okay?«

Etwas später war Karin mit dem Truck zur Nürnberger Stadtmitte unterwegs, wo sie Toni treffen würde, auf den sie sich freute.

Eine halbe Stunde später als sonst erreichte sie den Hauptmarkt. Ihr Stellplatz lag am Südende, doch als sie um die Ecke bog, erschrak sie gewaltig.

Da stand bereits ein Imbisswagen; lustig in blau-weiß-rot lackiert. Die gestreifte Markise wies die gleichen Farben auf. Eine Schlange an Kunden hatte sich vor dem Wagen gebildet.

Sie fuhr langsam näher und stoppte den Wagen. Toni wartete bereits auf sie und zog fragend die Schultern hoch. Als sie ausstieg, kam er ihr entgegen.

»Was ist da los?«, fragte er. »Sollten wir nicht heute auf dem Hauptmarkt stehen?«

»Ich denke ja.«

»Hast du dich versichert, dass die Genehmigung noch gilt?«

»Wieso sollte sie nicht? Es weiß keiner was von Freds Tod.«

»Hoffentlich täuschst du dich da nicht.«

»Von uns hat's jedenfalls keiner ans Ordnungsamt gemeldet. Und selbst wenn – die Mühlen der Bürokratie mahlen langsam, und die von der Marktamtsleitung werden's auch ned wissen. Die hätten viel zu tun, wenn sie alle Todesanzeigen lesen wollten.« Das hoffte sie zumindest. »Leckere Crêpes und Galetten«, war auf einem Schild an dem blau-weiß-rotem Truck zu lesen. Eine freundlich dreinblickende Frau strich im Innenraum mit einem Spatel Teig auf einer runden Heizplatte glatt. Daneben schnippelte eine andere die Füllung für die Galetten in einen Behälter. Ein paar Kunden standen davor an, die sonst bei ihr gekauft hätten.

Sie fasste sich ein Herz und schritt auf den Tresen zu. Die Frau, die die Galetten zubereitete, sah auf. »Hinten anstellen.«

»Nein, nein, wir wollen nichts kaufen. Eigentlich sollten wir heute auf diesem Platz stehen«, sagte Toni in einem freundlichen Tonfall.

»Hä?«

Toni deutete auf ihren roten Foodtruck. »Wir sind heute dran.«

»Ich glaab, du hasd an Batscher, Grischberla.«

»Auf eine freundliche Anfrage kann man eine ebensolche Antwort erwarten.«

»Wennsd ka Närmberchrisch verstehst, dann schleich di.« Die Schnipplerin lachte. »Nimm's ned tragisch. So verhungert, wie du ausschaust, musst dich ned wundern, wenn du als mickrig bezeichnet wirst.«

»Wir wären heute dran gewesen«, wiederholte er. »Und eine Beleidigung war's trotzdem.«

»Die Genehmigung für den Stellplatz hab'n wir erst gestern gekriegt. Wir hädd'n ned alle Ladden im Zaun, wenn mer's ned annehmen täten.«

Dem musste Karin zustimmen, wobei ihr die Peinlichkeit der Situation bewusst wurde. Einer der Kunden feixte. »Der Imbissbudenkrieg. Färder gecha Närmbercha. Wie in alt'n Zeiten. Des wär a Schlagzeil' für die Närmbercher Nachrichten.«

»Pass fei auf, die Weiber hau'n dir gleich a Galett' um die Ohr'n!«, rief lachend ein anderer.

»Wie lang dauert's denn noch?«

»Mama, ich möcht a Broudworschd!«

»Die Bud'n hat noch ned auf.«

Karin kehrte auf dem Absatz um, rannte an den Marktständen vorbei und auf den »Schönen Brunnen« zu. Sie liebte ihn anzusehen, hier hatte sie vor Jahren ihren ersten Kuss. Damals hatte sie noch an die Magie der Ringe geglaubt. Heute waren nur wenig Touristen unterwegs, die meisten Menschen waren hier, um frische Lebensmittel auf dem Wochenmarkt einzukaufen. Auf dem Pflaster lag eine Serviette, darauf befand sich der Abdruck einer Schuhsohle. Genauso fühlte sie sich: Auf dem Boden liegend und alle trampelten auf ihr rum. Sie hob das Papier auf, trug es zu einer Mülltonne und warf es hinein.

KAPITEL 22

Heidi Haupt ausfindig zu machen, um mit ihr zu reden, ohne offiziell an ihrer Wohnungstür zu klingeln oder an ihrer Büroarbeitsstelle aufzukreuzen, hatte sich als problemlos erwiesen, denn sie hatte eine Stelle als Bedienung in einem der Restaurants am Dürerplatz angenommen. Dom hatte das herausgefunden und Richard eine entsprechende Nachricht geschickt. Da Richard nur kurz mit ihr zu sprechen gedachte, stellte er sein Auto in der Nähe im Parkverbot ab, als er nicht sofort eine Lücke fand. Das verstieß zwar gegen die Straßenverkehrsordnung, aber er hoffte darauf, dass keine Kontrolle auftauchen würde.

Er hielt inne und sog die Atmosphäre des Platzes in sich auf, denn es war wie das Eintauchen in eine vergangene Welt, beruhigend und die Fantasie anregend zugleich: Fachwerkhäuser mit Butzenscheiben in den Fenstern, Kopfsteinpflaster und Passanten, die keine Eile hatten. Der Dackel eines älteren Ehepaars hob an einem der Eisenpoller, die das Parken auf dem Gehsteig unmöglich machten, ungeniert sein Bein.

Das Restaurant war leicht zu finden. Die Speisekarte versprach gutbürgerliches Essen und Bier einer kleinen Brauerei. Seit das Rauchen in öffentlichen Räumen verboten war, konnte man das Angebot einer Gaststätte meist schon am Eingang riechen. So auch hier. Sein Magen meldete sich – Zeit für ein deftiges Abendessen. Er hätte besser regelgerecht geparkt.

Der urig eingerichtete Gastraum war proppenvoll und angefüllt mit einer Geräuschkulisse aus Stimmen und klapperndem Geschirr. Da keiner der Tische frei war, würde er sich zu Fremden setzen müssen, falls er schwach würde. Zwei Bedienungen flitzten umher; beide männlich. Die Gesuchte war nicht da, er sollte gehen.

Ihm gegenüber an der Wand hob sich eine Hand, die ihm zuwinkte.

Es war Dom, der auf einen freien Platz neben ihm deutete. Aber er war nicht allein. Mit am Tisch saßen Doms bessere Hälfte Lena sowie Bianca und ihre Ehefrau, deren Namen er vergessen hatte. Danach fragen wollte er lieber nicht, sondern abwarten, bis er fallen würde.

So schön es war, alte Freunde zu treffen, so ärgerlich war es, dass Bianca durch ihre Anwesenheit ein Gespräch mit Heidi Haupt erschwerte. Ein kurzes Hallo genügte als Begrüßung. Er warf Dom einen fragenden Blick von der Seite zu und erhielt als Antwort einen zur Decke. Vermutlich hatte Dom den Abend anders geplant, und als Lena davon Wind bekommen hatte, hatte sie sich selbst eingeladen. Zu verdenken war es ihr nicht, denn Dom hatte wie alle Kriminalbeamten keine geregelte Dienstzeit. Daher nahm sie jede Gelegenheit wahr, ihn bei sich zu haben.

Die anderen am Tisch lachten, als hätten sie ihn reingelegt. Sein Auto würde er später wahrscheinlich vom Parkplatz des Abschleppdienstes holen müssen. »Was treibt euch denn hierher?«

»Die Freude, dich zu treffen. Was sonst?«, sagte Dom. »Spät, aber jetzt bist du ja da.«

»Mein Auto steht im Parkverbot.«

»Red nicht, trink.« Dom deutete auf ein Glas, das mit goldenem Gerstensaft gefüllt war. »Deines.«

»Das ist gemein.« Der Geist war willig, doch die Verlockung stärker. Richard setzte sich. »Mein Auto steht im Parkverbot, ich sollte es besser wegfahren.«

»Vergiss es«, sagte Bianca. »Um diese Zeit kommt keiner mehr.«

»Sicher?«

»Nein. Trink erst mal 'nen Schluck und dann kannst du's wegfahren.«

Das Bier schmeckte hopfig und nicht zu bitter. Genau richtig. Lena schob ihm die Speisekarte unter die Nase. Ihr Babybauch war deutlich sichtbar. Als er sie anlächelte, erstrahlte sie. »Ich hoffe, dir ist klar, dass du der Taufpate wirst?«, fragte sie.

Das musste er erst einmal sacken lassen. Ein warmes Gefühl durchströmte ihn. »Wenn du mich so fragst – gern.«

»Prima. Dom hat mir erzählt, dass ihr euch hier trefft. Da ich wegen der Patenschaft sowieso mit dir reden wollte und ich bereits mit Bianca verabredet war, haben wir beschlossen mitzukommen.«

Damit war das geklärt. Er ergab sich in sein Schicksal. Es gab Schlimmeres, als mit Freunden in einem Wirtshaus zu sitzen. Beim Blick auf den Nebentisch lachten ihn die Blauen Zipfel an, die ein Gast dort verspeiste. Vermutlich, weil er in letzter Zeit zu oft Rostbratwürste, egal ob Nürnberger oder Coburger, gegessen hatte.

Die beiden Paare am Tisch diskutierten, was sie bestellen sollten. Da saß er nun als einziger Single. Seltsam, dass er es so empfand, aber er wünschte sich Maxi an seine Seite.

Eine junge Frau mit schwarzer Schürze und einem Gürtel, an dem die Geldbörse und ein Notizblock befestigt waren, huschte durch den Raum. Richard kannte sie von früher. Toni hatte sie ein paarmal zu ihren Treffen des Mittelaltervereins mitgenommen. Heidi Haupt. Er würde warten müssen, um mit ihr unter vier Augen sprechen zu können.

»Hallo«, sagte sie zu ihm, ohne ein Zeichen des Erkennens. »Was darf's sein, für die Herr- und Frauschaften?«

»Sie sind Heidi Haupt, nicht wahr?«, fragte Bianca.

Die junge Frau nickte. »Jawohl. Sie haben mich wegen meines Vaters befragt.«

Bianca schlug mit der flachen Hand auf den Tisch. »Ach, deshalb seid ihr hierher, ihr Saubande. Ich habe mich schon gewundert, warum wir nicht zu Doms Lieblingsitaliener gegangen sind. Der wär näher gewesen.«

Dom schwieg und studierte krampfhaft die Speisekarte.

»Nun, da die Katze aus dem Sack ist, kann ich vielleicht meine Frage loswerden«, sagte Richard. »Frau Haupt, was ist eigentlich aus dem Foodtruck Ihres Vaters geworden?«

Er erntete einen Blick aus großen, runden Augen. »Warum wollen Sie das wissen? Sind Sie auch von der Polizei?«

»Der ist sozusagen als Gastarbeiter bei uns«, brummte Bianca. »Worauf er hinauswill, würde mich interessieren.«

»Das hat alles seine Richtigkeit«, sagte Richard beruhigend. »Lassen Sie sich nicht verunsichern, Frau Haupt.«

»Der Fred Schaller wollte ihn haben.«

Volltreffer. »Stand der gleich nach dem Tod Ihres Vaters bei Ihnen auf der Matte?«

»Das kann man wohl sagen. Vati war noch nicht mal unter der Erde, da hat er mich scho' mit lauter Anrufen bombardiert. Damit ihm ja keiner zuvorkäme. Aber zuerst musste ich warten, bis der Karr'n auf mich überschrieben war.«

»Und dann haben Sie ihn verkauft.«

»Abgezockt hat er mich, der Lump. Viel z'weng gezahlt hat er.« Sie ballte die Faust. »Den Schaller konnte keiner leiden. Und ein Lügner isser obendrein g'wesen. Verkauft seine Würscht als echte Nürnberger, obwohl er des gar ned darf.«

»Interessant«, sagte Richard. »Davon hab ich gehört. Und was ist mit Toni Meisenbach?«

»Mit dem? Ah, jetzt erkenn ich Sie. Sie sind einer von dem komischen Ritterverein. Und Sie auch.« Damit meinte sie Dom.

»Stimmt.«

»Toni Meisenbach?«, sagte Lena. »Der war öfter bei uns, um uns beim Umbau zu helfen. Was ist mit dem?«

»Also kennst du ihn doch näher«, zischte Bianca und jede Freundlichkeit verschwand aus ihrem Gesicht. »Sogar zu Hause war er bei euch! Lügenpack. Wollt ihr mir meinen Fall streitig machen?«

»Was ist da los? Sag was, Dom«, rief Lena.

Dom duckte sich, als wäre er am liebsten unterm Tisch verschwunden. Biancas Ehefrau blies die Backen auf und sah aus, als wollte sie Dom auf seinem Weg nach unten begleiten.

Bevor alles aus dem Ruder lief, klopfte Richard nun seinerseits mit der flachen Hand auf den Tisch. »Jetzt reicht's. Wir sind doch kein Kasperlverein. Niemand will dir was wegnehmen, Bianca. Ist sowieso nicht dein Fall, sondern der vom Traudich. Du bist für ihn nur Mittel zum Zweck. Bei einem Misserfolg musst du deinen Kopf hinhalten, bei einem Erfolg heimst er die Lorbeeren ein.«

»Du musst es ja wissen.«

»Eben. Ich sage dir das aus eigener Erfahrung. Schließlich war ich lange genug in eurem Club. Ich an deiner Stelle würde den Fall erst dem Staatsanwalt übergeben, wenn alles wasserdicht ist. Und ich bezweifle, dass das momentan der Fall ist.«

»Danke für den Rat. Du bist auch einer von denen, die meinen, mich bevormunden zu können, bloß weil ich kein Mann bin.«

Er wusste, wie das enden würde, trotzdem wollte er den Vorwurf nicht auf sich sitzen lassen. »Unsinn.«

»Ist leider nicht das erste Mal. Bevormundest du Dom genauso? Nein. Aber mich.«

»Dom hat mehr Jahre als du auf dem Buckel. Wenn es darum geht, einem das Wort im Mund umzudrehen, bist du wirklich unschlagbar. Einem männlichen Kollegen würde ich das Gleiche sagen.«

»Ach wirklich?«

Richard stand auf. »Frauendiskriminierung lasse ich mir nicht unterjubeln. Mir ist der Appetit vergangen. Viel Spaß noch, Dom. Und das nächste Mal sag mir bitte Bescheid, wer dabei ist.«

Er trat hinaus ins Freie und atmete tief durch. Schade um das Bier. Schade, dass der Abend so geendet hatte. Armer Dom, über den der Zorn der Frauen hereinbrechen würde. Hätte Richard gewusst, was oder beziehungsweise wer ihn hier erwartete, wäre er nicht gekommen. Er hatte keine Vorbehalte, weder Bianca noch Maxi gegenüber.

Hinter ihm wurde die Tür geöffnet.

»Zu dicke Luft da drinnen«, sagte Dom. »Sorry, dass ich dich da reingeritten hab, aber ich konnte es nicht verhindern. Bianca hast du mit deinem Ratschlag auf dem falschen Fuß erwischt. Glaub mir, sie hat's als Frau unter Traudich nicht leicht, zumal bekannt ist, dass sie lesbisch ist.«

»Die Empfindlichkeit sollte sie schnell ablegen, denn die macht sie angreifbar.«

»Jetzt tust du's schon wieder. Das musst du ihr selbst sagen, Herr Oberlehrer. Lass sie doch ihre eigenen Erfahrungen sammeln. Irgendwann wird ihr ein Licht aufgehen.«

»Aha, du erklärst mir, was ich sagen soll und was nicht?«

Dass Bianca einen schweren Stand in der Abteilung hatte, war Richard klar. Über Toleranz zu reden und Gleichberechtigung zu praktizieren waren zwei Paar Stiefel. Dom knuffte ihn in die Seite. »Na los, entgrant'l dich. Seit wann bist du so empfindlich? Macht angreifbar, hast du gerade gesagt. Wohin wollen wir jetzt?«

»Du kannst deine Lena nicht sitzen lassen.«

»Hast recht, ich geh besser wieder hinein«, seufzte Dom. »Sonst muss ich eine Woche lang auf dem Sofa schlafen; falls sie mich überhaupt zu Hause reinlässt.«

»Jetzt weißt du, warum ich Single bleibe.«

»Wart nur, bis dir die Richtige über den Weg läuft.« Dom knuffte ihn erneut und verschwand im Inneren.

Das war sauber in die Hose gegangen. Was sollte er mit dem angebrochenen Abend anfangen? Zuerst zum Auto. Als er sich ihm näherte, sah er die Rücklichter des Abschleppdienstes und einen Parkkontrolleur, der sein nächstes Opfer suchte. Das hatte ihm noch gefehlt.

»War das ihr Wagen?«, fragte der Kontrolleur.

»Ja, und er gehört immer noch mir.«

»Tja, so isses. Wer zu spät kommt, den bestraft das Leben.«

KAPITEL 23

Als Richard gegangen war, musste Dom den Zorn der Damen über sich ergehen lassen, der dankenswerterweise schnell verrauchte. Vor allem, nachdem er Bianca hatte überzeugen können, dass ihre Arbeit wertgeschätzt wurde, was der Wahrheit entsprach.

»Hilfe anzunehmen hat bisher keinem geschadet«, sagte er zum Schluss. »Teamarbeit mag Nachteile haben, ist aber erfolgversprechender.«

Biancas Ehefrau Nicole unterstützte ihn in seiner Ansicht. »Ist in meinem Job genauso.«

»Du als Krankenpflegerin hast da vielleicht weniger Probleme«, stellte Bianca mit entspannteren Gesichtszügen fest. »Einzelkämpfer wären bei euch aufgeschmissen. Ich hingegen arbeite in einer Männerdomäne und muss mich jeden Tag gegen Vorurteile behaupten. Machohaftes Gehabe kann ich deshalb nicht ab.«

»Richard ist kein Macho. Er hat keine Probleme mit seiner weiblichen Vorgesetzten, im Gegenteil. Na, was sagst du jetzt?«

»Okay, trotzdem möchte ich das nächste Mal vorher eingeweiht werden, wenn ihr beabsichtigt, in einem meiner Fälle rumzuwursteln. Hinter meinem Rücken ist unfair.«

»Verstehe ich voll und ganz. Soll nicht wieder vorkommen – versprochen«, sagte er. »Da Schaller Fürther war, werden die dortigen Kollegen den Fall an sich ziehen. Wirst sehen.«

»Das glaube ich nicht, denn schließlich besteht zwischen den Todesfällen Haupt und Schaller ein Zusammenhang.«

»Das sagst du. Vielleicht wird eine Mordkommission ins Leben gerufen, bei der du mitmischen darfst.«

Sie unterhielten sich noch eine Weile über den Stand der Ermittlungen, wobei Heidi sich kurz zu ihnen gesellte. Neues erfuhren sie von ihr nicht, außer, wie viel der Truck gekostet hatte. »Des war fast so, als hätt' der Fred g'wusst, dass ich den Wagen verkaufen will. Ich hab mir nix weiter dabei gedacht, weil sich den auch andere gern unter den Nagel gerissen hätten.«

»Wer denn zum Beispiel?«

»Der Toni hätte ihn bestimmt auch gern gehabt, aber der war finanziell zu schwach auf der Brust.«

Bianca warf Dom einen Blick zu, der ausdrückte, dass sich die Schlinge um Tonis Hals soeben ein Stück enger zugezogen hatte.

Sollte er verlauten lassen, dass Toni vermutlich genügend Geld gehabt hätte, um sich einen zu kaufen? Dom zögerte, das war nicht der richtige Ort, denn dies müsste erst überprüft werden. »Hat er dir ein Angebot gemacht?«, fragte er.

»Nee, aber Vati hat g'meint, der will sich auf die Art in unser G'schäft reinmogeln, in dem er mir was vorspielt.« Heidi verzog ihr Gesicht, als würde ihr diese Vorstellung Schmerzen bereiten. Dann zuckte sie mit den Schultern, kassierte ab und nahm Doms großzügiges Trinkgeld mit einem Augenzwinkern entgegen. »Ich hab jetzt Feierabend. Schaut mal wieder vorbei.«

»Scheint recht flüssig gewesen zu sein, der Schaller«, sagte Dom. »Wäre interessant zu wissen, ob er das Geld auf der Bank auf seinem Girokonto herumliegen hatte oder es kurzfristig lockermachen konnte.«

»Toni wollte den Truck auch.«

»Hat ihn aber nicht gekauft. Er meint, er hätte es können, wenn er gewollt hätte. Also warum hätte er Haupt umbringen sollen? Er hatte durch seinen Tod keine Vorteile.«

»Hör auf, mir Toni als Täter ausreden zu wollen. Trotzdem werde ich mir Schallers Bankdaten besorgen«, sagte Bianca. »Und ich werde dir das Ergebnis sogar mitteilen, und sag dir jetzt schon, dass garantiert keine neuen Erkenntnisse dabei entstehen.«

»Dann kannst du gleich Tonis Verhältnisse überprüfen.«

Bianca lief knallrot an. Damit war der Gaststättenbesuch beendet. Auf dem Heimweg wollte Lena wissen, wie die Sache mit Richard und Maxi stünde. »Das müssen die zwei unter sich ausmachen.«

»Will er nicht, weil sie seine Chefin ist?«

»Das erleichtert die Sache sicher nicht. Wegen der Gefahr der Befangenheit sind den Vorgesetzten solche Verbindungen suspekt, um nicht zu sagen unerwünscht. Ist in jeder Firma so. Falls sich zwischen den beiden was Festes ergäbe, müsste sich einer von ihnen versetzen lassen, hoffentlich Richard nach Nürnberg zurück, allerdings kaum zu Trau-dich, denn der war der Grund, warum er sich von uns verabschiedet hatte. Ich glaube allerdings, da spielt was anderes mit rein, und das hat mit Maxis Vater zu tun. Frag mich nicht, um was es sich handelt, denn er hat's mir nicht verraten.«

»Das wird er bestimmt noch.«

Dessen war sich Dom nicht sicher. Obwohl sie gute Freunde waren, hatte Richard bei diesem Thema eine Mauer ohne Tür um sich errichtet. Dom küsste seine Frau auf die Stirn, und sie begaben sie sich auf den Heimweg.

Am nächsten Morgen erhielt Dom von Richard eine Nachricht, die ihn laut auflachen ließ.

»Hol mich bitte in Fischbach ab. Ich muss meinen Wagen beim Abschlepper auslösen.«

Die Zeiten, in denen ein Kollege bei kleinen Ordnungswidrigkeiten ein Auge zudrückte, waren definitiv vorbei. Und das war auch gut so, denn es war schlicht ungerecht, wenn ein Polizist einen anderen bei Verstößen gegen die Straßenverkehrsordnung ungeschoren ließ. Als Coburger hätte sich Richard eh schwergetan, seine Parksünde dienstlich zu begründen, und seitdem die Kommunen die Überwachung des ruhenden Verkehrs dem Zweckverband Kommunale Verkehrsüberwachung übertragen hatte, ging da gar nichts mehr.

Dom rief seine Dienststelle an und entschuldigte sich dafür, dass er später käme. Das könnte ihm einigen Ärger einbringen, da er einen längst fälligen Bericht abliefern sollte. Bisher hatte er sich aus solchen Situationen herauswinden können, aber dieses Mal würde es eng werden.

»Gab's gestern neue Erkenntnisse?«, fragte Richard, nachdem er seinen Frust über das Abschleppen seines Autos zum Ausdruck gebracht hatte.

»Bianca und Lena haben sich schnell wieder abgeregt.« Dom fasste die Neuigkeiten kurz zusammen. »Für Toni bleibt es eng. Obwohl Bianca weiterhin von seiner Schuld überzeugt ist, beabsichtigt sie, sich eine Auskunft über Fred Schallers und Tonis Bankkonto einzuholen. Wahrscheinlich möchte sie damit beweisen, dass sie recht hat.«

»Ich bezweifle, dass sie dafür eine Genehmigung kriegt. Die Banken sind nicht verpflichtet, uns Auskunft zu geben. Vor allem, wenn der Kontoinhaber oder Angehörige dagegen sind. Einfacher wäre es, Schallers Ehefrau zu befragen.«

»Stimmt.« Dom sah zu Richard hinüber, der verschmitzt grinste.

Nachdem er Richard beim Abschleppdienst abgesetzt hatte, fuhr Dom zu seiner Dienststelle am Jakobsplatz. Dort kümmerte er sich sofort um den fälligen Bericht. Dom war nicht detailorientiert, weshalb er sich mit diesem Teil seiner Arbeit schwertat. Ihm gegenüber saß ein Kollege, dessen hohe Stirn im Licht der LED-Lampen glänzte, und studierte den Inhalt eines Aktenordners. Am liebsten hätte Dom ihm eine Papierkugel gegen die Platte geschossen, aber er wusste, dass der Kollege für Späße dieser Art nicht zugänglich war.

Konzentrier dich, ermahnte er sich im Stillen. Hatte er alle Fakten beisammen, alle Nummern der Asservate richtig aufgelistet und die Datumsangaben korrekt notiert?

Bianca tauchte in der Tür auf. »Hast du einen Moment Zeit?«

Erfreut über die Ablenkung winkte er sie herein, aber sie schüttelte den Kopf und bedeutete ihm, ihr zu folgen. Kaum auf dem Gang machte sie ihrem Frust Luft: »Ich hab ordentlich Ärger an der Backe. Die Banker haben auf stur geschaltet und auf ihr Bankgeheimnis verwiesen. Danach habe ich bei der Staatsanwaltschaft nachgefragt, ob sie einen richterlichen Beschluss für mich erwirken können, und zehn Minuten später werde ich in Traudichs Büro zitiert. Der hat mich derart zusammengestaucht, dass ich unter der Tür durchpasste.«

Unwillkürlich musterte Dom sie von oben bis unten. Blödmann schimpfte er sich selbst. »Was war sein Problem?«

Bianca hob theatralisch die Hände. »Keine Ahnung. Ich solle gefälligst meinen Dienst ordentlich erledigen und mich auf Toni Meisenbach konzentrieren. Die Fürther würden den Fall Schaller bearbeiten, und warum ich nicht schon längst mit meiner Beweisführung fertig wäre. Dabei bin ich sicher, die beiden Fälle hängen zusammen.«

»Der hat's ungewohnt eilig.«

»Mein Hinweis, dass Karin Schaller ebenfalls involviert sein könnte, hat ihn erst richtig auf die Palme gebracht. Seiner Ansicht nach steckt Toni hinter all dem, weil er auf den Foodtruck scharf war. Deshalb baggert Toni Karin an, indem er vorgibt, ihr helfen zu wollen.«

»Und wie sind die Shrimps in die Würste gekommen?«

»Das war, seiner Theorie nach, auch Toni.«

»Toni und Karin sind ein Paar.«

»Was?«

Dom erzählte ihr, was er wusste. Bianca pfiff durch die Zähne. »Dann hat Traudich recht. Toni nutzt sie aus. Als Nächstes bringt er sie um.«

»Oder umgekehrt, weil Karin ihren Mitwisser loswerden will.« Er schüttelte den Kopf. »Was dumm wäre und bedeuten würde, sie hätte Norbert Haupt totgefahren.«

»Das passt hinten und vorne nicht zusammen.« Sie starrte auf ihre schwarzen Sneaker, bis ein Ruck sie durchlief. »Vielleicht könnten dein Freund Richard und du ein paar Informationen sammeln. So ganz nebenbei, verstehst du?«

»Das ist nicht dein Ernst, oder?«

»Ich stecke fest. Überleg's dir halt mal.« Sie warf einen Blick auf ihre Fitnessuhr am Handgelenk. »Oh, ich muss!«

Sie joggte zur Treppe zurück. Er hätte ihr verraten sollen, dass Richard und er bereits heute Morgen mit Karin Schaller gesprochen hatten.

Sie waren freundlich gewesen und hatten ihr beteuert, Toni entlasten zu wollen, woraufhin sie die Fragen bezüglich ihrer Vermögensverhältnisse bereitwillig beantwortet hatte. Das Geld zum Kauf des Trucks habe sie aufgetrieben, weil das Fred gefordert hatte. Sie habe das Grundstück ihrer Großmutter unter Wert verkaufen müssen, um bei einem günstigen Angebot sofort zuschlagen zu können. Ihrem Mann sei sehr wohl bekannt gewesen, dass es schwer war, gute Standplätze zu ergattern, erst recht einen der ganz wenigen öffentlichen.

Dom bewunderte im Stillen, wie es Richard gelungen war, eine Atmosphäre des Vertrauens zu schaffen. Bei der Erwähnung, dass Toni schon früher Interesse an Haupts Foodtruck geäußert hätte, hatte sich Karins Gesicht versteinert. Richard hatte erfolgreich Misstrauen gesät, und Dom ahnte, dass sein Freund mit ihr noch nicht fertig war.

Bianca verschwand im Treppenhaus, und Dom schlich in sein Büro zurück, ein bisschen geplagt vom schlechten Gewissen, weil er ihr den Besuch bei Karin verschwiegen hatte.

KAPITEL 24

Der Besuch der Kriminalbeamten hatte Karin sehr beunruhigt, obwohl sie zugeben musste, dass die zwei einen sehr offenen und vertrauenswürdigen Eindruck erweckt hatten, vor allem der Herr Vorndran. Dass Richard Levin rein zufällig bei ihrem Imbissstandort in der Schweinau aufgetaucht war, glaubte sie allerdings nicht mehr. Trotzdem erleichterte sie, dass die beiden mit Toni befreundet waren, deshalb hatte sie ihnen auch gesagt, woher das Geld für den Wagen stammte, und ihnen sogar die Belege gezeigt. Mit der Polizistin Bianca Müller, die sie Tage vorher ausgefragt hatte, war sie nicht zurechtgekommen. Diese Kommissarin war ihr feindlich gesinnt und wollte Toni zur Strecke bringen, davon war Karin überzeugt.

Kaum waren die von der Kripo gegangen, sauste Schwiemu aus ihrem Wohnzimmer zu ihr in die Küche. »Was wollt'n die zwei Dübbn von dir?«

»Wen meinst du?«

»Die Bullen.«

Karin überlegte, ob sie ihr reinen Wein einschenken sollte, obwohl sie davon ausging, dass Schwiemu sich das Ohr an der Tür plattgedrückt hatte wie immer. Jetzt im Alter ließ ihre Lauschfähigkeit deutlich nach, was sie durch ungeniertes Ausfragen auszugleichen suchte. »Die haben halt ein paar Fragen g'stellt«, erwiderte sie barsch.

»Worüber?«

»Wie wir's mit dem Geld gehalten haben.«

»Was geht'n die des a'?«

»Ich glaub, die wollten wissen, ob Fred schon vorher gewusst hat, dass der Foodtruck vom Haupt frei wird.«

Schwiemus Augen wurden groß. »Du bist fei ganz schäi bläd. Ich hoff, du hast dei' Waaf'n g'halten.«

Das sagte die Richtige. Ihr kam ein Gedanke, der für die beiden Herren von der Kripo interessant sein könnte. »Ich hab nix zu verbergen – ich nicht.«

»Ich frag mich, warum se dich ned gleich mitg'nommen ham.«

»Die kommen wieder, darauf kannst du dich verlassen.«

»Hoffentlich mit'm Haftbefehl!«

Bissgurn, dachte Karin. Lange haderte sie nicht mit dem Gedanken, denn etwas anderes beschäftigte sie: der Verlust des Standplatzes am Hauptmarkt. Sie verstand, dass die Genehmigung auf den Namen ihres toten Manns gelautet hatte, aber der flotte Widerruf war merkwürdig.

Heute waren lediglich die Vorbereitungen für den Foodtruck zu treffen, da der Laden vorerst geschlossen war. Den Gesellen hatte sie entlassen müssen, die Metzgerei war dicht. Die Zutaten für den Imbisswagen holte sie aus dem Großhandel – ein merkwürdiges Gefühl. Vermutlich war Schwiemu deshalb gemeiner zu ihr als sonst, weil ihr langweilig war. Müßiggang lässt einen auf dumme Gedanken kommen, hatte Karins Mutter stets gepredigt.

Das Vorbereiten der Ware für morgen ging ihr leicht von der Hand, und sie freute sich, Toni wiederzutreffen. Außerhalb der Verkaufszeiten vermieden sie es, zusammen gesehen zu werden, obwohl er gemeint hatte, dass diese Vorsichtsmaßnahme zu spät wäre, jeder wüsste bereits davon. Dennoch war ihr wohler dabei, weil die bucklige Verwandtschaft so nichts zum Tuscheln hatte.

Nach getaner Arbeit schlich Karin aus dem Haus, das sie lediglich für die Vorbereitung der Imbissware betrat, ansonsten wohnte und schlief sie bei ihrer alten Schulfreundin Jenny, die ein schönes Dreizimmerapartment in einem renovierten Altbau beim Fürther Stadtpark bewohnte.

Jetzt jedoch hatte Karin ein anderes Ziel. Sie fuhr mit der U1 von Fürth in die Nürnberger Innenstadt zum Ordnungsamt. Sie wusste genau, zu wem sie wollte. Herr Baumgärtner würde ihr Rede und Antwort stehen müssen, warum jemand anderes ihren Platz eingenommen hatte, jawohl.

Das Amt befand sich beim Laufer Schlagturm, dessen Geschichte sie in der Schule hatte lernen müssen. Er war knapp 800 Jahre alt und ein Teil einer der ersten Stadtmauerringe. Anlässlich eines Schulausflugs auf die Kaiserburg war sie mit ihren Klassenkameraden müde und durstig durch das Tor des Turms gegangen. Sie hielt an, betrachtete die Anlage und fühlte sich in ihre Kinderzeit zurückversetzt, in der ihr alles immens groß und seltsam erschienen war. Nun war zwar alles auf Normalgröße geschrumpft, dennoch war manches fremdartig geblieben.

Das Gebäude, in dem das Ordnungsamt untergebracht war, entsprach einem jener nüchternen Zweckbauten aus der Nachkriegszeit. Karin sagten die verschiedenen Baustile nichts, für sie gab's entweder hässliche oder hübsche Häuser, und dieses hier gehörte eindeutig zur ersten Kategorie.

Im Eingang fand sie einen Wegweiser, der verriet, wo sich das Zimmer des Sachgebiets Reisegewerbe befand. Auf den Fluren war es still wie in einer Kirche, obwohl vor manchen Büros Menschen standen, die sich mit ihren Handys die Wartezeit vertrieben. Vor der Tür zum Reisegewerbe stoppte sie. Sie klopfte und wartete, bis jemand »Herein!« rief.

Baumgärtner hockte auf seinem Stuhl, wie eine Eiskugel in der Waffel, und hielt seinen Halbglatzenschädel über ein Papier gebeugt. Das Geschriebene schien sehr klein zu sein, denn er blinzelte unentwegt hinter seinen dicken Brillengläsern.

»Herr Baumgärtner?«, sagte sie leise, nachdem er keine Anstalten zeigte, sich mit ihr zu beschäftigen.

»Haben Sie einen Termin?«, knurrte er, ohne aufzublicken.

»Brauche ich einen?«

»Meinen Sie, Sie können einfach reinspazieren, wie es Ihnen passt?«

»Das ist aber nicht gerade sehr bürgerfreundlich.«

Endlich hob er seinen Kopf, wobei ihn die runde Brille wie einen Uhu aussehen ließ. Als er sie absetzte, verschwand der aus seinem Gesicht. »Ach, Sie sind's.«

»Karin Schaller«, sagte sie freundlich. »Sie erinnern sich?«

»Hab schon damit gerechnet, dass Sie früher oder später aufkreuzen werden.«

In ihr brodelte es, doch sie war es gewohnt, ihre Wut unter Kontrolle zu halten. »Ich hätte gern erfahren, warum mein Platz am Hauptmarkt anderweitig vergeben wurde.«

Baumgärtner atmete tief durch, als hätte sie etwas Dummes gesagt. »Weil Sie nicht im Besitz eines gültigen Reisegewerbescheins sind. Somit hat die Sondernutzungsgenehmigung für einen Standplatz auf öffentlichen Plätzen keine Gültigkeit mehr. Das Marktamt kann Sie demzufolge nicht länger berücksichtigen.« Er blinzelte Karin an, als wäre diese Eröffnung das Logischste auf der Welt.

»Warum ist das so kompliziert?«, fragte sie.

»Weil alles seine Ordnung haben muss. Wo kämen wir hin, wenn jeder seine Kiste hinstellen würde, wo er will?«

»Nach Sodom und Gomorra?«

Er stutzte und legte seine hohe Stirn in Falten. »Der Vergleich hinkt. Da ging es um etwas ganz Anderes.«

Dieser Mann war trocken wie ein Zwieback. Als Verkäuferin hatte sie gelernt, mit den verschiedensten Kunden so umzugehen, dass sie am Ende glücklich waren, selbst wenn dies auf Kosten des eigenen Seelenheils ging. »Ich weiß ja, dass ohne Ordnung Chaos herrschen würde«, sagte sie brav.

Zum ersten Mal hellte sich sein Gesicht auf. »Genau. Alles ginge drunter und drüber. Deshalb haben wir Gesetze und Vorschriften und deshalb gibt es ein Ordnungsamt, das darauf achtet, dass ein neuer Imbissbetreiber alle Voraussetzungen erfüllt.«

»Aber wir standen dort schon von Anfang an. Derselbe Imbiss, dieselben Würste, dieselbe Verkäuferin.«

»Darüber wollte ich mit Ihnen eh ein Wörtchen reden.

Von wegen Nürnberger Rostbratwürste. Die werden bei Ihnen in Zukunft als welche nach Nürnberger Art deklariert, verstanden?« Er griff nach einem Schreibblock samt Stift. »Nürnberger Bratwürste wurden im August 2003 durch Verordnung Nr. 1257/2003 der Europäischen Kommission in das Verzeichnis der geschützten Ursprungsbezeichnungen und der geschützten geografischen Angaben gemäß Artikel 6 Absatz 3 der Verordnung Nr. 2081/92 aus 1992 eingetragen. Da Sie Würste, die Sie außerhalb der Nürnberger Stadtgrenzen anfertigen, als Originale verkaufen, ist der Tatbestand einer Verletzung der Ursprungsangabe gegeben, wie sie im November 2012 in der Verordnung Nr. 1151/2012 des Europäischen Parlaments und des Rates über Qualitätsregelungen für Agrarerzeugnisse und Lebensmittel festgelegt wurde. Für Verletzungen dieser Verordnung ist ein Ordnungsgeld in Höhe von …«

Sie hob die Hände. »Es reicht. Ich werde mich um die entsprechenden Genehmigungen bemühen.«

»Und Ihre Produkte von nun an unter der ungeschützten Bezeichnung ›Rostbratwürste Nürnberger Art‹ verkaufen.«

»Auch das. Außer ich verkaufe echte, von einem Metzger, der das darf.«

»Trotzdem, Strafe muss sein.« Er schrieb etwas in den Block.

»Moment!«, rief sie. »Wenn ich den Foodtruck nicht aufm Hauptmarkt aufstellen darf, weil die Genehmigungen alle auf Freds Namen liefen, dann ist er ebenso für die falsche Benennung der Würstchen verantwortlich.«

»Da er tot ist und Sie sie trotzdem weiterverkauft haben, ist ein Bußgeld fällig.«

»Ich kann gar keine mehr herstellen, ich kaufe sie beim Nürnberger Großmetzger.«

»Ihr Vergehen ist nicht verjährt.«

Fieberhaft suchte sie nach einem Ausweg. Sie brauchte Geld und nicht jemanden, der es ihr abknöpfte. »Eine Frage hätte ich noch: Mir ist aufgefallen, dass Fred die Genehmigungen beim Kauf des Wagens mitübernommen hat. Wie ist das möglich, wenn's bei mir nicht geht?«

Baumgärtner ließ den Stift sinken. »Wie bitte?«

»Ich meinte, wieso …?«

Nun hob er die Hand. »Ich hab's verstanden. Wollen Sie mir unterstellen, dass bei der Vergabe der Genehmigungen nicht alles mit rechten Dingen zugegangen ist?«

»Wenn der sie gekriegt hat, möchte ich auch eine, zumal der Imbisswagen nicht mal den Besitzer gewechselt hat.«

»Da müssen Sie etwas falsch verstanden haben.«

»Nee, mei' Gudala, das hab ich garantiert nicht.« Würde er sie näher kennen, wüsste er, dass »Mein Guter« die letzte Warnstufe vor der Entladung war. Karins Kinder hatten das auf schmerzhafte Weise gelernt, und sogar Fred, der daraufhin entweder aus dem Raum gestapft war oder einen Rückzieher gemacht hatte, was allerdings selten passiert war.

Doch ihr Gegenüber hatte keine Ahnung, wie es in ihr brodelte. Gleich würde sie wie ein Dampfkochtopf explodieren. Er starrte sie an, wobei seine Lippen schmal wurden. »Was erlauben Sie sich?«, presste er hervor. »Ich bin nicht Ihr Guter!«

»Und ich nicht irgendein Blondchen, das Sie für dumm verkaufen können. Erklären Sie mir, was bei der Erteilung einer Genehmigung der Unterschied zwischen mir und Fred ist? Ist es, weil ich eine Frau bin?« Sie trat näher. »Oder steckt was dahinter, von dem niemand wissen darf?«

Baumgärtner wand sich wie eine Schlange, sein Mund zuckte. Sie war auf dem richtigen Weg. Endlich riss er das

Papier von dem Block und zerknüllte es. »Was für eine Frechheit. Das muss ich mir nicht bieten lassen.«

»Ich hab nur gefragt und will nix weiter, als genauso behandelt zu werden wie der Fred. Oder soll ich mich an Ihren Vorgesetzten wenden?«

Die Lippen des städtischen Beamten bebten. Ob vor Wut oder Angst konnte sie nicht sagen. »Also gut«, presste er endlich hervor. »Sie kriegen Ihre Scheißgenehmigungen. Füllen Sie die Formulare aus, und ich erledige den Rest für Sie. Ausnahmsweise. Aber das behalten Sie gefälligst für sich, selbst wenn's schwerfällt.«

Sie hatte gewonnen, genauso wie es Toni vorausgesagt hatte. Die neue Karin würde bekommen, was sie wollte, selbst wenn's vorerst lediglich eine Genehmigung war, die sie nur vorübergehend brauchte, denn sobald sie den Erbschein in den Händen halten würde, könnten sie alle am Arsch lecken. »Kein Problem. Da müssten Sie eher befürchten, dass ein Toter das Babbeln anfängt.«

KAPITEL 25

Monikas Anruf erreichte Richard, als er mit seinem Kollegen Peter am Montag einen Tatort besichtigte. Eine Frau war bei einer Hausrenovierung von einem Baugerüst gestürzt und hatte schwer verletzt überlebt. Das Problem dabei war, dass sie auf der Baustelle eigentlich nichts zu suchen gehabt hatte, wie ihnen der Bauleiter kreidebleich versichert hatte.

»Kann ich dich zurückrufen?«, fragte er Monika.

»Jederzeit.«

Die alte Vertrautheit von früher ist fast wieder da, dachte Richard und steckte sein Smartphone weg.

Auf dem Gerüst, in Höhe des zweiten Stocks, turnten zwei Kollegen der Spurensicherung herum, denen man zusätzlich zu ihren Schutzanzügen Sicherheitshelme verpasst hatte. Zwei weitere suchten den Erdboden und die Umgebung des weiträumig abgesperrten Areals nach Spuren ab. Kein leichtes Unterfangen auf einer Baustelle. Getrieben vom Nordwestwind drohten zudem Regenwolken, alle Spuren zu vernichten, weshalb Eile geboten war. Es wurde ungemütlich im Coburger Land.

»Bin ich froh, dass ich net zur Spurensicherung gehör«, meinte Peter und starrte nach oben. »Des wär nix für mich.«

»Hast du Höhenangst? Ich dachte, du kletterst gern.«

»Auf 'nen Berg kraxeln is was anderes als mich so ei'm Gerüst anzuvertrauen. Wer weiß, ob mich des Ding aushält. Siehst du net, wie des wackelt?«

»Bei deinem Fliegengewicht brauchst du keine Bedenken zu haben. Die Bauarbeiter wiegen teilweise doppelt so viel wie du.«

»Ich hab kein Schiss, des is reiner Selbsterhaltungstrieb«, erwiderte Peter schmunzelnd. Richard warf ihm einen warnenden Blick zu, um ihn daran zu erinnern, dass Grinsen oder gar Lachen an einem Tatort unangebracht war.

Mit betont ernster Miene schrie Peter nach oben: »Engmaschig absuchen! Wenn ihr was Außergewöhnlich's findet, sagt mir B'scheid!«

»Hier liegt ein Karpfen rum. Sollen wir den zu dir runterwerfen?«, brüllte der Kollege zurück und winkte ab. Gegenseitiges Frotzeln hatte Tradition, trotzdem hieß Richard dies in der Öffentlichkeit nicht gut. Kopfschüttelnd zog er sich an den Rand der Baustelle zurück, wobei er vermied, in eine Pfütze zu treten, und rief Monika an.

»Hallo, Richard. Du hast sicher gehört, dass Fred Schaller an einem Allergieschock, ausgelöst durch Shrimps, gestorben ist.«

»Hab ich. Die Shrimps waren in der Fleischmasse.«

»Also Mord. Aus Versehen wurden die nicht hineingemischt.«

»Das sehen die Kollegin Bianca Müller und ich genauso.«

»Die ist nicht mehr zuständig. Der Fall liegt jetzt bei den Fürthern.«

»Ich weiß. Dom hat es mir berichtet. Die Kröte wird Traudich nicht so ohne Weiteres schlucken, sondern auf eine gemeinsame Mordkommission bestehen. Und wie ich den kenne, wird er sich durchsetzen.«

»Ihr mit eurem Kompetenzgerangel. Zum Glück bin ich da außen vor. Auf dem Seziertisch sind bei mir alle gleich, egal ob aus Nürnberg, Erlangen, Fürth oder Coburg. Hör zu. Wir haben alle Bratwürste von der Charge, denen man habhaft werden konnte, unter die Lupe genommen. Das waren immer noch eine Menge, denn die hat keiner entsorgt. Meine Assistentin meinte, wenn sie noch eine Wurst aufschneiden muss, wird sie Vegetarierin.«

»Kann ich gut nachvollziehen.«

»Bei der Untersuchung kam heraus, dass lediglich etwa die Hälfte der Würste mit Shrimps versetzt war. Interessant, findest du nicht?«

»Allerdings. Schallers Ehefrau Karin hat ausgesagt, dass sie die Zubereitung der Würste unterbrochen habe, weil sie mit ihrer Schwester unterwegs gewesen sei. Ihre Schwester hat das wohl bestätigt. Während Karins Abwesenheit könnte jemand die Masse mit den Shrimps vermischt haben, ohne dass es ihr aufgefallen wäre.«

Monika machte eine kurze Pause und erwiderte dann: »Damit wäre sie aus dem Schneider. Ihr müsst nur jemanden finden, der in der Zwischenzeit Zugang zur Metzgerei hatte.«

»Mit ›ihr‹ meinst du die Kollegen aus Fürth, denn die Nürnberger sind raus, und ich war nie drin.«

»Stimmt. Hab ich ganz vergessen. Hast du Ärger gekriegt, weil ich dem Traudich gesagt habe, dass du bei mir warst?«

»Das war zu verschmerzen.«

»Sorry!«, sagte sie mit einem Lachen, das er schon immer sehr an ihr gemocht hatte, bevor sie fortfuhr: »Wäre es möglich, dass sie mit Absicht bloß eine Hälfte der Würste zubereitet hat, damit sie später behaupten kann, jemand hätte während ihrer Abwesenheit die andere präpariert?«

»Der Umgang mit uns färbt anscheinend ab. Du kannst jederzeit bei uns einsteigen, Monika.«

»Nein danke. Das wär mir zu stressig und zu einseitig. Meine Leichen bieten mehr Abwechslung und reden weniger.«

»Aber ihr Geruch ist strenger als unserer. Um deine Frage zu beantworten: Natürlich könnte sie mit Absicht eine Hälfte der Charge mit Shrimps präpariert haben, um von sich abzulenken. Hätte sie ihren Gatten aus Habgier, Eifersucht oder Rache umgebracht, wäre das ein klassischer Mord. Aber warum sollte sie Norbert Haupt totgefahren haben? Wie passt der ins Bild? Das erschließt sich mir nicht.«

»Das herauszufinden ist dein Job, nicht meiner.« Wieder

machte sie eine Pause. »Lass dich mal auf einen Kaffee bei mir blicken, wenn du auf dem Weg nach Nürnberg bist.«

»Mach ich«, versprach er. Ihm wurde klar, dass er auf dem besten Weg war, die alte Verbindung wieder aufleben zu lassen. Und warum nicht? Obwohl er Maxi gegenüber zu nichts verpflichtet war, fühlte er sich trotzdem wie ein Verräter. Wunderbar, dachte er, du bist dabei, dich zwischen die Stühle zu setzen, und das nur, weil du ein feiger Hund bist. Er sollte erst mal herausfinden, ob Maxi überhaupt Interesse an ihm hatte, bevor er sie abschrieb. Liebe konnte viele Hindernisse überwinden, wenn man ihr die Chance dazu gab. Er drehte sich um und trat in die Pfütze. Das Wasser schwappte über seine Schuhe und fand den Weg hinein. Mist, auch das noch.

Das eingerüstete Jugendstilhaus, vor dem er stand, lag an einem Berghang. Unter ihm breitete sich das Tal mit der Stadt aus und die Veste erhob sich gegenüber auf dem Festungsberg. Es musste schön sein, diese Aussicht jeden Tag beim Frühstück genießen zu können, aber so eine Villa entsprach nicht seiner Besoldungsgruppe.

Er drehte sich nach Peter um. Der redete mit einigen Schaulustigen, die sich am Polizei-Absperrungsband eingefunden hatten.

»Das sind die Besitzer des Hauses und Nachbarn«, sagte er, als sich Richard der Gruppe näherte. Drei Männer und vier Frauen starrten ihm wissbegierig entgegen.

»Sie kannten die Verunfallte?«, fragte er, nachdem er sich vorgestellt hatte.

»Nein«, sagte der Hausbesitzer auffallend schnell, wobei ihm seine Frau einen giftigen Blick zuwarf.

»Er schon, ich nicht.«

Das sprach Bände. Doch niemals vorschnell urteilen.

Neben Habgier zählte Eifersucht zu den häufigen Mordmotiven. Vielleicht war im Fall Schaller auch eine heimliche Geliebte im Spiel gewesen. Bislang gab es zwar keine Spur in diese Richtung, aber dass Irren menschlich war, hatten schon die alten Römer gewusst. Haupt wurde überfahren und Schaller vergiftet. Zwei unterschiedliche Tötungsmethoden – ungewöhnlich. Zwei Mörder?

»Was stimmt jetzt?«, fragte Peter das uneinige Paar.

»Ja, sie war bei mir angestellt«, gab der Hausbesitzer zu.

»Seine Sekretärin«, warf seine Frau ein und sah zum grau bewölkten Himmel hoch.

Die Nachbarn tuschelten und Peters Augen leuchteten.

Die zwei Gerüstkletterer der Spurensicherung stiegen hinunter, und einer von ihnen winkte Richard zu sich. »Wir haben in dem Bereich, von dem aus die Frau runtergestürzt ist, einige Fingerabdrücke sichergestellt und einen Schuhabdruck. Ob der uns weiterbringt, wage ich zu bezweifeln.«

»Gut, dann werden wir die Herrschaften alle vorladen.« Richard bedankte sich und sah sich nach Peter um, der grinsend auf ihn zumarschierte. »Alles klar«, sagte er.

»Na, dann. Der Erfolg ist dir sicher. Komm, wir machen uns vom Acker oder besser gesagt von der Baustelle.«

In der Polizeiinspektion stießen sie auf dem Weg zu ihrem Büro auf Maxi. Ein Gespräch ließ sich nun nicht mehr vermeiden. In Wahrheit sehnte er sich danach, mit ihr zu reden.

Mit leicht geröteten Wangen lieferte Peter ihr einen Vorabbericht. Sie hörte aufmerksam zu und ignorierte Richard, was ihn wie ein Tritt zwischen die Beine traf.

»Keine voreiligen Schlüsse«, warnte sie am Ende. »Fleißarbeit ist jetzt gefragt, Zeugen befragen, Beweise sammeln.«

»Hab scho' kapiert: Was manche im Hirn ham, ham andere in den Haxen«, sagte Peter mit hängenden Schultern.

Seine Vorlage war zu gut, um nicht darauf einzugehen. »Dass du's nur endlich einsiehst.«

In Maxis hübschem Gesicht zuckte es. Offenbar unterdrückte sie ein Lachen. Die Gelegenheit, mit ihr zu sprechen. Allein, wenn möglich, doch Peter blieb wie angewurzelt stehen. Feingefühl war noch nie seine Stärke gewesen.

Maxi schien auf eine Reaktion von Richard zu warten, aber in Anwesenheit von Peter hielt er sich zurück. Er versuchte es mit einem kleinen Lächeln, was sie nicht erwiderte. Verflucht, die Versöhnung gestaltete sich schwieriger als befürchtet. Je länger das Schweigen andauerte, desto mehr verließ ihn der Mut.

»Stör ich?«, fragte Peter.

»Nicht im Geringsten«, erwiderte Maxi und kehrte auf dem Absatz um.

Schade. Da ging seine Chance dahin. »Du hast die Sensibilität einer Klapperschlange«, warf er Peter vor.

»Die von 'nem Karpfen wär mir lieber. Aber Klapperschlange? Für heut reicht's mir. Ob du's glaubst oder net, selbst a Oberfrank' hat G'fühle.« Nun ließ ihn auch Peter wie einen Kartoffelsack stehen.

»Und Mittelfranken haben erst recht welche!«, rief er ihm hinterher.

Peter drehte sich im Weggehen um. »Du kennst doch den Spruch: Man muss Gott für alles danken, selbst für ein' Mittelfranken! Und jetzt beweg dich, vom Rumstehen wird's net besser!«

Wo Peter recht hatte, hatte er recht.

KAPITEL 26

Karin wusste, dass die Erteilung einer Genehmigung, einen öffentlichen Standplatz einnehmen zu dürfen, Zeit benötigen würde. Das bedeutete, ihre Einkommenslage würde sich vorerst nicht verbessern. Sie benötigte dringend Geld. Sich auf die Gastlichkeit ihrer Freundin und die von Toni zu verlassen, erschien ihr unverschämt, da beide nicht reich waren. Und Ingrid oder Silke anzupumpen, kam nicht infrage. Karin war keine Bittstellerin und lehnte Almosen jeder Art ab.

Das Unbehagen deswegen trieb sie dazu, Tonis Frage nach dem Verbleib des übriggebliebenen Geldes aus dem Verkauf des Trucks nachzugehen. 30.000 Euro waren kein Pappenstiel und mussten irgendwo abgeblieben sein. Nachdem das Grundstück verkauft war, hatte sie einen Teil des Erlöses auf ihr Bankkonto eingezahlt und Fred den Rest in bar einbehalten, weil er gemeint hatte, er müsste den Truck cash bezahlen. Heidi Haupt indes hatte auf eine Banküberweisung bestanden, was Sinn machte. Sie war ein cleveres Mädchen und hatte nicht so viel Geld mit sich herumschleppen wollen. Auch das Umarbeiten des Foodtrucks war durch Überweisung vom gemeinsamen Metzgereikonto bezahlt worden. Bislang hatte Karin vermutet, die restliche Kohle wäre vollständig auf Freds eigenes Konto gewandert, aber die Kontoauszüge widersprachen: Es fehlten 30.000 Euro.

Da sie nicht wüsste, wofür das Geld ausgegeben worden sein könnte, musste es im Haus versteckt sein. Freds Fantasie war nie besonders entwickelt gewesen, und in seiner geordneten Welt standen nur das Bankkonto und der Strumpf unterm Kopfkissen zur Wahl. Dass er ein geheimes Konto geführt haben könnte, erschien ihr zu absurd, doch auszuschließen war es nicht. Da die Einnahmen der Metzgerei jeden Tag von ihr oder früher von Fred zur Bank gebracht und auf ein eigenes Metzgereikonto eingezahlt wurden, gab es keinen Safe daheim.

Karin wartete, bis Schwiemu das Haus verlassen hatte, und begab sich dann auf die Suche.

In Freds Sachen zu wühlen war ihr unangenehm. Zuerst suchte sie ziellos, bis sie sich entschloss, systematisch vorzugehen. Weder im Bad noch im Wohnzimmer fand sie etwas Außergewöhnliches; nicht mal einen Hinweis darauf, dass Fred fremdgegangen war.

Im einstigen ehelichen Schlafzimmer schlug ihr der Mief eines ungelüfteten Raums entgegen. Die Einrichtung entsprach dem Stil der 50er-Jahre, denn Schwiemu hatte ihnen ihre alte als Hochzeitsgeschenk überlassen. Fred hatte sie dankbar angenommen, und Karin hatte zumindest auf neue Matratzen, Kissen und Bettwäsche bestanden, wogegen Schwiemu vergeblich protestiert hatte. Sie blieb, in Erinnerungen versunken, an der Tür stehen, bis ihr auffiel: Das Ehebett war frisch gemacht und ihrer Ansicht nach neu bezogen. Mit Sicherheit Schwiemus Werk nach Freds Tod, denn der hätte sich eher die Hand abgehackt, als irgendeine Aufgabe im Haushalt zu übernehmen. Von Anfang an hatte Schwiemu keinen Zweifel daran gelassen, wer sich um Fred kümmerte.

Mit Widerwillen öffnete Karin den Kleiderschrank, in dem eine vorbildliche Ordnung herrschte. Alle Anzüge, Hemden und Hosen hingen auf Kleiderbügeln, Unterwäsche und Socken lagen akkurat gestapelt in den Fächern.

Karin schob ihre Hand unter die Kleiderstapel und tastete nach einem Briefumschlag oder etwas Ähnlichem. Der Geldpacken musste recht dick sein.

Sie fand nichts dergleichen. Zu ihrer Enttäuschung gesellten sich die schlechten Erinnerungen, die mit diesem Zimmer einhergingen. Gute gab es praktisch keine. Sie hätte sich schon lange aus der Ehe lösen müssen. Erst durch Toni war ihr der Gedanke an eine Scheidung gekommen.

Frustriert suchte sie abermals alles durch, wobei sie mit einem Ohr nach draußen horchte. Auf keinen Fall sollte Schwiemu sie beim Durchstöbern erwischen, obwohl Karin als Witwe ein Recht darauf hatte. Schließlich gehörte ihr all der Kram.

Als Nächstes stieg sie in den großen Kellerraum hinab, wo jede Menge altes Gerümpel eingelagert war, hauptsächlich das von Schwiemu. Ein zweiter Raum war angefüllt mit Kinderspielzeug. Hier wohnten Karins gute Erinnerungen, die sie fast vergessen hatte, wie zum Beispiel ein Papierdrachen, den Fred für seine Kinder gebastelt hatte, ein einmaliges Ereignis. Die Spielzeugtankstelle mit Autos, eine Schachtel mit Bilderbüchern sowie ein rosa Kinderfahrrad. Brettspiele, die sie an die vielen Stunden erinnerten, die sie vor dem Schlafengehen mit den Kindern verbracht hatte. Anfangs hatte sie gehofft, dass Fred sich zu einem liebenden Vater entwickeln würde. Später wurde ihr klar, dass es für Fred nur Fred gab.

Viel schlimmer, Sabine, ihr süßes, kleines Mädchen, war von Freds Sturheit und Unverständnis sowie Schwiemus Bosheit aus dem Haus gejagt worden.

»Sabine kommt zur Beerdigung«, hatte ihr Sohn gesagt. »Nicht aus Liebe oder Trauer, sondern weil's der Anstand gebietet. Und wegen dir.« Er dächte genauso und hatte ihr angeboten, dass Karin bei ihm wohnen könnte und er ihr beim Umzug half.

Daraufhin hatte Karin ihm von ihren Mallorcaplänen erzählt, was er cool gefunden hatte. »Jetzt weiß ich, wo wir unseren nächsten Urlaub verbringen werden.«

Glücksmomente.

Sie verließ den Keller, ohne das Gesuchte gefunden zu haben. Kein Geräusch deutete auf die Anwesenheit anderer Personen hin. Trotzdem näherte sie sich auf Zehenspitzen dem Eingang zu Schwiemus Reich im Flur des Erdgeschosses. Es bestand aus einem Wohnzimmer, einem Schlafzimmer und einem Bad, aneinandergereiht wie Perlen an einer Kette, nur dass es keine Perlen waren. Schwiemu hatte keine eigene Küche, sie teilten sich eine.

Vielleicht hatte Fred das Geld bei seiner Mutter deponiert. Zuzutrauen war es ihm. Als sie die Hand auf die Klinke legte, klopfte Karins Herz bis zum Hals.

War sie vorhin beim Durchsuchen von Freds Sachen im Recht gewesen, überschritt sie nun eine Grenze. Von jetzt an befand sie sich im Feindesland, hier gäbe es keine Ausrede, wenn sie erwischt werden würde.

Die Tür schwang auf und Karin hielt den Atem an. Außer dem Ticken einer Wanduhr drang kein Laut aus Schwiemus Reich. Selbst Fred hatte ihren Geschmack als kitschig empfunden, zumal Schwiemu nichts auf ihren alten Plunder kommen ließ. Wenn der wenigstens wertvoll wäre, aber da war nichts dabei, das Fred zu Geld hätte machen können. Nur Bauernbarock und Krempel, wie er es genannt hatte. Er war der Einzige, der sich getraut hatte, Schwiemu das ins Gesicht zu sagen.

Unschlüssig blieb Karin in deren Wohnzimmer stehen. Die Beklemmung nahm zu, und eine warnende Stimme in ihrem Hinterkopf wurde lauter. Wie würde das Schwiegermonster reagieren, sollte es Karin ertappen? Schwiemu würde sie als Einbrecherin beschimpfen. Die Frage war, wie es rechtlich aussah, denn immerhin gehörte ihr der Bereich des Hauses, in dem sie lebte.

Karin entschloss sich, diesem Gedanken nicht weiter nachzuhängen. Wollte man etwas erreichen, musste man vorwärtsgehen.

Ihre Handflächen fühlten sich feucht an und kalter Schweiß rann ihr über den Rücken. Sie öffnete eine Klappe des Wohnzimmerschranks und fand zu ihrer Überraschung ein Sortiment an Likören und Schnäpsen vor. Ach, sieh mal einer an, wer hätte das gedacht?

Das nächste Fach quoll über von Heftchenromanen und Illustrierten. Fast hätte Karin gelacht, denn Herzschmerz und Schwiemus Charakter passten zusammen wie Himmel und Hölle. Ein Teil dieser Sammlung befasste sich mit dem Leben der verunglückten Prinzessin Diana. Es folgte ein Schubfach voll alter Fotos: unzählbar viele mit Fred, ein paar mit Jörg und Silke, ganz wenige mit Freds Vater. Wen Schwiemu bevorzugte, war eindeutig erkennbar. Von Karin oder ihren Kindern – nichts. Es war, als existierten sie für den Hausdrachen nicht.

Eigentlich traurig, doch nicht unerwartet. Karin wandte sich der Anrichte zu, die vor allem Geschirr und Kaffeeservices enthielt, die nie benutzt wurden. Hinter einer Sauciere und einem Stapel Teller ertasteten ihre Finger einen braunen Umschlag. Vorsichtig zog sie ihn heraus. In Freds unverwechselbarer Handschrift stand »Rest« darauf. Mit zitternden Händen öffnete sie den Umschlag und lugte hinein. Geldscheine. Viele, aber weniger, als sie erwartet hatte. Sie zog einen Packen 500er, mit einer Banderole umwickelt, heraus.

Da war es. Das vermisste Geld, und es war ihr Geld, das nichts in Schwiemus Büfett zu suchen hatte. Wie war es dahin gekommen?

Hatte Fred es, ohne Schwiemus Wissen, in der Anrichte versteckt? Hatte er sie beauftragt, darauf aufzupassen? Oder hatte dieses Biest beim Aufräumen des Schlafzimmers das Geld gefunden und es sich angeeignet?

Ein Verdacht keimte in ihr auf, der sehr erschreckend war, weil sie es nie für möglich gehalten hätte: Fred war in krumme Geschäfte verwickelt gewesen. Und ihr fiel sofort ein, um was es sich dabei gehandelt haben könnte: überlagertes Fleisch, das weder vom Schwein noch vom Rind aus dubiosen Quellen stammte. Die Fleischlieferungen waren in den frühen Morgenstunden eingetroffen, Zeugen hatte es deshalb kaum gegeben.

Doch das gehörte zu Freds Vergangenheit und der war jetzt tot, sie selbst hatte ein reines Gewissen. Sie steckte das Geld zurück in den Umschlag und drückte ihn an sich.

Ein Auto fuhr vor. Jetzt hieß es, schnell zu verschwinden. Karin schaute, ob sie etwas verstellt hatte. Das Schrankfach mit den Alkoholika stand noch offen. Mit einem Satz sprang Karin hin, um es zu schließen. Da fiel schon die Haustür ins Schloss. Wohin? Durch die Wohnzimmertür hinaus auf den gemeinsamen Flur verbot sich, denn dann würde sie ihr direkt in die Arme laufen. Der einzige Ausweg war das Schlafzimmer. Schnell hinein.

»Ich brauch erst mal 'nen Schnaps«, sagte eine Männerstimme, die Jörg gehörte. »Ist die Karin daheim?«

»Weiß ned, wo die Schnalln sich grad rumtreibt.«

»Wenn ich se heiraten tät, würd des Geld bei uns bleiben.«

»Die Bridschn muss ausm Haus. Außerdem steht di ned auf di. Welche Frau will dich scho' ham?«

»Mensch, Mama, wir müss'n was mach'n, sonst verlangt die, dass wir se auszahl'n. Und dafür fehlt uns des Geld.«

Die Schrankklappe zum Schnapsdepot wurde geöffnet.

»Es gäb no a annere Möchlichkeit, als die Drudschn zu heiraten.«

»Und die wär?«

Schwiemu senkte die Stimme zu einem Flüstern, sodass Karin kein Wort verstehen konnte.

»Meinste des haut hie? Und wenn se dahinterkommen?«

»Wie denn? Du machst a Zeugenaussage, und wenn jemand die Wahrheit rausfind', hast du dich halt geirrt. Was mei' Freddy gekonnt hat, des könna mir a. I häng mein Mantel auf, dann könn ma weiterplaudern.«

Den Mantel aufhängen hieß ins Schlafzimmer gehen. Jörg kicherte. Der hatte mehr als nur einen Schnaps intus. Was die zwei wohl ausgeheckt hatten?

Egal, Karin musste raus, und zwar schnell. Ihr Blick fiel aufs Schlafzimmerfenster. Sie befand sich im Erdgeschoss, also kein Problem. Leise öffnete sie es und spähte hinaus. Keiner da. Sie stieg hindurch, sprang auf den Erdboden und schob sich an der Hauswand entlang.

»Ja, so was na, do hab ich doch glatt vergess'n des Fenster zuzumach'n«, hörte sie Schwiemu sagen, und schon klappte es zu.

KAPITEL 27

Die Schlinge um Tonis Hals zog sich enger zu. Dom hatte berichtet, dass sich ein Zeuge gemeldet habe, der Toni am Todestag von Fred Schaller in der Nähe der Metzgerei beobachtet haben wollte. In den Räumen der Metzgerei seien keine Fingerabdrücke von ihm gefunden worden, aber er könne Handschuhe getragen haben. Zudem sei die Spurensuche viel zu spät erfolgt, denn der Vorbereitungsraum und alle Geräte und Behältnisse seien wie jeden Tag gründlich gereinigt worden, wie man es von einer ordentlichen Metzgerei erwarten sollte. Traudich hatte sich in Toni als Täter verrannt. Dass jemand anders oder Karin den Mord begangen haben könnte, schien er nicht gelten zu lassen.

Das Auftauchen des späten Zeugen erschien Richard wie eine Parallele zum Mord an Norbert Haupt, weil da ebenfalls eine später konkretisierte Zeugenaussage den Ausschlag gab. Es war richtig, dass durch Zeugen viele Verbrechen aufgeklärt werden konnten, und Hinweise aus der Bevölkerung waren ein wichtiges Instrument der Polizeiarbeit. Trotzdem war Richard skeptisch, denn es hatte keinen öffentlichen Aufruf gegeben. Wer also wusste, dass Toni Meisenbach zum Kreis der Verdächtigen zählte, und wem war gleichzeitig bewusst, dass die Frage wichtig war, ob er sich zum fraglichen Zeitpunkt in der Nähe der Metzgerei aufgehalten hatte?

Toni müsste ein Idiot sein, wenn er sich derart dämlich beim Morden anstellte, dass er ständig Zeugen hatte.

Für Richard war es an der Zeit, sich ein klares Bild von Fred Schaller zu machen. Wer waren seine Freunde gewesen, seine Feinde, seine Geschäftspartner? Das Erstellen eines solchen Profils war ein wichtiges Instrument für einen Ermittler, und er hegte keinen Zweifel daran, dass Bianca das beherrschte. Für die Fälle Schaller und Haupt war inzwischen eine Mordkommission gebildet worden, der Bianca angehörte. Warum handelte sie dann nicht entsprechend? Oder hielt sie diese Informationen vor Dom zurück? Das würde allerdings ihrer Bitte, er möge ihr helfen, widersprechen.

Er musste umsichtig vorgehen, denn den Ärger, sich in eine laufende Untersuchung einer anderen Dienststelle einzumischen, wollte er sich ersparen. Folglich musste sein Engagement nach der Dienstzeit erfolgen. Dass in Coburg zu dem Fall mit der vom Gerüst gestürzten Frau noch ein niedergeschlagener Mann hinzugekommen war, beengte seinen Zeitrahmen. Aber er hatte Toni versprochen, ihm zu helfen, und das beabsichtigte er einzuhalten.

Nachdem er sich eine Stunde nach offiziellem Dienstschluss hatte loseisen können, fuhr er die altbekannte Strecke gen Süden, verließ dieses Mal jedoch die Stadtautobahn, um nach Fürth zu gelangen. Die Metzgerei Schaller befand sich im Stadtteil Poppenreuth nordöstlich von Fürth und war leicht zu finden.

Das zweistöckige beige Gebäude schien aus den 30er-Jahren zu stammen. Hellgelbe Fliesen umgaben den Eingang und das große Fenster des Verkaufsraums. Im Hof standen ein roter Foodtruck sowie ein weißer Lieferwagen. Vor dem Haus parkte ein silberner Mercedes. Ein Schild im Schaufenster wies darauf hin, dass der Laden vorübergehend geschlossen sei.

Nachdem er sich einen Vorwand zurechtgelegt hatte, klingelte er an der Haustür, gespannt, wer öffnen würde.

Der Mann, der ihm gegenüberstand, war etwa 50 Jahre alt, Hatte lichtes Haar, Hängebacken und einen Bierbauch. Er bewegte sich behäbig und seine Augen glänzten, als stünde er unter Alkoholeinfluss.

»Was'n los? Wir verkauf'n nix mehr«, sagte der Kerl, wobei er seine Bierfahne in Richards Gesicht blies.

»Ich bin von der Frankenpost und wollte etwas über Herrn Fred Schaller erfahren«, log Richard ungeniert. Das konnte er getrost tun, solange die zu erwartenden Aussagen nicht in eine Anklageschrift eingingen, beruhigte er sein schlechtes Gewissen und hoffte, dass sein Gegenüber keinen Ausweis verlangte.

»Kumm ich etzerd in die Zeitung?«

»Mal sehen. Ich versuche, mir ein Bild von Herrn Schaller zu machen. Wer sind Sie, wenn ich fragen darf?«

»Jörg Schaller, sei' Bruder. Ich wär scho' gern in der Zeidung. Mit Foto, wenn's geht.«

»Dafür müsste ich später unseren Fotografen vorbeischicken.«

Jörg Schaller blickte an sich hinab und verzog sein Gesicht. »Kommen S' rein.«

Wie in jeder Fleischerei stieg Richard eine eigenartige Geruchsmischung von Fleisch, Blut und Reinigungsmitteln in die Nase. Der Boden war schwarz-weiß gefliest, die Wände waren zur Hälfte grün gekachelt und darüber mit gelber Farbe gestrichen. In einer Ecke waren Garderobenhaken angebracht, an denen Mäntel und Hüte hingen, eine Sitzbank, darunter standen Gummistiefel.

»Hier rein.« Jörg öffnete eine Tür, die in ein Wohnzimmer führte, dessen Einrichtung der Nussbaummode der 70er entsprach. Auf einem Sofa thronte eine füllige, ältere Frau mit Dauerwelle und gefärbten Haaren, die ihm misstrauisch entgegenblickte. Vermutlich Margot Schaller, die Mutter des Getöteten. In ihren harten Zügen fand sich keine Spur von Trauer, sondern nur Bosheit. Vor dieser Frau musste man sich hüten, die war gefährlich.

»Der Mo ist von der Zeitung, Mama«, sagte Jörg. »Der will was über uns schreiben.«

»Richard Levin ist mein Name«, stellte er sich vor. »Zunächst möchte ich Ihnen mein Beileid aussprechen.«

»Deswegen sind Se doch ned hier. Was woll'n Se von uns?«, fragte sie scharf.

»Bloß wissen, wie Sie mit dem Verlust zurechtkommen und was Sie mir über Fred erzählen können.«

Margot Schaller richtete sich ruckartig wie ein Spielzeugroboter auf, dem man eine frische Batterie verpasst hatte. »Schrecklich. Des eichne Kind ermordet. Von der eichnen Frau. Dieses elende Miststück.«

»Woher wissen Sie, dass es Ihre Schwiegertochter war?«

»Is doch klar wie Kloßbrüh'. Sie wollt mein Freddy loswer'n, damit se mit ihr'm Freund freie Bahn hat. Wenn ses ned selber war, dann ihr Freund. Was hat'n der bei uns zu such'n g'habt, als die Schnalln des Mett g'macht hat, frag ich Sie.«

Also von daher war der Tipp an die Polizei gekommen. »Wen meinen Sie?«, fragte er und stellte sich unwissend.

»Na, den Toni Meis'nbach«, sagte Jörg.

»Wer ist das?«

»Karins Stecher.«

»Und der war hier im Haus?«

»Freilich«, sagte Frau Schaller, und gleichzeitig gab Jörg ein »Nö« von sich, woraufhin der Mann einen drohenden Blick seiner Mutter erntete. Einer von beiden log und Richard wusste, wer.

Langsam zog er sein Notizbuch aus seiner Jackentasche

hervor, wobei er darauf achtete, dass seine Waffe nicht sichtbar wurde. »Also, was jetzt? War der Herr Meisenbach bei Ihnen oder nicht?«

Jörg lief knallrot an. »Ich hab sei' Auto g'sehn, ganz bei uns in der Näh'.«

»Der war im Haus«, keifte Frau Schaller.

»Haben Sie der Polizei gesagt, dass er hier war?«

Ihre Wangenfarbe glich sich der ihres Sohnes an. »Ja freili, wenn's doch stimmt?«

»Mit einer Falschaussage hätten Sie sich strafbar gemacht.«

»Ah so?« Sie drehte sich zu Jörg hin, der den Eindruck machte, als würde er gleich im Boden versinken wollen. »Davon hams auf der Inspektion nix g'sagt, oder?«

Richard räusperte sich. »Liebe Leute, ich schreibe nur, was den Tatsachen entspricht.«

»Also direkt g'sehn hab ich ihn ned«, räumte sie ein.

»Aber Sie haben ihn zweifelsfrei erkannt, Herr Schaller?«, fragte er.

»Wenn ich mir's recht überleg ...«

»Jörg!«

»Ich denk scho', dass er des war.« Seine Gesichtsfarbe kehrte zur normalen Färbung zurück. »Automarke und Farbe ham g'stimmt.«

Mit vorgetäuschter Eifrigkeit malte Richard ein Strichmännchen in sein Notizbuch, was die zwei jedoch nicht sehen konnten.

»Was fährt er für ein Auto?«

»D-der ... Was war des für eins, Mama?«

»Du bist so was von brunzdumm. Du hast dir's doch aufg'schrieb'n.«

Mit Mühe unterdrückte Richard ein Lachen. Offensichtlich versuchten die zwei, ihn und die Polizei auf eine falsche Fährte zu locken. »Eigentlich wollte ich mehr über Ihren Sohn Fred in Erfahrung bringen. Was war er für ein Mensch? Hatte er viele Freunde?«

»Mei' Freddy war a Engele. Der hat keina Flieg' was z'leid getan!«

Für einen Metzger hinkte dieser Vergleich gewaltig. Prompt prustete Jörg und versuchte, es wie ein Niesen klingen zu lassen.

»Das hatte ich nicht gefragt.« Richard malte jetzt das Haus vom Nikolaus. »Und wie steht's mit Freunden?«

»Der war im Fußballverein«, sagte Jörg. »Und sogar mal Schiedsrichter, bis se ihn verkloppt ham, weil er angeblich für die annern gepfiff'n hätt.«

»Mei' Freddy hat nie jemand behumst!«

»Hör fei auf, Mama. Freilich hat er des. Aber sie ham ihm verzieh'n, weil er ihnen des Fleisch beim Jubiläumsfest umasonst gegrillt hat.«

Konzentriert malte Richard einen Smiley. »Wie großzügig von ihm.«

»Ah geh, des Fleisch war eh scho' halb vergammelt g'wesen.«

»Fred scheint sehr geschäftstüchtig gewesen zu sein.«

»Und wie. Der hat scho' immer g'wusst, wie er des Beste für sich rausholen kann. Jede Menge Leut hat der gekannt, und wenn was ned so g'lauf'n is, wie er g'wollt hat, konnt' der fuchsteufelswild wer'n.«

»Zum Beispiel?«

Leicht schwankend starrte Jörg auf seine Fingernägel. »Hm.« So dumm schien er doch nicht zu sein.

»Sie schreiben fei, dass ihn sei Frau aufm G'wissen hat, gell?«, fragte Frau Schaller. »Wecha ihr'm Liebhaber.«

»Woher wissen Sie denn, dass sie einen hat?«

Kurzes Schweigen, in dem die zwei sich mit Blicken duellierten. »Des hat uns jemand verrad'n.«

»Auch welches Auto Toni Meisenbach fährt?«

Jörg wand sich wie ein Wurm. In Richard wuchs das Mitleid mit Karin, die offenbar in Toni ihre Rettung sah. Ob sie wohl von Tonis Vorgeschichte und seinem Geld wusste? Wenn ja, könnte man ihr etwas Böses stricken. Aber das ging Richard nichts an.

»Ich bin ihr mal nach Langwasser g'folgt«, gab Jörg zu. »An der Endstation von der U-Bahn isse in a Mietshaus rein. Kurz danach sind se zusamm' rausgekomm'. Er hat mit ihr Patschhändle g'halten, und dann sind se mit sei'm Auto weg'gfahr'n.«

Eine saubere Verwandtschaft war das, die der Schwägerin nachspionierte. Jetzt zierte eine Bratwurst samt Semmel eine Seite seines Notizbuchs. »Wie stand es denn um Freds Ehe, wenn seine Frau fremdgegangen ist?«

»Mei' Freddy hat se geheirad', weil se was von der Metzgerei verstand'n hat und a ordentlich's Erbe mit in die Ehe gebracht hat. Ansonst'n hat er sich nur mit ihr rumärchern müssen.«

»War er ihr treu?«

Wie von einer Wespe gestochen fuhr die alte Frau hoch. »Hundertprozentich. Mei' Freddy hat sich aus andere Weiber nix g'macht.«

Jörg lachte meckernd wie ein Ziegenbock. »A G'liebte wär dem Fred viel zu teuer g'wes'n. Der ist früher lieber manchmal in 'n Puff. Zum Schluss nimmer, weil er kein' mehr hoch'kriegt hat.«

»Was redst'n du für an Blödsinn.«

»Reiß dich bloß z'amm, Mama, sonst kommst ins Heim. Dann könna die sich mit dir rumärgern.«

Richard malte einen Galgen samt Strick und ließ das Strichmännchen daran baumeln. »Vielen Dank für Ihre Auskünfte. Wissen Sie, wo ich Karin Schaller finde?«

»Entweder beim Toni oder bei ihrer Freundin. Vielleicht auch bei ihrer Blase. Den Traudichs is ned zu trau'n.«

Richards Stift stieß ein Loch in das Papier, so sehr zuckte er zusammen. »Sagten Sie Traudich? Kein häufiger Name.«

»Des is mir wurschd. Hauptsach', die landet im G'fängnis.«

Mit gespielter Freundlichkeit bedankte er sich bei den beiden und versicherte, ihnen eine Kopie seines Berichts zu schicken, falls er erscheinen würde. Sein schlechtes Gewissen, die zwei angelogen zu haben, hatte er längst abgelegt.

KAPITEL 28

Heute hatte sie nichts weiter zu tun, als einige Sachen aus dem Haus, in dem sie mehr als 20 Jahre ihres Lebens verbracht hatte, zu holen und ihre Wäsche zu waschen. Dies wollte sie ihrer Freundin nicht zumuten, ebenso wenig wie deren Strom und Wasser zu verbrauchen. Für das Haus der Schallers hatte sie erst gestern einige offene Rechnungen bezahlt, Schwiemu hatte, wie erwartet, nichts dazu beigesteuert. Jedes Mal, wenn sie das Gebäude betrat, schien sich etwas verändert zu haben. Das Licht war diffuser, nicht mehr so hell, und der typische Geruch von Fleisch lag in der Luft, aber schwächer und vermischt mit dem von Moder. Es war, als wollte sich das Leben von hier verabschieden.

Doch was interessierte sie das Gemäuer? Auf zu neuen Ufern hieß es jetzt. Weit kam sie allerdings nicht, denn ausgerechnet dieser Schleimbeutel Jörg wartete auf dem Gang zu ihrem Schlafzimmer auf sie.

»Bist amol wieder da?«

»Ist mein gutes Recht, oder?«

Wie Hulk stellte er sich ihr in den Weg. Sie versuchte, sich an ihm vorbeizuquetschen, er wich jedoch keinen Millimeter. »Lass mich gefälligst durch.«

»Rate amol, wer gestern da war?«

»Der Weihnachtsmann?«

»Bis dahin sind noch a paar Wöchli.«

Jörg war nicht gerade die hellste Lampe im Kronleuchter und hatte keinen Sinn für Humor. Fred war da wesentlich cleverer gewesen. Aber um ihn mit der Nase drauf zu stupsen, was sie gemeint hatte, dafür fehlte ihr die Lust. »Also, wer? Ich hab nicht ewig Zeit.«

»Einer von der Zeitung.«

»Ja und?«, sagte sie. »Was wollte er?«

»Der hat uns interviewt. Wecha dem Fred und dem Toni.«

Ihr Interesse war geweckt. Seinem Gesicht war nicht anzusehen, ob er sie veräppelte. »Welcher Toni?«, fragte sie provozierend.

»Na dei' Freund. So heißt er doch.«

»Du meinst Herrn Meisenbach? Der mir mit dem Foodtruck hilft? Wieso hat der Reporter nach ihm g'fragt?«

»Weil wir ihm gesteckt ham, dass ihr zwei z'amm seid«, erwiderte Jörg frech grinsend. »Wenn se den einlochen, kannste ja mich als Ersatz nehma.«

»Gab's ein Erdbeben?«

»Hä?«

»Weilste nimmer alle Tassen im Schrank hast.«

Jörg schaute nicht gerade geistreich aus der Wäsche. Es würde einige Zeit brauchen, bis er ihren Kommentar verstanden hatte. »Tut mir leid, Jörg, aber du bist nicht mein Typ. Außerdem stehen mir die Schallers bis dahin.« Sie führte ihre flache Hand bis auf Kinnhöhe.

»Ich bin ganz anders als der Fred. Ich tät dich wergli mög'n.«

Vermutlich stimmte das sogar, auf einen Versuch wollte sie es trotzdem nicht ankommen lassen. »Da ist immer noch deine Mutter, und wie du weißt, können wir uns nicht ausstehen.«

»Aber wenn die weg wär, nehmast mich scho'? Die landet im Heim, da kann se so viel Gift verspritz'n, wie's mag. Die kriecht a Schlafmittel und Ruh is.«

»Das hast du dir fein zurechtgelegt.«

»Gell? Ich bin fei echt ned blöd.«

Sie probierte erneut, an ihm vorbeizugehen, aber Fehlanzeige. »Kommt ihr zwei jetzt in die Zeitung?«, fragte sie.

»Logisch. Fotos wer'n später g'macht. Des war vielleicht a komischer Kauz. Der hat Fragen g'stellt wie einer von den Bull'n.«

Ein Verdacht stieg in ihr auf. Könnte das Richard Levin gewesen sein, der Kommissar, der sie und Toni auf dem Standplatz in der Schweinau aufgesucht hatte? »Wie sah er denn aus?«

»Groß und schlank.«

Das sagte wenig. »Haarfarbe?«

»Dunkelbraun, kurz.«

Jetzt kamen sie der Sache schon näher. »Augenfarbe?«

»Warum willst'n des wissen? Ich schau dem doch ned in die Guggerle. Das tu ich höchstens bei dir.« Er machte einen Kussmund und näherte sich ihr.

Sein Atem stank nach Bier. Schnell drehte sie ihr Gesicht weg. »Säufst du etwa schon am frühen Morgen? Bei mir gäb's so was fei ned.«

»War nur ausnahmsweise.«

»Hat der Mann von der Zeitung seinen Namen genannt?«

»Richard Leviten oder so ähnlich. Hab's ned g'nau verstand'n.«

Also tatsächlich. Ein Kriminalbeamter hatte Schwiemu und Jörg ausgehorcht, und die zwei Deppen hatten es nicht bemerkt. Sie schüttelte ihren Kopf.

»Was iss'n?«

»Nix. Wenn's die Zeitung bringt, schneidest du mir den Artikel aus? Und jetzt geh mir ausm Weg.«

»Erst wennste mir an Kuss gibst.«

»Darauf kannst du lange warten.« Kraftvoll trat sie ihm auf den Fuß, sodass Jörg aufschrie und zur Seite wich.

»Dich krieg ich noch!«, rief er. »Du wirst mich auf Knien anfleh'n!«

»Eher sterb ich!«

Sie wollte hier so schnell wie möglich raus, also verzichtete sie aufs Wäschewaschen, raffte ein paar Habseligkeiten zusammen, stopfte sie in die mitgebrachten Taschen und rannte ins Freie. Von Jörg war gottlob weit und breit nichts zu sehen. Sie würde ihre Klamotten bei Jenny waschen müssen.

Dort angekommen erhielt sie einen Anruf vom Ordnungsamt. »Ihre Genehmigungen sind da. Sie können sie abholen«, sagte eine freundliche Frauenstimme.

»Mach ich«, antwortete sie und rief sofort Toni an, um sich mit ihm an der Behörde zu treffen.

Es war ein schöner Spätherbsttag. Alles würde gut werden, und sie war richtig stolz darauf, wie sie Jörg abgefertigt hatte. Eigentlich brauchte sie den Foodtruck nun gar nicht mehr, jetzt, wo sie ihr Geld zurückhatte, aber Toni hatte recht, wenn er warnte, dass es auffallen würde, wenn sie plötzlich nicht mehr pleite wäre.

Alles bloß das nicht. Lieber weiter Bratwürste verkaufen.

Da Toni noch nicht da war, ging sie allein in das Gebäude. Eine hübsche, ältere Frau mit einem gewinnenden Lächeln reichte ihr einen durchsichtigen Umschlag, darin allerlei Papierkram.

»Bewahren Sie die gut auf«, sagte die Frau.

Überglücklich eilte Karin hinaus auf den Vorplatz, wo ihr Toni durch den »Laufer Schlagturm« entgegenlief. Seinem Gesichtsausdruck nach zu urteilen, schien ihm irgendeine Laus über die Leber gelaufen zu sein.

»Du wirst es nicht glauben!«, rief er ihr zu.

»Ich hab alle Papiere!« Karin wedelte mit dem Umschlag. »Nächste Woche können wir wieder loslegen. Baumgärtner hat alles arrangiert.«

Erst jetzt bemerkte sie Tonis panische Augen und den Schweiß auf seiner Stirn. »Was ist? Freust du dich nicht?«

»Erst wenn feststeht, dass wir die Genehmigung auch nutzen können.«

»Wieso …?«

»Weil sie mich bald festnehmen werden.«

Sie wich einen Schritt zurück. »Hä?«

»Irgendjemand hat mal wieder gegen mich ausgesagt. Er hätte mich in der Nähe von eurem Haus an Freds Todestag mit meinem Auto gesehen.«

Sofort fiel ihr ein, dass sie meinte, ihn dort ebenfalls erblickt zu haben. Die Erkenntnis fuhr ihr wie ein Blitz durch den Körper. War Toni der Täter? Hatte sie einem Mörder vertraut? Hatte Fred am Ende recht behalten, dass sie eine blöde Kuh sei, die man nach Belieben verarschen konnte?

»Warum hast du das getan, Toni? Warum?«

Nun wich er von ihr zurück. »Du glaubst den Scheiß nicht wirklich, oder? Traust mir das echt zu?« Seine Stimme wurde lauter. »Aus welchem Grund? Kannst du mir das verraten?«

»Weil du meinen Foodtruck wolltest? Vielleicht warst du das mit dem Norbert Haupt, um dich an die Heidi ranmachen und mit ihr abhau'n zu können?«

»Schmarrn, mit der Heidi hab ich vorher Schluss gemacht. Und dass ich auf den Foodtruck scharf wäre, hat der Norbert behauptet.«

»Also warst du doch mit der Heidi z'amm.«

In seinem Gesicht spiegelte sich das Entsetzen eines Kindes, das beim Lügen ertappt worden war. »Ja, wir waren ein Paar. Das war vor deiner Zeit. Ich wollt's dir bloß nicht sagen, weil ich Angst hatte, du ziehst die falschen Schlüsse.«

»Dass du hinter dem Foodtruck her warst, gell? Warst du's? Bist du's noch? Und warum ging's auseinander, wenn nicht deswegen?«

»Sie wollte mich heiraten und ich sie nicht. Karin, der Wagen ist mir scheißegal.« Er trat näher an sie heran und streckte die Hand aus.

»Bleib mir bloß vom Leib, du elender Lügner!« Tränen schossen ihr in die Augen, in ihrem Kopf schwirrte es und ihr Magen krampfte sich zusammen.

»Ich hab ein reines Gewissen, ich schwör's dir! Ich wollte mir den Absprung leichtmachen. Hab's dann so hingedreht, dass sie g'angen ist. War kein feiner Zug von mir, das weiß ich. Aber das wär nie was geworden mit ihr, noch dazu mit ihrem Vater, der mich als Gauner beschimpft hat.«

»Ihr Männer seid alle gleich.« Sie schnappte nach Luft. »Weißt du was? Ich geb dem Baumgärtner den ganzen Mist zurück und verkauf den Karren. Dann waren deine ganzen Bemühungen umsonst.«

Sie drehte sich um und rannte ins Ordnungsamt zurück, hörte hinter sich seine verzweifelt klingende Stimme rufen: »Karin, mach keinen Blödsinn! Tu nichts, was du später bereust!«

Sie würde allem ein Ende setzen, alles hinter sich lassen und zu ihrem Sohn ziehen, bis der Albtraum vorüber war.

Ohne anzuklopfen, stürmte sie in Baumgärtners Büro. Vor Schreck wär er fast vom Stuhl gefallen. »Frau Schaller? Was gibt's denn noch?«

»Sie können den ganzen Kram zurückhaben.« Nun flossen die Tränen, mehr aus Wut als aus Traurigkeit.

»Sie wollen Ihren Antrag zurückziehen? Das geht nicht, weil er bereits genehmigt wurde.«

Unter ihrer Nase bildete sich eine Rotzblase, die sie mit dem Ärmel ihrer Jacke abwischte. Baumgärtner blickte angewidert zur Seite. Sie riss die Papiere aus dem Umschlag und ließ sie auf den Schreibtisch flattern. »Dann nehmen Sie die Genehmigungen eben zurück.«

»Unmöglich. Da sie nicht abgelaufen sind und Sie sich nichts zu Schulden haben kommen lassen, kann ich sie Ihnen nicht entziehen. Nach Paragraf …«

»Das interessiert mich ned«, schnitt sie ihm das Wort ab. »Der Toni hat meinen Mann umgebracht. Zuerst den Haupt und dann den Fred. Zählt das nicht als Grund?«

Baumgärtner klappte die Kinnlade runter. »Interessant. Von welchem Toni sprechen Sie?«

»Vom Toni Meisenbach, der schon den Norbert Haupt umgefahren hat.«

»Ach der«, entgegnete der Mann gedehnt. »Davon habe ich gehört.«

»Sie waren an dem Tag doch auch bei uns im Laden, als der Fred gestorben is. Haben Sie den Toni da gesehen?«

»Richtig, da war ich bei Ihnen im Vorbereitungsraum. Und später hab ich die Mutter Schaller und den Bruder des Verstorbenen gesehen. Das hab ich bei der Polizei auch zu Protokoll gegeben. Ich hab kurz mit Ihrem Gatten gesprochen und bin dann zurück ins Amt. An einen anderen Herrn kann ich mich nicht erinnern. Wann soll der dagewesen sein?«

»Nachdem ich gegangen war, weil meine Schwester mich abgeholt hat.« Die Zeit passte jedoch nicht, denn sie meinte, Toni später gesehen zu haben, als sie abends nach Haus gekommen war. »So genau weiß ich des nimmer.«

»Behalten Sie Ihre Genehmigungen getrost. Sie sind ja nicht verpflichtet, sich dorthin zu stellen. Wenn Sie den Standplatz nicht wollen, sagen Sie dem Marktamt Bescheid, damit ihn ein anderer nutzen kann.«

So trostlos und verlassen hatte sich Karin selten gefühlt. Wortlos raffte sie die Papiere zusammen. Baumgärtners Hand schoss vor und hielt eines davon fest. »Das nicht, das gehört mir.«

»Entschuldigung«, stammelte sie und zog den Rotz geräuschvoll die Nase hoch. »Auf Wiedersehen.«

»Schönen Tag noch«, sagte Baumgärtner.

KAPITEL 29

Akribische Ermittlungsarbeit und ihre Dokumentation war nicht gerade Doms Ding, aber sie war unumgänglich. Manchmal fragte er sich, was ihn damals geritten hatte, sich zur Kripo versetzen zu lassen. Der Schutzdienst hatte mehr Abwechslung geboten, denn in einer Großstadt wie Nürnberg war immer etwas los. Von einfachen Lärmbelästigungen bis hin zu großen Schlägereien war alles vertreten. Das Fachdezernat Eigentumsdelikte konnte sich wahrlich nicht über Langeweile beklagen. Die notwendige Detailarbeit, bis man alle Beweise gesammelt hatte, und die sich ewig hinziehenden Fälle bis zu ihrem Abschluss zehrten mitunter an den Nerven. Schwerer wogen die Delikte, bei denen kaum Hoffnung auf Aufklärung bestand, wie zum Beispiel der Fall einer Rentnerin, deren Hund auf offener Straße gestohlen worden war und die täglich bei ihm anrief.

Gestern Abend hatte er sich mit Richard nach dessen Besuch bei den Schallers in einer Kneipe getroffen und sich ein Bierchen genehmigt. Die Neuigkeit, dass Karin den Geburtsnamen Traudich trug, war bei ihm wie eine Bombe eingeschlagen.

»Das erklärt manches von Traudichs Verhalten«, hatte Dom gesagt. »Deshalb ist er so auf Toni fixiert.«

»Kann er Karin schützen, falls sie die Täterin ist? Besser nicht, denn das würde Konsequenzen nach sich ziehen.«

Stimmt. Das wäre Strafvereitelung im Amt und ein gerichtliches Nachspiel sowie ein Disziplinarverfahren würden folgen. »Eigentlich müsste er den Fall jetzt schon abgeben.«

Richard hatte genickt, sein Bier geleehrt, ihm zum Abschied auf die Schulter geklopft und sich auf den Weg nach Coburg begeben.

Zu Hause hatte Lena ihn mit Vorwürfen bombardiert, weil er sich nach der Arbeit noch herumgetrieben hatte. Dom hatte sich einsichtig gezeigt. Irgendwie erschien es ihm, als würde Lena mit fortschreitender Schwangerschaft immer zickiger werden. Er sollte mal in den vielen Schwangerschaftsratgebern nachlesen, die Lena eifrig verschlang. Gab es auch welche für hoffnungsfreudige Väter?

Heute Morgen hatte sie ihm die kalte Schulter gezeigt, dann hatte es auf dem Weg in die Innenstadt zu regnen begonnen, und der Wetterbericht versprach keine Änderung. Das waren die Momente, in denen Dom die Büroarbeit schätzte.

Der Tag verlief hektisch, aber ohne bemerkenswerte Ereignisse. Die Hundebesitzerin rief erneut an, und ihm brach das Herz, als er den Schmerz in ihren Worten heraushörte und er sie nur vertrösten konnte. Sie wären dran und sie wäre weiß Gott kein Einzelfall. Seit kurzschnauzige Hunde in Mode und entsprechend teuer waren, wurden diese oft für einen schnellen Euro entführt. Oder sie wurden in Kofferräumen aus Vermehrungsanstalten – Zuchtbetriebe konnte man die wahrlich nicht nennen – ins Land geschmuggelt, wo sie, wenn sie mit Glück den Transport überlebt hatten, eine tierliebe Familie fanden. Wahre Tierfreunde kauften ihren Welpen von einem zertifizierten Züchter, bei dem sie die Hundeaufzucht besichtigen konnten, oder sie adoptierten einen aus dem Tierheim, wie Dom und Lena es vorhatten, wenn ihr Kind schon etwas älter war.

Seine Laune war auf dem Tiefpunkt angelangt, als ihn eine Nachricht von Bianca auf seinem Handy erreichte. Sie bat um ein Treffen in einer Viertelstunde in der Kantine. Ihm fiel ein, dass er sich Karins Daten hatte besorgen wollen. Das holte er flugs nach und fand bestätigt, dass Karin eine geborene Traudich war. Ob sie in einer verwandtschaftlichen Beziehung zum Leiter des Kriminalfachdezernats 1 stand und in welcher, war nicht sofort ersichtlich. Um das zu erfahren, müsste er eine Anfrage bei den Standesämtern stellen, und das schien ihm zu riskant. Daher tippte er »Traudich« in das Suchfeld einer Internetseite, die Namensverteilungen in Deutschland anzeigte. Das stellte sich als Schuss in den Ofen heraus, denn es gab kaum jemanden in Deutschland mit diesem Namen. Selbst Google förderte nur eine Frau in Frankreich und den Nürnberger Traudich zutage. Der war der Einzige, der in Nürnberg gemeldet war, wie er durch eine Onlineanfrage herausfand.

»Es gibt praktisch keine Traudichs in Deutschland«, schrieb er Richard in einer Nachricht. »Im Melderegister ist nur unser lieber Kollege gelistet.«

»Du müsstest nach dem Mädchennamen und den Verwandtschaftsverhältnissen suchen lassen.«

»Das wird knifflig. Ich kann doch keine offizielle Suchanfrage über einen unserer Chefs initiieren.«

»Richtig. Lass es besser bleiben.«

Bianca schrieb Dom erneut, dass sie in der Cafeteria auf ihn wartete. Mit einem kurzen »Ich mach Kaffeepause« zu seinem Kollegen marschierte Dom los. Rote Wangen und ein ernstes Gesicht zierten Bianca. Heute trug sie ihre langen Haare offen, was ihr hervorragend stand. Er winkte ihr zu, holte sich einen Caffè Latte und, weil der mit Schokoguss überzogene Gewürzkuchen ihn lockte, nahm er gleich zwei Stücke davon.

Auf einem Tablett balancierte er alles zu Biancas Tisch und

setzte sich ihr gegenüber. Ihr Blick fiel auf den Kuchen und wanderte von dort unverschämterweise zu seinem Bauch, den er unwillkürlich einzog. »Mein Mittagessen«, sagte er entschuldigend. »Was gibt's denn so Brennendes, dass du dich mit einem Einbrüchler befasst?«

Sie ignorierte seine Ironie mit dem Spitznamen seiner Abteilung und deutete mit dem Finger auf ihn. »Wir werden Untersuchungshaft für Meisenbach beantragen.«

Obwohl er von Richard wusste, was den Ausschlag dazu gegeben hatte, fragte er: »Mit welcher Begründung?«

»Wegen Fluchtgefahr nach einem Schwerstdelikt.«

»Wie ist die Beweislage?«

»Zeugenaussagen. Schau her.« Sie hob ihre Hand und zeigte drei Finger. »Erstens die von Fred Schaller, dass Meisenbach Norbert Haupt totgefahren hätte, zweitens wurde er am Tag der Ermordung von Fred Schaller in der Nähe der Metzgerei gesehen.« Sie machte eine Pause und deutete dann auf ihren dritten Finger, wobei sie Zeigefinger und Daumen etwas zurückzog. Der Mittelfinger symbolisierte jetzt eindeutig ein »Fuck you«. Bianca zeigte mitunter eine seltsame Art von Humor. »Und nun«, fuhr sie fort, »haben wir einen ernstzunehmenden Zeugen, der ausgesagt hat, dass Meisenbach sogar in der Metzgerei war, nachdem Karin Schaller sie verlassen und eine Hälfte des Metts noch nicht verarbeitet hatte. Was sagst du dazu?«

Wenn er nicht schon gesessen hätte, säße er jetzt. Dom schnappte nach Luft. »Das fällt deinem Zeugen aber reichlich spät ein.«

»Passiert.«

»Ah geh. Lass mich raten: Eure Zeugen stammen ausnahmslos aus der Familie Schaller. Einer oder eine von denen war's und deshalb schieben sie alles Toni in die Schuhe.«

»Da liegst du falsch. Ich habe zwar den Eindruck, dass zwischen Mutter Schaller und ihrer Schwiegertochter keine besonders große Sympathie herrscht, doch ist der neue Zeuge weder mit ihnen verwandt noch verschwägert. Der wusste nicht mal, wen er gesehen hat, bis er einen Zeitungsartikel über den Fall gelesen hat.«

Doms Laune sank in den Keller. Sollte er sich so in Toni getäuscht haben? Niemandem stand »Mörder« auf die Stirn geschrieben. Geistesabwesend biss er in das Kuchenstück, das köstlich nach Zimt, Rosinen und Lebkuchengewürz schmeckte und ihn daran erinnerte, dass die Adventszeit vor der Tür stand. Und Toni würde Weihnachten im Gefängnis verbringen.

»Wer ist denn der ach so wichtige Zeuge?«, fragte er kauend.

»Du hast schon besser mit vollem Mund gesprochen. Herr Baumgärtner vom Ordnungsamt. Richard und du hattet mich fast überzeugt, dass euer Toni unschuldig ist, aber der Aussage eines Beamten wird vor Gericht eine große Bedeutung beigemessen.«

»Trotzdem. Ich kann's nicht glauben, Bianca.«

»Was du glaubst oder nicht, ist irrelevant.«

Da hatte sie recht. Er nahm einen Schluck Kaffee, der inzwischen deutlich abgekühlt war. Die kurze Pause kam ihm gelegen, um das Gesagte sacken zu lassen. Für Toni sah es verdammt schlecht aus. »Was sagen die Kollegen der Mordkommission dazu?«

»Die steht unter Traudichs Leitung. Sie sind derselben Meinung wie ich. Was sonst?«

»Somit ist Karin Schaller aus dem Schneider.«

Ihre Finger trommelten auf dem Tisch. »Genau. Mein Chef hält sie für unschuldig.«

Schweigend schob er den Rest des ersten Stücks Kuchen in sich hinein und spülte es mit der lauwarmen Brühe runter. Sollte er Bianca auf die Namensgleichheit ansprechen? Vielleicht wusste sie bereits davon und hatte herausgefunden, dass Traudich und Karin nicht verwandt waren.

»Dennoch könnte sie mit Toni gemeinsame Sache gemacht haben.« Er setzte sein bestes Lächeln auf.

»Für Traudich ist die Sache gegessen«, sagte sie und seufzte leise. »Toni hat Karin nur als Mittel zum Zweck benutzt.«

»Wozu?«

»Du hörst dich schon an wie Richard.« Sie schob ihr Kinn angriffslustig vor.

Nun war Vorsicht geboten. Einen Streit in der Kantine wollte er unbedingt vermeiden. »Der Umgang mit ihm färbt eben ab. Außerdem warst du es, die uns um Unterstützung gebeten hat.«

»Das ist jetzt ja nun nicht mehr nötig«, erwiderte sie, wobei sie unglücklich dreinschaute.

Auch er war schon kurz vor dem Zieleinlauf zurückgepfiffen worden. »Solange ihr keine hieb- und stichfesten Beweise vorlegen könnt, wird Richard am Ball bleiben. Und wie du selbst weißt, können Zeugen lügen oder sich schlichtweg geirrt haben.«

»Traudich wird sich weitere Einmischungen euerseits nicht bieten lassen. Der ist eh schon auf 180, weil ihm jemand gesteckt hat, dass Richard auf eigene Faust ermittelt.«

Oha, wer war dieser Jemand? Anscheinend bestand eine Verbindung von Traudich zu Karin, die ihm brühwarm von Richards Besuchen berichtet hatte. Oder hatte Bianca ihren Mund nicht halten können? Immerhin war Traudich ihr

Chef. »Traudichs Meinung wird Richard am Arsch vorbei-
gehen. Wenn Richard genügend Sprengstoff beisammenhat,
lässt er die Bombe platzen.«

»Ich verstehe ja, dass euch dieses Ergebnis nicht passt.
Ehrlich gesagt, fand ich Toni auch sympathisch, und diese
Karin ist bedauernswert. Für mich scheidet Karin als Täterin aus. Stell dir vor, sie steckte hinter alledem. Warum hätte
ihr verstorbener Ehemann sie schützen und Toni belasten
sollen, wenn sie Norbert Haupt getötet hat? So groß war
die Liebe zwischen den Eheleuten nicht.«

»Wäre der gute Ruf der Familie ein Grund gewesen, für
sie zu lügen?«

»Fred Schaller und guter Ruf …?«

»Eher nicht, ich seh's ein, trotzdem kannst du es nicht
ausschließen.«

»Kann sein, doch grau ist alle Theorie.« Sie deutete auf
das letzte Kuchenstück. »Schmeckt's? Im Café bei der Sebalduskirche gibt's den besten Gewürzkuchen. Musst du unbedingt mal probieren.«

Für Dom hörte sich das an, als lechzte sie nach seinem
Rest. »Gern«, sagte er und stopfte es sich in den Mund.

KAPITEL 30

Seit Toni ins Fadenkreuz der Ermittler geraten war, telefonierte Dom beinahe täglich mit Richard. So auch heute, denn Dom rief ihn auf seinem Privattelefon an, um ihm über Baumgärtners Zeugenaussage zu berichten.

»Sorry, aber allmählich glaube ich wirklich, dass Toni der Täter ist«, sagte Dom kleinlaut. »Dass man sich so in jemandem täuschen kann …«

Die neue Aussage belastete Toni schwer und erschütterte Richards Glauben an seine Menschenkenntnis. »Sieht so aus. Trotzdem gibt es noch einige Dinge, die ich an Biancas Stelle abklopfen würde. Zum Beispiel, ob Fred weitere Feinde hatte. Das ist Standard, darüber habe ich allerdings nichts gehört.«

»Leider habe ich keine Erkenntnisse darüber, ob sonstige Spuren verfolgt werden. Die reiben sich die Hände, weil die Sachlage so eindeutig ist.«

Sie alle standen unter dem Druck, ihre Fälle schnellstmöglich abzuschließen, vor allem, wenn ein öffentliches Interesse bestand. Im Grunde war man dankbar, wenn sich ein Fall so einfach lösen ließ wie dieser.

»Ist gut, Dom. Ich schau mal, ob ich mich freimachen kann. Maxi wird mir eins auf den Deckel geben, aber auf einen blauen Fleck mehr oder weniger kommt's jetzt auch nicht mehr an.«

Am Ende des Gesprächs polterte Peter in seiner unnachahmlichen Art ins Büro, setzte sich Richard gegenüber und bedachte ihn mit einem mitleidigen Blick. »Scheint dir an die Nieren zu geh'n, was ihr da aushecket. Worum geht's eigentlich?«

Richard steckte das Handy ein und überlegte, ob er ihn einweihen sollte. Im Grunde sprach nichts dagegen. Peter hörte aufmerksam zu und nickte. »Wennste dich verdünnisieren willst, deck ich dich.«

»Bitte nicht.«

»Schade. Auf Männer wie dich fahr ich total ab«, erwiderte Peter lachend und fuhr erst fort, nachdem er eine Weile gekichert hatte. »Sieh's mal so: Ich fühl mich besser, wennste mir net ständig über die Schulter glotzt.«

»Okay. Stell aber keinen Blödsinn an, den ich dann ausbaden muss.« Richard erhob sich. »Ich sag Maxis Assistentin Bescheid.«

Er verließ die Polizeiinspektion und fuhr zur Metzgerei in Fürth, um mit Karin Schaller zu sprechen, da sie der Schlüssel zu allem zu sein schien. Vor dem Haus stand ein silberner Mercedes der C-Klasse, der Foodtruck und daneben die Gesuchte, in der Hand eine Einkaufstasche und einen Schlüsselbund. Richard parkte sein Auto vor dem Tor.

Als sie ihm ihr Gesicht zuwandte, bemerkte er, dass Augen, Wangen und Nase gerötet waren. Energisch reckte sie ihr Kinn vor.

»Sie schon wieder. Wollen Sie dem Jörg und meiner Schwiegermutter noch mal was vorgaukeln?«

Er lächelte versöhnlich. »Gut kombiniert.«

»So schwer war das nicht. Sie haben Ihren Namen verwendet. Fair war's trotzdem nicht.«

»Der Zweck heiligt die Mittel. Ich will zu Ihnen.«

»Als Polizist?«

»Nein. Ich bin privat hier. Toni …«

»Ist ein echtes Schwein! Der hat meinen Fred umgebracht und mich von vorn bis hinten belogen.«

»Hat er Ihnen die Tat gestanden?«

Sie schniefte laut. »Hat er nicht.«

»Wie können Sie sich dann so sicher sein?«

»Der hat mich betrogen.« Tränen quollen aus ihren rotgeränderten Augen. »Mit 'ner Frau. Und wer so was tut, macht auch Schlimmeres.«

Dieser Meinung konnte Richard sich nicht anschließen, doch er würde den Teufel tun und mit ihr darüber diskutieren. Besser das Feuer schüren, denn im Zorn hatte sich schon mancher um Kopf und Kragen geredet. »Mit Heidi Haupt?«

»Woher wissen Sie das?«

»Als sein Freund ... Er war mit ihr einige Male bei unserem Verein.«

»Dieser Schuft! Ist sowieso alles egal. Er war auf deren Foodtruck scharf, und als er den nicht kriegen konnte, hat er den Haupt plattgefahren und sich bei mir rang'schmeichelt und den Fred ermordet.«

»Woher wissen Sie das?«

»Weil ... Weil er doch bei uns in der Metzgerei war.«

»Wann war das?«

»Na, an dem Tag, an dem der Fred g'storben is.«

»War er mit Ihnen zusammen, als Sie die Bratwürste zubereitet haben?«

»Nee. Im Haus war er nicht. Ich hab gemeint, ich hätte sein Auto auf dem Weg zu uns g'sehn.«

Dies deckte sich mit Jörg Schallers Aussage. »Haben Sie den Fahrer erkannt?«

»Nee. Nur das Auto.«

»Was für einen Wagen hat Toni denn?«

Sie legte ihre Stirn in Falten. »So einen schwarzen Flitzer. Ich weiß ned, ich hab den immer nur von Weitem g'sehn. Aber Toni hat behauptet, er war's ned.«

Toni besaß einen schwarzen Mercedes der A-Klasse. »Sind Sie denn nie mit ihm mitgefahren?«

»Nee, der fährt ned gern in die Stadt.«

Was im Widerspruch zu Jörgs Aussage stand, die beiden in ein Auto steigen gesehen zu haben. »Ist Ihnen bewusst, dass man Ihnen vor Gericht diese Fragen stellen wird? Sie müssen da präzise und vor allem ehrlich antworten.«

Sie zuckte zusammen. »Ich muss vors Gericht?«

»Durchaus möglich. Haben Sie Ihre Beobachtung der Polizei gemeldet?«

»Da hab ich gar ned dran gedacht.«

»Können wir woanders reden? Ihre Schwiegermutter muss nicht unbedingt mithören.«

»Die hält Sie doch für einen Presseheini.«

»Trotzdem. Gibt's ein Café in der Nähe oder wollen wir spazieren gehen?«

»Es wär mir unangenehm, mit Ihnen g'sehn zu werden.«

»Danke für das Kompliment.«

»So hab ich's ned g'meint. Sie können mich zu meiner Freundin fahren. Zu der war ich eh grad unterwegs.«

In ein Café wollte sie nicht mit ihm, aber bei ihm mitzufahren war okay. Aus ihrer Logik wurde er nicht schlau. »Dann steigen Sie mal ein.« Er öffnete ihr die Beifahrertür, wobei ihn ihr unsicherer Blick streifte. »Wohin?«, fragte er.

»Zum Fürther Stadtpark. Meinen Sie, ich muss als Zeugin vors G'richt?«

Das hatte sie offenbar beeindruckt. »Immerhin haben Sie Ihren Gatten als Letzte lebend gesehen. Das macht Sie gleichzeitig zu einer Verdächtigen.«

»Ich? Verdächtig?«

»In der Regel sind das alle Personen, die am meisten von einem Verbrechen profitieren – und das sind nun mal Sie.«

Sie schnappte nach Luft. »Das ist …«

»Eine der Möglichkeiten.«

Sie brauchte ein paar Sekunden und sagte dann: »Hab's kapiert. Jedenfalls geht's mir ohne Fred wesentlich besser. Deswegen hab ich ihn doch nicht umgebracht. Ich wollt' mich scheiden lassen, damit ich noch a bissla was von mei'm Leben hab, anstatt mich andauernd drangsalieren zu lassen.«

Als er an einer roten Ampel anhalten musste, schaute er zu ihr hinüber. Sie betrachtete ihre Hände und nagte an ihrer Unterlippe. Etwas belastete sie, und er hätte nur allzu gern gewusst was. Die Ampel schaltete auf Grün, und er fuhr los.

»War's der Toni?«, fragte sie.

»Was glauben Sie?«

»Ich weiß ned, was ich glauben soll. Dort vorn, an der zweiten Ampel, biegen Sie rechts ab. Wir sind fast da.«

Der Stadtpark galt als die grüne Lunge von Fürth. Mit einem kleinen See, einem Café und verschieden gestalteten Gartenflächen lud er zum Entspannen ein. Inzwischen hatte der Spätherbst mit dem feuchten Wetter der letzten Tage ihm den Zauber des Sommers genommen. Karin bedeutete ihm, vor einem der Häuser anzuhalten, die im Stil der Neorenaissance und des Neoklassizismus den Glanz einer längst vergangenen Zeit bewahrt hatten. Als es zu nieseln begann, setzte sich der Scheibenwischer automatisch in Bewegung, als wolle er die Jetztzeit fortwischen. »Ihre Freundin wohnt nicht schlecht.«

»Nur zur Miete. Aber stimmt, die Bude is ganz nett. Hohe Räume und die Dielenböden knarzen. Bad und Küche sind modern.« Sie löste den Sicherheitsgurt. »Danke fürs Herfahren.«

»Kein Problem. Übrigens, das mit Heidi und Toni war vor Ihrer Zeit. Da war Schluss, bevor er Sie kennengelernt hat.«

»Ehrlich?«

»Warum sollte ich lügen?«

»Dann hat er mich nicht betrogen?«

»Ich würde sagen, nein.«

»Ach.« Sie packte ihre Tasche. »Danke fürs Fahren.«

»Gern geschehen.« Jetzt war ein guter Zeitpunkt, seine Frage loszuwerden. »Sie sind eine geborene Traudich?«

»Huch! Das kam jetzt überraschend.«

»Das ist der Zweck einer solchen Frage.«

»Sie machen sich über mich lustig.«

»Nicht sehr. Ich will Sie lediglich aus der Reserve locken«, sagte er gutmütig. »Beantworten Sie mir die Frage oder soll das ein Geheimnis bleiben?«

»Nee. Warum auch?«

Von ihrem Standpunkt aus sicher richtig. »Kennen Sie einen Albert Traudich?«

»Das ist mein Patenonkel.«

Wer hätte das gedacht. »Wissen Sie, was er beruflich macht?«

Sie überlegte kurz. »Der ist bei der Polizei, aber was er da so treibt, weiß ich ned. Mein Vater und er konnten sich ned leiden. Ich mochte ihn, weil er mir oft was mitgebracht hat. Irgendwann haben sie sich in die Wolle gekriegt, und von da an hat mein Onkel sich nimmer bei uns blicken lassen. Ich hab ihn erst bei der Beerdigung meiner Oma wieder'sehn.«

»Haben sich die Brüder danach ausgesöhnt?«

»Ach was, dann ging's erst richtig los – wegen dem Erbe. Weil Onkel Albert die Metzgerei meiner Großeltern ned mittragen wollte, musste mein Vater ihn auszahlen, hatte aber ned genug Geld. Daher hat er das Geschäft verkaufen müssen, und mein Vater musste in a Firma gehen. Seitdem herrscht absolute Funkstille.«

»Redet er mit Ihnen?«

»Freili. Erst neulich hat er mich ausg'fragt – so wie Sie. Er hat mir g'sagt, er hilft mir. Warum wollen Sie das alles wissen?«

»Weil ich Toni versprochen hab, mich der Sache anzunehmen.«

Sie sah ihm zum ersten Mal direkt in die Augen. »Ich versteh, worauf Sie hinauswollen. Es mir in Schuhe schieben, um Ihren Freund zu schützen. Sie suchen an der falschen Stelle.«

»Haben Sie eine Idee, wo ich sonst fündig werden könnte?«

»Darüber muss ich erst amal nachdenken.« Sie öffnete die Beifahrertür. »Adele.«

KAPITEL 31

Den Kopf voller Gedanken von dem soeben Gehörten schloss Karin die Tür zur Bleibe ihrer Freundin auf. Das Haus besaß drei Stockwerke, und die großzügigen Wohnungen waren allesamt Eigentumswohnungen, wie ihr Jenny erzählt hatte.

Karin fühlte sich ausgelaugt wie nach einem Marathonlauf, und in ihrem Magen gähnte ein Loch. Außer einer Mandarine hatte sie heute nichts gegessen. Sie sollte etwas zu sich nehmen, aber garantiert keine Bratwürste.

Der im Fischgrätenmuster angelegte Holzfußboden glänzte honigfarben, und die zartgelb gestrichenen Wände sowie die mit Stuck verzierten hohen Decken verliehen der Wohnung eine helle und beschwingte Atmosphäre, als könne man in ihr schweben. Etwas brach in Karin auf, ihre Brust schien sich zu weiten. Sie betrat den Flur und eine der Holzdielen knarzte. Der Boden war leicht uneben. Wände, an denen Kerzenleuchter befestigt waren und Bilder mit schmalen Goldrahmen hingen, liefen aus dem Lot. Das tat der Eleganz der Räume jedoch keinen Abbruch.

Hier hatte sich die Idee mit Mallorca entwickelt. Leicht, luftig und locker, wie deren Bewohnerin wollte sie leben, und als Jenny ihr die Finkas und Wohnungen auf der Insel im Mittelmeer im Internet gezeigt hatte, war ihr Entschluss festgestanden. Da wollte sie hin.

Sie war auf dem besten Weg, ihren Traum zu verwirklichen. Es mochte zwar noch eine Weile dauern, aber das konnte sie abwarten. Nur überleben musste sie bis dahin.

Jennys Wohnung unterschied sich erfrischend von ihrem alten Zuhause. Sie verfügte über ein modernes Bad. Eine freistehende Badewanne vor einem Fenster mit Bögen und farbigem Glasmosaik, damit man nicht reingucken konnte. Duftkerzen standen in einem Regal bereit, daneben lagen flauschige Handtücher. Karins Schwester Ingrid lebte ebenfalls im Luxus, Jenny jedoch hatte sich ihren selbst erarbeitet. Karins Geld war in die Metzgerei geflossen, die wie ein großes Fass ohne Boden war. Für sie selbst und teure Extras war da nix übriggeblieben.

Wieso hatte der Kommissar von ihr wissen wollen, wo er suchen sollte? Wahrscheinlich hatte er damit Freds Freundes – beziehungsweise Feindeskreis – gemeint. Etwas Ähnliches hatten seine Nürnberger Kollegen gefragt und später hatte das auch einer aus Fürth wissen wollen, doch dazu war ihr niemand eingefallen.

Allerdings gab es welche, die Fred vorgeworfen hatten, ein Betrüger zu sein. Viele hatten gemunkelt, dass es bei ihm nicht mit rechten Dingen zugegangen war und dass Fred sich das Recht, am Hauptmarkt stehen zu dürfen, durch Bestechung ergaunert hatte, während die Anträge anderer auffällig oft abgelehnt wurden. Dabei war es für Karin relativ einfach gewesen, die Genehmigungen vom Ordnungsamt zu erhalten. Sie hatte nur etwas meckern müssen.

Sogar Anzeige war gegen Fred erstattet worden, weil die blöden Würste nicht als Originale hatten bezeichnet werden dürfen, da sie außerhalb von Nürnbergs Stadtgrenze hergestellt worden waren. Karin verstand die ganze Aufregung wegen der Herkunftsbezeichnung nicht. Frankenweine stammten aus Franken, Südtiroler Äpfel wuchsen in Südtirol, eine Nürnberger Schweinezucht hingegen war Karin unbekannt. Auch der für die Rostbratwürste so wichtige Majoran wuchs nicht in Nürnberg. Zwar wurde er vereinzelt im »Knoblauchsland« angebaut, war von dort aber viel zu teuer. Deutscher Majoran kam hauptsächlich aus Sachsen-Anhalt, selbst wenn er Thüringer genannt wurde. Er sollte aus Kleinasien stammen, wurde in Ägypten angebaut und war von dort deutlich billiger. Also weder das Fleisch noch die Gewürze für die Nürnberger Bratwürste waren in der Regel einheimischen Ursprungs. Es ging allein um den Ort, an dem die Würste hergestellt wurden. Dabei hatte Fred sich extra deswegen um eine Nürnberger Postanschrift bemüht. Dennoch hatte jemand ihn beim Ordnungsamt angezeigt.

Wer war das gewesen?

Brachte man wegen einer falschen Herkunftsbezeichnung einen Menschen um?

Vielleicht weil außer einer Abmahnung nichts passiert war und jemand so richtig sauer auf Fred gewesen war?

War tatsächlich etwas an den Gerüchten dran, bei Fred hätte man zwei Augen zugedrückt? Bei ihr hingegen hatte Baumgärtner danach Druck gemacht. Warum?

Ein Kopfschmerz breitete sich zwischen ihren Schläfen aus. Zu viel Stress, hatte die Ärztin gesagt, sie solle sich mehr entspannen.

Unentschlossen blieb Karin vor der Badewanne stehen. In ihrem Elternhaus war lediglich einmal pro Woche gebadet worden, ansonsten war nur kurzes Duschen erlaubt gewesen. Warmes Wasser ist Luxus, hieß es bei Karins Eltern, und Luxus kostet Geld. Dies hatte sich unter Freds Fuchtel nicht geändert.

»Dieses Denken kommt aus einer Zeit, als kein oder nur wenig Strom zur Verfügung stand«, hatte Toni ihr erklärt. »Vor allem während des Kriegs und danach. Damals wurde nur das Wohnzimmer beheizt. Kannst du dir das vorstellen?«

»Ja, ich erinnere mich dran, dass des bei den Großeltern genauso war«, hatte Karin geantwortet. »Erst als meine Eltern die Metzgerei verkaufen mussten, sind wir nach Poppenreuth in eine Wohnung mit Zentralheizung gezogen.«

»Wo war eure Metzgerei?«

»In der Nähe von Hersbruck, in der Hersbrucker Alb.«

»Wollen wir da mal hinfahren? Ein bisschen wandern und dann einkehren?«

»Gern. Aber zuerst möcht ich a Bad nehmen.«

Toni hatte gelacht. »Ich lass dir das Wasser ein.«

Vorhin im Auto hatte der Kommissar gesagt, zwischen Heidi und Toni war Schluss, lange bevor sie sich selbst mit ihm eingelassen hatte. Das hieße, Toni *war* ihr treu gewesen und sie hatte ihm Unrecht getan. Sie vermisste ihn, die tröstenden Worte, seine weiche Haut, seinen Geruch nach einem Bad, das ihn vom Geruch nach Rauch, Fett und Essen befreit hatte.

Sie zog ihr Smartphone aus der Handtasche und wählte Tonis Nummer, doch er nahm das Gespräch nicht an. Stattdessen ertönte eine Computerstimme, die ihr mitteilte, dass sie eine Nachricht hinterlassen könne. Da ihr nichts Passendes einfiel, unterbrach sie die Verbindung.

Sie atmete tief durch. Ihn anzurufen, um ihm zu sagen, wie sehr sie sich nach ihm sehnte, war der richtige Weg. Also legte sie sich einen Text zurecht, den sie später auf die Mailbox sprechen würde.

Dieser Plan hörte sich gut an. Im Kühlschrank entdeckte sie eine angebrochene Flasche Prosecco, aus der sie sich ein Glas eingoss. Dort fand sie auch ein Avocado-Hühnchen-Sandwich, das sie genüsslich aß. Mit dem Glas in der Hand ging sie ins Badezimmer zurück. Sie ließ Wasser in die Wanne, wobei sie den Temperaturregler auf 36 °C einstellte, und schüttete roten Badeschaum aus einem Fläschchen hinein. Ein ganzes Set mit Shampoo und anderen wohlriechenden Sachen stand schön aufgereiht auf einem Tischchen neben der Wanne. Rote Kerzen befanden sich auch darauf, die sie anzündete. Bald erfüllte der Duft von Süßmandeln sowie indischen Rosen den Raum. Jenny hatte ihr die verschiedenen Duftnoten erklärt. Es roch gut, und das war die Hauptsache.

Karin entledigte sich ihrer Klamotten und ließ sie zu Boden fallen. Genüsslich tauchte sie zuerst ihren Fuß und dann den Rest ihres Körpers in das Wasser – nicht zu heiß und nicht zu kalt. Der Rosenduft war betörend. Ayurveda stand auf dem Etikett der Flasche. Sie hatte keine Ahnung, was das war, und nahm sich vor, das herauszufinden. Sie nippte von dem Prosecco, der angenehm auf der Zunge prickelte.

So entspannt fasste sie endlich den Mut, Toni erneut anzurufen. Sie ergriff das Smartphone, das sie auf dem Beistelltischchen neben dem Sektglas abgelegt hatte.

Ein Klappern im Flur ließ sie aufhorchen, die Hand mit dem Handy überm Wasser. Was war das für ein Geräusch gewesen? Sie lauschte angestrengt in die Stille der Wohnung. Jetzt knarzte das Dielenbrett vor der Tür.

»Jenny? Bist du das?«, rief sie und hätte sich am liebsten dafür geohrfeigt. Was, wenn es ein Einbrecher war oder jemand, der sie umbringen wollte?

Keine Antwort. Nun knarrte der Fußboden an einer anderen Stelle.

Die Polizei anrufen, hämmerte es in ihrem Kopf. Schnell die 110 eingeben.

Ihre zitternden Finger wischten über das Display, doch das reagierte nicht. Zu nass. Schnell trocknete sie ihren Zeigefinger mit dem Handtuch ab. Noch mal.

Ein Luftzug strich über ihre Schulter. Bloß nicht umdrehen. Mit einem Platsch versank das Handy im Badewasser.

Hastig griff sie danach, doch es flutschte ihr aus den Fingern und rutschte über den Wannenboden. Sie planschte wie wild. Panik stieg auf. Endlich gelang es ihr, das Handy zu fassen zu kriegen und es aus dem Nass zu holen. Um es zu trocknen, blieb keine Zeit. Hinter ihr atmete jemand schwer, der Geruch von Bier und Schweiß stach ihr in die Nase.

Jörg?

Und sie war splitterfasernackt. Schreiend fuhr sie herum, rutschte aus und glitt auf dem Po nach vorn, wobei sie komplett unter Wasser geriet. Schaum überall. Sie tauchte auf. Als sie nach dem Wannenrand grabschte, stieß sie gegen das Proseccoglas, das klirrend auf dem Boden zersplitterte.

Nach Luft schnappend drehte sich um.

Da war niemand. Hatte sie sich alles nur eingebildet? Erneut beschwerte sich der Fußboden über eine Last. Gleich darauf quietsche die Wohnungstür leise beim Öffnen.

Sie zitterte am ganzen Körper, ihr Herz raste, die Atmung ging stoßweise.

»Karin? Du hast die Tür offen gelassen«, rief Jennys Stimme.

KAPITEL 32

Richard blickte Karin hinterher, bis sie im Haus ihrer Freundin verschwunden war, und fragte sich, ob Karin ihm gegenüber in allen Punkten ehrlich gewesen war oder ob sie etwas verheimlichte. Die Geschichte von Albert Traudich, der ihr Patenonkel war, stimmte mit Sicherheit.

Als er ein paar Meter weit gefahren war, bemerkte er im Rückspiegel einen silbernen Mercedes, der an der Stelle anhielt, wo er zuvor gestanden hatte. Das könnte derselbe Wagen sein, der ihm bei den Schallers aufgefallen war.

Obwohl er sich nicht sicher war, stoppte er und beobachtete, wie ein Mann ausstieg und zur Haustür ging. Dessen Statur entsprach der von Jörg Schaller. Dort angekommen sah der sich um, entnahm seiner Jackentasche einen Schlüssel und betrat das Gebäude.

Wenn es Jörg war, wieso hatte er einen Schlüssel und was veranlasste ihn, Karin aufzusuchen? Richard ließ den Wagen in der zweiten Reihe geparkt und trabte zurück. Die Haustür war bereits zugefallen. Ohne Schlüssel kam er nicht rein. Er wandte sich dem schon etwas älteren Mercedes zu, der rundum kleine Kratzer aufwies außer an der Frontseite, die makellos silbern glänzte. Richard hatte den Eindruck, als wäre die Karosserie an dieser Stelle erst kürzlich neu lackiert worden. Er schoss schnell ein Foto, wobei er darauf achtete, dass auch das Nummernschild abgebildet wurde.

Hinter ihm näherten sich Schritte. Eine Frau steuerte forsch auf das Haus zu. Sie war in Karins Alter – kurze rotbraune Haare, Trenchcoat, Stöckelschuhe und Stoffhose. Als sie die Tür aufschloss, sprintete er los.

»Entschuldigung«, sagte er und hielt sie ihr auf.

Überrascht sah sie ihn an und blieb mitten im Eingang stehen. »Sie wohnen nicht hier, oder?«

»Ich möchte zu Karin Schaller. Sie ist vor Kurzem eingezogen.«

»Sind Sie Toni?«

»Nein. Mein Name ist Richard.«

Ihr skeptischer Blick fuhr an ihm auf und ab. »Was wollen Sie von ihr?«

Entweder zeigte die Frau ein gesundes Misstrauen oder Karin hatte sie gewarnt. Der Fall wurde immer interessanter. Er lauschte nach oben ins Treppenhaus, doch von dort drang kein Geräusch herunter. Der Mann, den er für Jörg

Schaller hielt, war entweder stehen geblieben oder in eine der Wohnungen geschlüpft. »Und mit wem habe ich das Vergnügen?«

»Ich wohne in diesem Haus.«

»Mag sein, aber das beantwortet meine Frage nicht.«

»Zuerst sagen Sie mir, was Sie von Karin wollen.«

Sie zu belügen, ergab keinen Sinn. »Richard Levin, Kriminalpolizei.«

»Haben Sie einen Ausweis?«

Er hielt ihn ihr vor die Nase, und bevor sie realisieren konnte, dass er auf die Polizeiinspektion Coburg ausgestellt war, zog er ihn wieder zurück. »Gehen wir? Kurz vor Ihnen hat ein Mann das Haus betreten. Dem würde ich gern einige Fragen stellen.«

»In welche Wohnung ist er?«

»Keine Ahnung. Meiner Ansicht nach war es der Bruder von Fred Schaller. Hat er einen Schlüssel zu Ihrer Wohnung?«

Sie schüttelte ihren Kopf und begann, die Treppe hochzusteigen. »Außer mir und Karin hat keiner einen. Ich bin übrigens Jenny Wiedekind. Karin und ich sind schon seit unserer Kindheit befreundet.«

Im dritten Stock blieb sie abrupt stehen. »Die Tür steht auf. Karin? Du hast die Tür offen gelassen!«

»Jenny!«, kreischte Karin aus der Wohnung. »Gut, dass du da bist!«

»Bist du im Bad?« Jenny stoppte und drehte sich zu Richard um. »Ich glaube, sie nimmt gerade ein Bad. Sie warten besser hier.«

Karins Ausruf ließ ihn vermuten, dass etwas nicht in Ordnung war. Er ignorierte Jennys Forderung, schob sich an ihr vorbei in den Flur. Ein kurzer Blick ins Bad zeigte ihm, dass Karin unversehrt war. In der Badewanne sitzend starrte sie ihn mit großen Augen unter einer Schaumhaube an. Er ging von Raum zu Raum, um alles zu inspizieren: eine moderne Küche, Büro, Schlafzimmer, Gästezimmer. Niemand da. Im Wohnzimmer stand die Balkontür offen. An der Hauswand führte eine Feuerleiter nach unten, an deren Ende Jörgs Glatze zu ihm hoch leuchtete. Das Ende der Leiter war hochgeklappt, um Einbrechern deren Benutzung zu erschweren. Also musste sich der Mann die letzten drei Meter fallen lassen. Bei der Landung quiekte er auf. Wild entschlossen stieg Richard durch die Gitterröhre hinunter. Das letzte Stück sprang er, rannte zur Straße. Dort setzte sich der silberne Mercedes in Bewegung. Kein Problem, denn er hatte ja das Foto.

Er kehrte um und klingelte an der Haustür. Es dauerte eine Weile, bis ihm ein Summton anzeigte, dass er sie öffnen konnte. Eilig stieg er die Treppen jeweils zwei Stufen auf einmal nehmend bis in den dritten Stock hinauf, wobei er ziemlich außer Atem geriet. In letzter Zeit hatte er sein Fitnesstraining vernachlässigt. Das musste anders werden.

Jenny erwartete ihn an der Wohnungstür. »Kommen Sie rein. Muss nicht jeder Nachbar wissen, dass hier was los war.«

»Hat sich Frau Schaller inzwischen angezogen?«, fragte er.

»Für Sie wird's reichen.«

Er betrat die Wohnung. Erst jetzt fiel ihm die gediegene Ausstattung im italienisch angehauchten Ambiente ins Auge. Die Frau hatte Geschmack.

Karin Schaller stand mit nackten Füßen und nassen Haaren im Flur. Sie trug einen weißen Frotteebademantel, den sie trotz eines verknotenden Gürtels vorne zuhielt.

»Ich hab den Kerl g'hört«, sagte sie mit zittriger Stimme.

»Ich vermute, es war Ihr Schwager.«

»Wie is er raus?«

»Über die Feuerleiter.«

»Woher wusste er, dass da eine hängt?«

»Gute Frage. Haben Sie eine Idee, wie er reingekommen ist und was er gewollt haben könnte?«

»Die Feuertreppe ist von außen gut sichtbar«, meinte Jenny.

Das stimmte, aber ganz zufrieden stellte die Antwort Richard nicht. »Haben Sie bemerkt, dass Ihnen in letzter Zeit jemand gefolgt ist?«

»Nee«, sagte Karin und wischte sich die nassen Haare aus dem Gesicht. »Ich hab hinten keine Augen.«

»Was will der Kerl von dir?« Jenny reichte ihr ein Handtuch. »Trockne dich erst mal ordentlich ab.«

»Der hat mir neulich so was wie 'nen Heiratsantrag g'macht.«

»Da wärst du ganz schön bekloppt, wenn du darauf eingehen würdest.«

»Das kannste laut sag'n.« Karin rubbelte sich mit dem Handtuch über die Haare. »Ich glaub, ich hab die Tür nicht abgeschlossen. Bei uns daheim brauchte man das nicht. Wenn die ins Schloss fällt, ist sie zu.«

»Du bist vielleicht ein Schussele«, sagte Jenny.

»Ich hab fei echt Angst g'habt.«

»Das glaube ich.«

Richard besah sich die Tür, die neben einem Schieberiegel ein zusätzliches Schloss aufwies. Jenny fing seinen Blick auf. »Funktioniert alles prima – wenn man es benutzt.«

»Könnte sich Jörg Schaller einen Schlüssel für Ihr Apartment besorgt haben, vielleicht einen Nachschlüssel? Ich meine, er hat aufgeschlossen.«

»Ich wüsste nicht, wie«, sagte Jenny kopfschüttelnd.

»Frau Schaller, Sie vielleicht? Erzählen Sie mir bitte, was passiert ist.«

»Ich möcht mir erst was anziehen.«

»Wir können so lange in die Küche gehen«, sagte Jenny. »Kaffee gefällig? Wie wär's mit einem Cappuccino?«

Damit konnte man ihn immer locken. »Gern.«

Kurz darauf ratterte der Kaffeevollautomat und die Milchaufschäumdüse zischte.

»Wie lange kennen Sie sich genau?«, fragte er Jenny.

»Seit dem Kindergarten. Wir waren Nachbarn. Als ich aufs Gymnasium und später an die Uni bin, haben wir uns aus den Augen verloren. Bei einem Sportevent haben wir uns zufällig wieder getroffen und seitdem sind wir beste Freundinnen.«

»Dann kannten Sie auch Fred, Frau Schallers verstorbenen Mann?«

»Nur flüchtig. Der war absolut nicht mein Typ Mensch, wenn Sie verstehen, was ich meine.«

Er nickte. »Hat Karin mit Ihnen über ihre Eheprobleme gesprochen?«

»Sahne? Schokopulver?«

Er lehnte dankend ab. Jenny stellte eine Tasse, aus der Kaffeearoma stieg, vor ihm auf dem Küchentisch ab und setzte sich übers Eck. »Eher selten. Karin hat ihre Ehe wahrscheinlich nicht als so schrecklich empfunden. Dazu ist sie von Fred viel zu lange manipuliert und unterdrückt worden. Das hat sich erst mit Toni geändert. Sie wissen von Toni?«

»Ja.«

In dem Moment betrat Karin mit Jeans und Pulli bekleidet die Küche. »Er fragt dich aus, weil er mir den Mord an Fred anhängen möcht, um seinen Freund rauszuhauen.«

»Wirklich?« Jenny reichte ihrer Freundin ebenfalls eine Tasse Kaffee.

»Ich versuche nur herauszufinden, was sich wirklich zugetragen hat«, sagte Richard. »Und im Moment will ich wissen, wieso Jörg Schaller offenbar uneingeladen durch Ihre Wohnung spazieren konnte, obwohl er von Ihnen keinen Schlüssel erhalten hat.«

»Von mir hat er garantiert keinen gekriegt. Der soll seine Griffel von mir lassen.«

»Das Auto, das ich neulich bei der Metzgerei gesehen habe, gehört das Jörg?« Er zog sein Handy heraus und zeigte Karin die Aufnahme des Autos.

»Das is der Wagen vom Fred. Jörg hat sich die Karre unter den Nagel gerissen, damit er seine Mutter rumkutschieren kann. Die braucht immer einen Schofför.«

Nachdenklich betrachtete er das Foto. »Wurde die Front mal repariert?«

Karin nickte. »Er hat sich vorn a paar Dellen rausmachen lassen.«

»Wann war das?«

Auf Karins Stirn bildete sich eine Falte, während sie ihre Kaffeetasse mit beiden Händen umschlossen hielt. »Vor ein paar Wochen.«

»Bevor oder nachdem er sich den Foodtruck gekauft hat?«

Langsam führte sie die Tasse zum Mund, ohne zu trinken. »Vorher.«

»Wie lange vorher?«

»Höchstens zwei, drei Wochen. Ich kann nachschauen.«

»Ich rate Ihnen, nicht in Ihr altes Haus zurückzugehen.«

»Da hat er recht«, mischte sich Jenny ein. »Vor allem jetzt. Am liebsten würde ich den Jörg anzeigen.«

»Tun Sie sich keinen Zwang an. Unabhängig davon werde ich der Sache mit dem Auto nachgehen. Wissen Sie eventuell, in welcher Werkstatt der Wagen repariert wurde?«

»Nicht beim Schorsch, der uns einen günstigen Preis für'n Truck gemacht hat, sondern bei einem Heinz in Zirndorf. Der soll grad Zeit gehabt haben.«

Das sagte ihm nichts, und er unterdrückte ein Schmunzeln. »Ich bräuchte die vollständige Firmenbezeichnung und die Anschrift.«

»Moment, ich hab den im Handy.«

Er notierte sich den Namen.

»Wissen S', wie Sie fahren müssen? Also von uns aus biegen Sie an der Tankstelle rechts ab, fahren dann zur Edeka und von dort auf die Hauptstraße …«

»Ich kenne den Weg nach Zirndorf«, sagte er schnell. »Danke. Passen Sie gut auf sich auf, Frau Schaller. Und wenn Sie Ihr Schwager noch einmal belästigt, rufen Sie die Polizei an und informieren mich bitte, weil ich das sonst nicht mitbekomme.« Und weil es nicht in seiner Zuständigkeit lag, aber das ging die beiden nichts an.

»Machen wir«, riefen die Frauen wie aus einem Mund.

Nachdem er sich für den Kaffee bedankt hatte, fischte er zwei Visitenkarten aus dem Etui, das auch den Dienstausweis enthielt, und legte sie ihnen hin. »Für alle Fälle.«

Er wandte sich zum Gehen, wobei Karin ihm mit großen Augen zur Haustür folgte.

»Meinen Sie, der Fred hat den Norbert Haupt umgefahren?«, fragte sie.

»Wer weiß? Würden Sie es ihm zutrauen?«

Ihre Hand tastete nach ihrem Mund. »Einen Mord nicht, aber vielleicht hat er ihn nur außer Gefecht setzen wollen?«

KAPITEL 33

Mit nachdenklichem Gesichtsausdruck saß Richard Dom in der Cafeteria des Polizeipräsidiums gegenüber. Ursprünglich hatten sie sich draußen auf dem Jakobsplatz treffen wollen, doch es hatte zu regnen angefangen, und so hatte Dom seinen Freund in seine alte Wirkungsstätte locken können.

»Fühlt sich komisch an«, sagte Richard, während sie hineingingen. »Heimisch und fremd zugleich.«

Auf einen Kaffee und Kuchen hatte Dom immer Lust, und dieses Mal gönnte er sich sogar ein Stück Käseplootz. Dem üppigen Quarkkuchen fehlten die Apfelstückchen, doch er schmeckte auch so. Als ihm ein Bissen von der Kuchengabel fiel, stopfte er ihn schnell mit den Fingern in seinen Mund.

»Sag mal«, sagte Richard, der ihn beobachtete. »Bist du am Verhungern, weil deine Lena nicht mehr für dich kocht?«

»Ich bin co-schwanger.«

»Stimmt, wenn ich deine Plauze betrachte.«

»Du hast ja keine Ahnung, wie man sich als werdender Vater fühlt.«

»Bin auch nicht scharf darauf, das rauszufinden. Wenn du noch schwangerer wirst, passt du bald nicht mehr in deine Rüstung.«

»Bist du gekommen, um dich über mich lustig zu machen?«

Richard schlürfte genüsslich seinen Cappuccino. Dann lehnte er sich zu Dom herüber, um sich ein Stückchen Kuchen zu nehmen. »Über wen sonst? Peter hockt in Coburg. Aber tröste dich, du bist ein guter Ersatz.«

»Es ist umgekehrt, ich war zuerst da, er ist der Ersatz.«
Dom stach spielerisch mit der Kuchengabel nach Richards
Hand. »Hol dir selber was.«

»Nein danke, ich bin nicht schwanger.«

»Schade, dass diese Jenny nicht in Nürnberg wohnt. Dann
hätte ich mich ganz offiziell einmischen können.«

»Da weder etwas entwendet wurde noch jemand zu Schaden gekommen ist, bleibt nur Hausfriedensbruch übrig.
Dazu braucht es keine Kripo.«

»Hast du eine Erklärung, warum dieser Jörg seiner Schwägerin nachsteigt?« Dom lehnte sich gegen die zu niedrige
Lehne des unbequemen Plastikstuhls. Früher hatten sie
geunkt, dass die Stühle deshalb so ungemütlich waren, um
ihnen die Pause zu verleiden. Sein Freund hatte stets Mühe,
seinen langen Körper darauf unterzubringen. Das eine Bein
hatte er unter dem Tisch angewinkelt, das andere daneben
ausgestreckt.

Richard zuckte mit den Schultern. »Dafür kommen alle
möglichen Gründe infrage. Er ist ein Stalker, der seinem
Schwarm nachspioniert, oder ein Killer, der sie als Zeugin
aus dem Weg räumen möchte, oder ein Amateurdetektiv,
der sie als die Mörderin seines Bruders überführen möchte.«

»Auf Deutsch, du hast keinen blassen Dunst.«

»Du bist doch viel näher am Geschehen dran als ich.
Bianca hält dich bestimmt über die Ergebnisse der gemeinsamen Mordkommission auf dem Laufenden. Oder mauern die?«

»Höre ich da Eifersucht raus? Wärst du noch bei uns,
wärst du in die Ermittlungen einbezogen.«

Langsam lehnte sich auch Richard zurück, hob die Arme
und faltete die Hände im Nacken. »Du lässt Toni fallen wie
eine heiße Kartoffel, nicht wahr?«

»Nein, aber ich habe noch was anderes zu tun, als mich in die Angelegenheiten meiner Kollegen einzumischen.« Dom dachte da zum Beispiel an die verzweifelte Besitzerin des gestohlenen Hundes. Oder an die Familie, die aus dem Urlaub kommend ein ausgeraubtes Haus vorgefunden hatte und sich dort nicht mehr sicher fühlte. Als er Richard das sagte, hob der die Augenbrauen.

»Verstehe ich alles, denn das ist unser tägliches Brot. Seit wann ziehst du so schnell den Schwanz ein? Dafür muss es einen Grund geben.«

»Rate mal.«

»Sag bloß, Traudich hat sich bei deinem Chef beschwert.«

»Treffer, versenkt. Der hat verdammt gut gesessen. Ich kann mir keinen Negativeintrag in meiner Personalakte leisten. Weib und Kind, du weißt.«

»So schlimm wird's nicht gewesen sein.«

»Ich hab Angenehmeres erlebt.« Es war schlimm gewesen. Vielleicht, weil er nicht gewohnt war, vom Chef getadelt zu werden. Bisher hatte er das vermeiden können. Dom betrachtete seine Hände. Die Wahrheit musste heraus. »Inzwischen bin ich davon überzeugt, dass Toni der Täter ist. Das ist mein Hauptproblem. Wie denkst du jetzt darüber?« So, nun hatte er es ausgesprochen und war auf Richards Reaktion gespannt.

Der löste seine Hände aus dem Nacken und richtete sich auf. »Zwei Seelen wohnen, ach! in meiner Brust. Schau, da ist Bianca.«

Tatsächlich schoss sie mit einer Miene auf sie zu, als wäre sie zum Polizeipräsidenten zitiert worden. Das konnte nichts Gutes bedeuten. Vor ihrem Tisch blieb sie stehen. »Sieh an, der werte Herr Levin begibt sich in unsere niederen Gefilde. Welche Ehre.«

»Red keinen Schmarrn, setz dich«, sagte Richard, ohne zu lächeln. »Verarschen kann ich mich selbst.«

»Das stimmt allerdings, und das bestens. Ihr beiden Gscheiterles werdet es kaum glauben, aber der Toni wurde heute einkassiert. Traudich hat einen Haftbefehl erwirkt.«

Was zu erwarten gewesen war. Dom senkte den Kopf. Zum Trost sollte er sich noch ein Stück Kuchen gönnen.

»Hat er gestanden?«, fragte Richard kalt.

»Nein. Muss er auch nicht, die Indizien sind erdrückend.«

»Du meinst, die Zeugenaussagen. Indizien habt ihr keine. Keine Fingerabdrücke, keine Spuren am Auto, keine am Fahrrad. Nichts. Sein Verteidiger wird jubeln.«

Auf Biancas Gesicht spiegelte sich Unsicherheit wider. »Traudich meint, es würde für eine Verurteilung reichen.«

»Und was meinst du?«

Sie starrte ihn an, bis ein Ruck durch ihren Körper lief. Wortlos holte sie sich einen Stuhl vom Nachbartisch und setzte sich verkehrt herum darauf, die Arme auf die Lehne gestützt. »Ich habe zu meinen, was mein Chef meint«, sagte sie leise.

»Das sind ja ganz neue Töne.«

»Traudich dreht total durch. Für ihn ist Meisenbach ein Monster, das Frauen ausnutzt und über Leichen geht.«

Das würde bedeuten, dass er Karin für unschuldig hielt und sie vor Toni beschützen wollte. Er wechselte mit Richard einen Blick. Der dachte wohl Ähnliches, behielt es aber für sich.

Bianca fasste Richard ins Auge. »Und ich muss sagen, ich stimme ihm zu.« Die Unsicherheit in ihrem Gesicht machte Trotz Platz. »Außer Toni haben wir keinen anderen Verdächtigen. Das solltest du akzeptieren. Dein Einsatz für ihn ist zwar ehrenwert, aber für die Katz'.«

»Das letzte Wort darüber ist noch nicht gesprochen. Schau'n mer mal.«

»Weißt du übrigens, dass Meisenbach Fred Schaller wegen der Verletzung der geschützten Herkunftsbezeichnung angezeigt hat? Vor Schallers Tod?«

»Was ist das denn?«

Bianca lächelte triumphierend. »Wegen falscher Etikettierung seiner Bratwürste, die in Fürth hergestellt worden sind, anstatt wie gefordert in Nürnberg.«

»Und deshalb hat Toni Schaller umgebracht? Da gibt's ein Ordnungsgeld und fertig.«

Bianca zögerte einen Moment, in dem sich ihr Gesicht verschloss. »Karin Schaller und eine Freundin haben Anzeige gegen Jörg Schaller erstattet und dich als Zeugen benannt. Was hattest du bei denen zu suchen?«

Richard wischte mit der Hand einen imaginären Krümel vom Tisch. »Seit wann ist es verboten, jemandem zu helfen? Ich habe Karin auf ihre Bitte hin zur Wohnung ihrer Freundin gefahren und dabei beobachtet, wie sich ein Mann ins Haus geschlichen hat. Du solltet eher fragen, was er dort gewollt hat, anstatt auf mir rumzuhacken.«

»Versteh bitte meine Situation.«

Langsam zog Richard das Bein ein und beugte sich zu Bianca hin. »Deine Aufgabe ist es, den möglichen Täterkreis unvoreingenommen abzuklopfen, Beweise inklusive Motivationen zu sammeln und einen plausiblen Tathergang darzulegen. Erst wenn du den hast, kannst du von einem Verdächtigen sprechen. Von einer Anklage oder gar einer Verurteilung seid ihr meilenweit entfernt. Lasst euch gesagt sein, ihr urteilt vorschnell, und das kann für euch gewaltig ins Auge gehen.«

»Pass mal lieber auf dich selbst auf, denn Traudich hat sich über dich beim Präsidium von Oberfranken beschwert.«

»Wenn's ihm Spaß macht. Hoffentlich behält er recht. Nicht dass sich am Ende noch herausstellt, dass er einen Unschuldigen vor den Kadi gezerrt hat, um eigenes Fehlverhalten zu kaschieren.«

Etwas in Richards schneidendem Unterton ließ Dom aufhorchen. Hielt der Freund eine Information zurück? Bei ihm musste man damit rechnen, denn er brachte manches erst dann aufs Tapet, wenn alle Zweifel beseitigt waren.

»Kannst du mir einen Gefallen tun?«, fragte Richard ihn.

»Selbstverständlich.«

Er legte ihm ein Blatt vor die Nase. »Fahr mal zu dieser Adresse und nimm Bianca mit, falls sie echtes Interesse an der Aufklärung des Falls hat. Das ist eine Autowerkstatt in Zirndorf, die die Front von Fred Schallers Fahrzeug repariert hat. Auffällig ist, dass Fred Schaller für Service und Reparaturen normalerweise bei einer anderen Werkstatt war. Du wirst staunen, wenn du erfährst, dass die Ausbesserung einen Tag nach dem Tod von Norbert Haupt erfolgt ist. Das ist kein Zufall. Die Kfz-Mechaniker waren sehr hilfsbereit und haben sich angeboten, nach der ausgetauschten Stoßstange und der alten Motorhaube zu suchen, damit ihr sie unter die Lupe nehmen könnt.«

Bianca schnappte nach Luft. »Willst du damit sagen, dass Toni mit Schallers Auto …? Das ist Bullshit.«

»Nur, wenn du an eurer Theorie festhältst. Keine Vorverurteilung, Bianca. Es ist nicht deine Meinung, die zählt, was zählt sind Fakten. Als Erstes gilt es sicherzustellen, dass die Logikkette keine Lücken aufweist.«

»Du hast schon wieder diesen scheißväterlichen Ton drauf.«

»Höchstens den eines Hauptkommissars gegenüber seinem Padawan, wie bei den Jedi-Rittern.«

»Das kommt aufs selbe raus. Wenn du mein Chef wärst, hätte ich mich längst versetzen lassen.«

»Das stünde dir frei.«

Damit waren die Fronten geklärt. Was würde passieren, wenn Richard sich nach Nürnberg zurückversetzen ließe? Ärger wäre vorprogrammiert. »Was machst du als Nächstes, Richard?«

»Oma Elke besuchen und mich seelisch aufs morgige Donnerwetter vorbereiten. Maxi wird ein Schlachtfest mit mir veranstalten.« Damit ließ Richard ihn mit Bianca allein.

»So ein Arschloch«, zischte sie, als er fast außer Hörweite war. Richard reagierte nicht, sondern verschwand um die Ecke.

»Du fändest es auch nicht lustig, wenn du von einer Kollegin angeschwärzt würdest«, sagte Dom. »Und das hast du getan, oder? Von wem sonst sollte Traudich die Information haben, dass Richard als Zeuge beim Einbruch in Frau Schallers Wohnung benannt wurde, wenn nicht von dir?«

Sie druckste herum. »Er hätte es auch so erfahren.«

»Von wem denn? Du bist ganz schön fies. Uns um Hilfe bitten und uns dann hinhängen. Das merke ich mir.«

»Ich hab euch nicht hingehängt. Echt nicht, jedenfalls nicht aus Bösartigkeit. Traudich hat gemerkt, dass wir uns öfter treffen, und seine Schlüsse daraus gezogen. Er hat mir das Messer auf die Brust gesetzt, durchblicken lassen, mich von Nürnberg versetzen zu lassen, wenn ich mich nicht an seine Anweisungen halte und ihm nicht verrate, was ihr treibt.«

»Wow! Das wird immer besser mit dem Herrn.«

»Ich hab null Bock, im Bayerischen Wald Holzdiebe zu jagen. Außerdem könnte Nicole nicht mit.«

Als Bianca ihre taffe Maske fallen ließ, fühlte Dom fast

ein bisschen Mitleid mit ihr. »Wenn du das wiedergutma-
chen willst, begleitest du mich jetzt. Richard würde uns
nicht ohne Grund dort hinschicken.«

Sie zögerte kurz, erhob sich dann aber. »Eigentlich wollte
ich schon immer in den Bayerischen Wald.«

KAPITEL 34

Kaum hatte der Kommissar Levin Karin und ihre Freundin
verlassen, machten sie ihrem Ärger Luft. Jenny war fuchsteufelswild wegen Jörg und wollte ihn anzeigen. »Schließlich ist es meine Wohnung, zu der er sich Zutritt verschafft
hat. Unverschämtheit, bei mir einzusteigen. Wer garantiert
uns denn, dass er es nicht noch mal versucht? Womöglich
in der Nacht, wenn wir schlafen.«

»Meinst du im Ernst, er würde mir was antun?«

»Ich würde keine Wette darauf abschließen, dass er es
nicht tut.«

Karin überlegte, ob Jörg jemals Anzeichen von Gewalt-
tätigkeit gezeigt hatte. Eigentlich nicht, aber dann erinnerte
sie sich, dass er in ihr Schlafzimmer geschlichen war, um
den Fernseher auszuschalten. Zuzutrauen war denen alles.
Konnte man sich noch nach dem Tod scheiden lassen?

Doch einen Verwandten anzuzeigen – wenn auch nur
angeheiratet –, gehörte sich nicht. Zwar rangierte sie auf der

Beliebtheitsskala der Schwiemu eh ganz unten, aber Silke hielt wenigstens zu ihr. Sie sollte sie anrufen.

»Ich frag mal Silke, was die dazu meint.«

»Was kann die Schwester von Jörg und Fred schon Großes dazu beitragen?«

Das wusste Karin auch nicht, einen Versuch war es trotzdem wert. Schweigend hörte sich Silke ihren Bericht an. »Das ist ein ganz schöner Hammer«, sagte sie am Ende, »wart ihr bei der Polizei?«

»Das kommt noch. Ich wollte dir's erst mal erzählen und deine Meinung hör'n.«

»Meinen Segen hast du. Mutter und Jörg sind völlig durchgeknallt. Manchmal frage ich mich, ob ich wirklich mit denen verwandt bin.«

Um ihre Geschichte zu Protokoll zu geben, mussten Jenny und Karin persönlich auf der Polizeiinspektion erscheinen. Obwohl die um die Ecke lag, wollte Jenny mit dem Auto hinfahren. Das passte Karin gut, denn da ihr eigenes noch bei der Metzgerei stand, konnten sie danach vorbeifahren, um es zu holen. Auf der Wache mussten sie kurz warten, bis eine Polizistin Zeit hatte, ihre Anzeige aufzunehmen. Jenny gab an, dass ein Kommissar Richard Levin Zeuge des Einbruchs gewesen sei.

»Sie kennen den Herrn?«, fragte die Polizistin.

»Nicht näher. Aber er ist von der Kripo.«

»Der Name sagt mir nichts.« Die Polizistin drehte sich zu ihrem Kollegen um. »Kennst du einen Richard Levin? Der soll bei uns sein.«

»Nö, nie gehört. Schau mal im Organigramm nach.«

Während die Polizistin sich am Computer zu schaffen machte, wandte sich Jenny an Karin. »Meinst du, der hat gelogen?«

»Warum sollte er uns was vormachen? Außerdem kennt Toni ihn. Der hat bestätigt, dass er ein Bull…«, schnell verbesserte sie sich, »bei der Kripo ist.«

»Dem Toni darf man nix glauben. Der steckt bis zum Hals in Schwierigkeiten.«

So schien es. Traurig senkte Karin ihren Kopf. »Ich weiß gar ned, was ich denken soll.«

»Besser nix.« Zur Polizistin sagte Jenny: »Und, haben Sie ihn gefunden?«

»Bei uns ist er nicht.«

»Schau doch mal bei den Nürnbergern nach«, riet der Kollege im Hintergrund.

»Auch Fehlanzeige.«

»Ich bin sicher, dass er einer von euch ist. Er war mal mit 'nem andern da. Wie hieß der gleich wieder …?« Karin kramte in ihrem Gedächtnis. »Der ist bei den Nürnbergern und hat mir seinen Ausweis gezeigt. Vorndran. Ja, genau, so hieß er.«

Die Polizistin tippte erneut. »Ja, da gibt's einen. Dominik Vorndran. Fachdezernat K2, Einbruchsdelikte. Ist Ihnen in Nürnberg denn was gestohlen worden?«

»Nee. Ist auch egal. Mein Schwager is mit 'nem Nachschlüssel bei uns eing'stiegen, und der Herr Levin kann das bezeugen. Er hat sogar a Foto vom Fred sei'm Auto g'macht.«

»Wer ist Fred? Ich dachte, der Einbrecher heißt Jörg?«

»Das is sei Bruder. Der Fred is tot.«

Die Polizistin sah sie an, als hätte Karin nicht alle Tassen im Schrank. Sie warf Jenny einen hilfesuchenden Blick zu, die daraufhin die Geschehnisse erklärte.

»Verzwickte Sachlage also«, sagte die. »Soviel ich weiß, wurde deswegen eine Mordkommission ins Leben gerufen.

Der müssen wir das melden.« Sie druckte die Anzeige aus, die beide unterschreiben mussten.

»Was jetzt?«, fragte Jenny, als sie vor der Polizeiinspektion standen. Inzwischen hatte es zu regnen angefangen. Zum Glück hatte Jenny einen Schirm dabei, unter den sie beide passten. »Armes Mäuschen«, sagte sie. »Du machst ganz schön was mit.«

Karin schossen die Tränen in die Augen. Krokodilstränen hatte ihre Mutter diese immer verächtlich genannt. Traurigkeit war in ihrer Familie als Selbstmitleid verpönt. »Geht schon. Ist hoffentlich bald vorüber.«

»Und dann?«

Mallorca. Irgendwie hatte die Insel ihre Attraktivität verloren. Mieses Wetter gab es dort bestimmt auch. »Zuerst muss Toni auf freien Fuß kommen, sonst kann ich mir Malle abschminken.«

»In welcher Traumwelt lebst du eigentlich?«, fragte Jenny nüchtern. »Los, wir gehen heim.«

Karin folgte ihr zum Auto, während in ihr etwas hochkochte. »Ich würd lieber noch amal bei der Metzgerei vorbeischau'n.«

»Bist du wahnsinnig? In die Höhle des Löwen, was willst du dort?«

»Da gibt's keine Löwen, nur Schlangen. Mein Auto holen und außerdem Jörg zur Rede stellen. Der kann ruhig erfahr'n, dass wir ihn angezeigt ham. Dem wird der Arsch auf Grundeis geh'n.«

»Besonders gewählt drückst du dich in letzter Zeit nicht gerade aus.«

»Sei du mal jahrelang mit Fred verheiratet. Dann purzeln dir die Schimpfwörter nur so ausm Mund. Schwiemu hat ihn deswegen immer geschimpft. Das war so ziemlich das

Einzige, wofür er mal 'nen Dämpfer von ihr gekriegt hat. ›Mensch, Fred, nemm doch a bissle Rücksicht auf die Kundschaft‹, hat sie dann geplärrt, die blöde Kuh.«

»Mich stört's ned, wenn du mal ordentlich Dampf ablässt«, sagte Jenny. »Also gut, packen wir den Ochsen an den Hörnern.«

Auf dem Weg zur Metzgerei überfiel Karin die Angst. Levin hatte sie gewarnt, dort noch mal aufzukreuzen. Auf dem Hof stand lediglich der Foodtruck, ihr Auto fehlte. Dafür parkte Freds Mercedes in der Garage. »Wo ist meine Karre hin?«, fragte sie, als ob Jenny das wissen könnte.

»Warum hast du die überhaupt hier stehen lassen?«

»Weil der Sprit alle war und ich kei' Geld dabeig'habt hab.«

»Arme Maus«, meinte Jenny. »Hättest du was gesagt, hätt' ich dir was geliehen.«

»Ich hab genug, bloß momentan ned verfügbar.« Der Umschlag mit dem Geld steckte unter der Matratze von Jennys Gästebett. Karin mochte zwar ein Drudscherl sein, aber so blöd war sie nicht, um ihn in Schwiemus Drachenhöhle liegen zu lassen.

Ein Gedanke schoss ihr durch den Kopf. Was, wenn Jörg nicht hinter ihr, sondern hinter dem Geld her war?

Sie folgte der Freundin, die vorausgegangen war. Typisch für sie, alles direkt anzupacken, was Karin an ihr bewunderte.

»Du brauchst nicht zu läuten, ich hab 'nen Schlüssel.«

»Zu spät!« Jenny drückte den Klingelknopf. Nicht einmal, nein, sie klingelte Sturm.

Dementsprechend schnell öffnete sich die Tür, und Schwiemu schoss aus dem Haus wie ein feuerspeiender Drache aus seiner Höhle. »Du? Was willst'n?«

»Mit Jörg reden.«

Schwiemus Blick erfasste Karin. »Da hört sich doch alles auf. Dass du di' hertraust.«

»Wo is Jörg? Ruf ihn her.«

»Der isst grad was. Ihr könnt aber trotzdem rein.«

»Nee, nee, er soll rauskommen, das ist sicherer.«

»Wieso?«

»Wir wollen ihn fragen, warum er bei uns eingebroch'n is.«

Nachdem der Groschen bei Schwiemu gefallen war, fuhr sie herum und brüllte ins Haus. »Jörg! Bring dein' Arsch in Schwung und komm her!«

Jenny grinste Karin an. »Siehste, geht doch.«

Dessen war sie sich nicht sicher, aber es war zumindest ein guter Anfang. Schwiemu blieb wie angewurzelt stehen. In Schlappen und einem fleckigen Unterhemd schlurfte Jörg heran, wobei er auffällig hinkte.

»Wass'n los?«, fragte er mit schwerer Zunge.

»Wir haben dich bei den Bullen angezeigt. Wegen Hausfriedensbruch. Woher haste den Schlüssel?«

Jörgs rotunterlaufenen Augen blinzelten. »Geh ins Haus nei, Mama«, sagte er zu Schwiemu, doch die rührte sich nicht vom Fleck. Als er merkte, dass sie seine Aufforderung ignorierte, wandte er sich an Jenny. »Welch'n Schlüss'l?«

»Den zu meiner Wohnung. Her damit, oder ich ruf die Polizei.«

Jörgs Hand glitt in die Hosentasche und zog den Schlüssel heraus. »Nee, brauchste ned. Da.«

»Wovon red'n die zwei?«, quäkte Schwiemu.

»Was wolltest du überhaupt bei uns?«, fragte Karin.

»Dreimal darfste rad'n.«

Schwiemu zog die Oberlippe hoch. »Doch wohl ned wecher dem Weibsbild? Bist wohl a Spanner, du Sauniggl!«

»Geh nei, sonst schebberds«, fauchte Jörg. »Du g'hörst ins Heim, du alte Bissgurn.«

»Wie reds'n du mit mir? Des wird dir noch leidtun.«

»Abmarsch.«

Zu Karins Überraschung verzog Schwiemu sich, vermutlich, um von drinnen zu lauschen.

Jörg wartete, bis sie außer Sicht war. »Du weißt ned, warum ich zu dir bin?«

»Tät ich sonst fragen?«

Er winkte ihr, näher zu kommen. »Wecham Geld.«

»Ich hab keins, oder wolltest du Jenny beklauen?«

»Du weißt genau, was ich mein.«

Eine Hitzewallung erfasste sie. Also doch! Woher wusste Jörg von der Kohle? Von Schwiemu wahrscheinlich. »Hilf mir auf die Sprünge«, entgegnete sie trotzig.

»Das Geld im Umschlag, das, wo du g'stohl'n hast.«

»Des is meins.«

»Des war dem Fred seins und etzerd g'hört's mir.«

Karin war so aufgebracht, dass sie in starken Dialekt verfiel. »Woher willsd'n wissen, wem des g'hört hat? Des is der Rest, der wo mir vom Grundstück und nach'm Kauf vom Foodtruck bliebm' is.«

»Da kannst mir viel derzähl'n, wenn der Dooch lang is.«

»Hast des ausm Fred sei'm Schlafzimmer g'hold?«

Jörg machte ein verschmitztes Gesicht. »Hast a wengerla such'n müssen, gell?«

»Wusst' die Schwiemu, dass du des in die Anrichte neig'steckd hast?«

Geschwind sah er sich um, und näherte dann seinen Mund ihrem Ohr, wobei ihr ein fauliger Geruch entgegenwehte. Sie fuhr zurück. Schwankend hielt er sich am Türrahmen fest. »Nee. Die hat kei' Ahnung g'habt.«

»Wo is mei' Auto?«

»Des hamma verglitscht.«

»Was? Jetzt kriegst du erst recht nix von dem Geld ab.«

»Wennste mir die Hälfte gibst, verrat ich dir was.«

»Was kannst du mir schon verraten, was so viel Geld wert wär?«

»Zum Beispiel für wen der Fred des Geld 'braucht hat.« Karin horchte auf. »Hat der a Geliebte g'habt?«

Jörg lachte meckernd. »Der? Ich denk, du hast dein' Mo gekannt. Die Hälft', und ich verrat dir, wie du dein' Toni ausm Knast holen kannst.«

»Du hast ihn doch selber hing'hängt.« Während sie das sagte, kam ihr ein Gedanke. Klar und fürchterlich. Fred war zu weit gegangen und hatte dafür büßen müssen. Sie musste unbedingt mit dem Kommissar sprechen. »Woher willst denn du wissen, was Fred damit vorgehabt hat?«

»Meinste, Standplätz' kriegt ma' umsonst?«

Genau das hatte sie befürchtet, und damit war ihr klar, wer Fred umgebracht hatte. »Das Auto zieh ich dir aber ab!«

KAPITEL 35

Mit dem herbstlichen Regen kam eine verdrießliche Stimmung auf. Kein erfrischender Platzregen wie im Sommer und keine Frühlingsdusche, sondern ein kontinuierlicher

Nieselregen, der durch seine Beständigkeit alles durchweichte. Da Richard seinen Schirm vergessen hatte, stellte er sich im Torbogen des Weißen Turms unter und steckte die Hände in seine Jackentaschen. Dem Wetter entsprechend waren in der Fußgängerzone nur wenige Passanten unterwegs. Kein guter Tag für die Läden und Geschäfte.

Armer Toni, der nun in der JVA Nürnberg für Straftaten einsaß, die er vermutlich nicht begangen hatte. Richard war davon überzeugt, dass er zumindest für den Tod von Norbert Haupt nicht verantwortlich war. Die JVA lag zwischen der Fürther Straße und der Pegnitz, gleich hinter dem Justizpalast, in dem die Nürnberger Kriegsverbrecherprozesse stattgefunden hatten. Er überlegte hinzufahren, entschied sich aber dagegen, denn ein Besuch dort würde keine neuen Erkenntnisse bringen.

Er könnte versuchen, noch einmal Jörg zu befragen. Gleich nach dem Vorfall in Jennys Wohnung und vor dem Treffen mit Dom war Richard schnell an der Metzgerei Schaller vorbeigefahren, doch auf sein Klingeln hatte niemand geöffnet, obwohl der Mercedes vor dem Haus gestanden hatte. Er war sich sicher, dass Jörg nicht aufmachen wollte, aber ohne Durchsuchungsbefehl hatte Richard keine Handhabe. Danach hatte er die Werkstatt in Zirndorf aufgesucht. Er war sich sicher gewesen, fündig zu werden, denn warum sonst hatte Schaller diese Werkstatt gewählt, mit der er bisher nichts zu tun gehabt hatte. Werkstätten im Umkreis nach einer Unfallflucht abzufragen, gehörte zum Standardprozedere. Zirndorf lag außerhalb des Großraum Nürnberg.

Wenn Schaller verantwortlich für Norbert Haupts Tod gewesen war – egal ob er Haupts Tod geplant oder »nur« in Kauf genommen hatte –, wer hatte dann Schaller ermordet?

Karin, die sich von seinen Gemeinheiten hatte befreien wollen? Karin und Toni gemeinsam, um Rache zu nehmen?

Gab es eine andere Person, auf die noch niemand gekommen war?

Offenbar war Fred ein Mensch gewesen, der seinen Willen ohne Rücksicht auf Verluste durchgeboxt hatte. Einer, der die kriminelle Energie aufgebracht hatte, seine Wurst- und Fleischwaren falsch zu etikettieren. Der sich bestechen ließ und für die gegnerische Mannschaft pfiff. War er auch imstande gewesen, den Tod eines Konkurrenten für den eigenen Vorteil in Kauf zu nehmen?

Richard zog sein Notizbüchlein hervor und las, was er in letzter Zeit an Fakten und Ideen zusammengetragen hatte. Wie hieß der Beamte im Ordnungsamt? Baumgärtner. Der hatte Toni angeblich in der Metzgerei gesehen, was letztlich den Ausschlag für seine Verhaftung gegeben hatte.

Obwohl die Kollegen den Wahrheitsgehalt seiner Aussage als hoch einstuften, wollte Richard sich selbst ein Bild von dem Mann machen. Nachdem Traudich seine Beschwerde ohnehin schon eingereicht hatte, kam es auf einen eigenmächtigen Besuch im Ordnungsamt auch nicht mehr an.

Inzwischen hatte es sich eingeregnet, doch Richard entschloss sich, das zu ignorieren. Flotten Schrittes durchquerte er die obere Altstadt, wobei er, als ihm das Regenwasser in den Kragen lief, wie ein Bierkutscher fluchte.

Sein Auto hatte er in einem Parkhaus in der Ledergasse geparkt, aber jetzt war sowieso schon alles zu spät. Ein Blick auf seine Armbanduhr zeigte ihm, dass er sich sputen musste, wollte er den Beamten vor Dienstschluss an seinem Arbeitsplatz antreffen. Er legte einen Zahn zu und erreichte das Amt fünf Minuten bevor es für Publikumsverkehr geschlossen wurde.

Baumgärtner würde schnell herausfinden, dass seine Befragung unautorisiert war, und ihn hochkant rauswerfen. Eine andere Strategie musste her. Richard drückte die Tür auf und suchte auf dem Wegweiser, wo der Mann zu finden war. Die Zeit arbeitete gegen ihn. Eine Minute vor Feierabend klopfte er an Baumgärtners Bürotür und öffnete sie, ohne auf ein »Herein« zu warten.

Drinnen saß ein kleinerer, untersetzter Mann vor einem makellos aufgeräumten Schreibtisch, auf dem alle Gegenstände wie mit einem Lineal ausgerichtet waren. Nirgends etwas Persönliches. Nur die üblichen Büroblumen standen auf dem Fensterbrett. Sie sahen gepflegt aus.

Baumgärtners Kopf fuhr hoch und im Bruchteil einer Sekunde veränderte sich sein Gesichtsausdruck von traurig zu verärgert.

»Sie sind zu spät«, bellte der kleine Mann und deutete auf die Brouhr, die schwarz-weiß, rund und groß an der gegenüberliegenden Wand hing. »Büroschluss. Kommen Sie morgen wieder.«

»Ich bin wegen einer anderen Angelegenheit hier.«

»Dann sind Sie falsch. Zimmer 1.02. Die haben aber auch schon Dienstschluss.«

»Die Fragen, die ich habe, kann niemand außer Ihnen beantworten«, antwortete Richard halb amüsiert. Dieser Mann schien ein Paradespiel für einen bürokratischen Beamten zu sein. »Sagt Ihnen der Name Fred Schaller was?«

Baumgärtner wurde bleich. »Wer?«

»Fred Schaller, Metzger aus Fürth«, sagte Richard betont langsam. »Sie haben ihn am Tag seines Todes besucht.«

Seine Gesichtsfarbe kehrte zurück, was bedeutete, dass der Überraschungseffekt verpufft war.

»Wer sind Sie?«

»Richard Levin. Ich bin ein Freund von Toni Meisenbach.«

»Was wollen Sie von mir?« Baumgärtner griff nach einem Bleistift und hielt ihn fest umklammert.

»Nur ein paar Antworten.«

Die Bleistiftspitze auf Richard gerichtet, kräuselte Baumgärtner seinen Mund. »Sie platzen hier ohne Voranmeldung und Termin rein. Wir sind doch kein Bordell.«

»Ich wollte lediglich mein Anliegen loswerden.«

»Sie sind ein Freund von Herrn Meisenbach, sagten Sie?«

Entweder war der Mann begriffsstutzig oder schwerhörig. »Ist Ihnen bekannt, dass er heute verhaftet wurde?«, fragte Richard langsam.

»Nein. Weswegen?«

»Das sollten Sie am besten wissen. Weil Sie angegeben haben, ihn in der Metzgerei Schaller am Todestag von Fred Schaller gesehen zu haben.«

»Was der Wahrheit entspricht.« Pause. Der Bleistift zitterte.

»Sind Sie sich sicher?«

»Natürlich.« Baumgärtners Augen bewegten sich unruhig, als würde er nach einem Ausweg suchen.

»Wo haben Sie ihn gesehen?«

»Am ... Vor dem Eingang.«

»Toni schwört, dass er nicht in der Nähe der Metzgerei war. Was wollten Sie dort?«

»Etwas Dienstliches. Aber das geht Sie nichts an.«

»Mag sein, allerdings wüsste ich keinen Grund, warum Sie ein Geheimnis daraus machen müssten.«

»Es ging um eine abgelaufene Genehmigung.«

»Ach, nicht um die falsche Auszeichnung seiner Bratwürste? Wieso waren Sie persönlich bei ihm? Ich dachte, man muss zu Ihnen ins Amt kommen.«

Baumgärtner spannte sich an, den Bleistift zum Zustechen bereit. Irgendwie erinnerte er Richard an das HB-Männchen aus der Zeit, als Werbung fürs Rauchen noch erlaubt war.

»Hören Sie, ich bin Ihnen keine Rechenschaft schuldig«, fauchte Baumgärtner. »Ich habe Herrn Meisenbach gesehen, und damit basta. Was er dort wollte, weiß ich nicht, wir haben nicht miteinander gesprochen.«

»Woher kennen Sie ihn?«

»Man hat mir ein Foto gezeigt. Und jetzt raus. Da ist die Tür«, fauchte Baumgärtner und lief knallrot an.

Aber mein Freund, wer wird denn gleich in die Luft gehen? Richard wandte sich zur Tür und hielt inne. »Sind Sie sonst noch jemandem begegnet? Freds Bruder vielleicht?«

»Den kenne ich nicht. Wie sieht der aus?«

Richard gab ihm eine kurze Beschreibung und war überzeugt, dass sein Gegenüber wusste, von wem er sprach.

Baumgärtner überlegte eine Spur zu lange. »Richtig. Ich erinnere mich. Der hat bei der alten Frau Schaller gestanden. Hilft Ihnen das weiter?«

»Das tut es in der Tat. Schönen Feierabend.« Damit war Richard mit ihm fertig. Er war zufrieden mit seiner Ausbeute. Mit Baumgärtner stimmte etwas nicht.

Es dunkelte bereits, und gut durchnässt erreichte er sein Fahrzeug. Er könnte nach Hause fahren, doch Oma Elke lag näher. Dort etwas zu essen hörte sich gut an. Sie würde sich freuen, wenn er unangemeldet hereinschneite. Im Grunde wollte er sich nur beweisen, dass er sich keine Sorgen zu machen brauchte.

Zu seiner Überraschung wurde er von Hexi und Sammy vor dem Haus stürmisch begrüßt. Beide waren pudelnass und zitterten vor Kälte. Das war mehr als ungewöhnlich und sofort befürchtete er das Schlimmste. Doch ein Ruf stoppte ihn kurz vor der Haustür.

»Herr Levin!«, rief der Nachbar, den er gebeten hatte, ab und zu nach Oma zu sehen. Das hatte sie zwar vehement abgelehnt, aber Richard fühlte sich wohler, wenn jemand ein Auge auf sie hatte.

»Was gibt's?«

»Die Hunde waren den ganzen Nachmittag draußen. Ich war mit meiner Frau unsere Tochter besuchen und jetzt sitzen sie immer noch da rum. Ist nicht das erste Mal, dass sie sie vergisst.«

»Danke, ich schau gleich nach!« Als er die Haustür öffnete, stürmten die zwei an ihm vorbei ins Wohnzimmer, Richard folgte ihnen hinein.

Der Fernseher lief und Oma Elke drehte sich mit überraschtem Gesichtsausdruck zu ihm um. »Richard?«

»Bei dir alles in Ordnung?«

»Freilich. Was soll sein?«

»Die Hunde ...«

»Sind hier.«

»Weil ich sie gerade reingelassen hab.«

»Wie bitte?«

»Du hast die Hunde draußen vergessen.«

»Das kannst du deiner Großmutter erzählen«, erwiderte sie mit einem verschmitzten Lächeln.

»Schau sie an. Die sind patschnass.«

Sie befühlte Sammys Fell, dann Hexis. »Oh, ihr Armen! Wie ist das passiert?«

»Das frage ich dich.«

»Man wird wohl mal was vergessen dürfen. Du hast sie auch schon mal im Garten sitzen lassen.«

Womit sie recht hatte. Hexi hatte einst im frisch bepflanzten Gemüsebeet gebuddelt und seine Rufe in typischer Dackelmanier schlichtweg ignoriert. Dann war ein Anruf dazwischengekommen, und er hatte sie tatsächlich vergessen – was ihm gewaltigen Ärger mit Oma eingebracht hatte. Er umarmte sie. »Ich mach mir halt Sorgen.«

»Der Sammy sieht aus wie eine gebadete Maus. Was hast du mit ihm angestellt?«

»Oma … Sie waren im Garten.«

»Wie kannst du sie nur bei diesem Sauwetter rauslassen?«

Schlagartig wurde ihm klar, was da vor sich ging. Sein Verdacht bewahrheitete sich, als er in die Küche ging und den Kühlschrank öffnete. Darin befand sich nichts weiter als Joghurt und Milch – und eine Flasche Bier. Die nahm er sich jetzt.

Die Hunde waren ihm gefolgt und sahen ihn mit hungrigen Augen an. Oma hätte sich spätestens an sie erinnern müssen, als es Futterzeit war. Er gab ihnen das wenige Futter, das er im Schrank fand. Die Wahrheit sprang ihm ins Gesicht und krallte sich in seinem Herzen fest.

»Soll ich einkaufen gehen?«, fragte er.

»Ruh dich erst mal aus, Junge. Ich kümmere mich morgen darum.«

»Hoffentlich denkst du dran.«

»Ich bin doch nicht dement, falls du das meinst.« Sie erhob sich schwerfällig. »Mir fällt alles nur ein bisschen schwerer als früher. Verstehst du das nicht?«

»Hast du mal mit deinem Hausarzt darüber gesprochen?«

Sie druckste herum. »Die armen Wauzies. Waren die wirklich die ganze Zeit draußen?«

»Ja.«

Sie nagte an ihrer Unterlippe. »Leider habe ich nichts für

dich zum Essen im Haus. Wenn ich gewusst hätte, dass du kommst, hätte ich was besorgt.«

»Pizza geht immer. Wann hast du zum letzten Mal gegessen?«

»Heute Mittag.«

»Einen Joghurt?«

Ächzend ließ sie sich am Küchentisch nieder, sah dabei traurig aus. »Ich brauche keine Hilfe.«

»Sie anzunehmen ist keine Schande, vor allem nicht, wenn man 80 Jahre alt ist. Ich werde jemanden für dich organisieren, der zweimal am Tag vorbeischaut. Außerdem werde ich ein Versetzungsgesuch schreiben. Dann ziehe ich zu dir. Wirst sehen, wir schaffen das.«

Auf ein Gespräch mit Dom war ihm die Lust vergangen. Als ein Anruf mit einer ihm unbekannten Nummer auf seinem Diensthandy einging, drückte er ihn weg. Jetzt nicht. Er fuhr zum nächsten Supermarkt, um Omas Kühlschrank und Speiseschrank zu füllen, sprach mit dem Nachbarn und bestellte eine Pizza.

KAPITEL 36

Am nächsten Tag fühlte Richard sich müde und ausgelaugt, doch er versuchte, sich nichts anmerken zu lassen, als er sich von Oma Elke verabschiedete. Es regnete weiterhin, was das

Fahren nicht gerade zu einem Vergnügen machte, trotzdem schaffte er es rechtzeitig in die Dienststelle. Sofort überfiel Peter ihn mit der Neuigkeit, dass die vom Gerüst gestürzte Frau aus dem künstlichen Koma erwacht sei und er selbst sie zu einer kurzen Befragung besuchen dürfe. Sie hatte neben zahlreichen Knochenbrüchen auch Hämatome, die darauf hinwiesen, dass sie an den Handgelenken gezerrt und später gestoßen wurde. Das ließ vermuten, sie hatte gesehen, wer es gewesen war. Ob Richard mitwolle?

»Das kannst du prima allein.«

»Was ist denn mit dir los? Du hast dich in letzter Zeit verändert, bist nimmer der Alte.«

Da war alles noch einfacher gewesen, dachte Richard. Er erzählte ihm, dass seine Oma nicht mehr ohne Betreuung leben könne. »Ich hab gestern ein ernstes Wort mit ihr gesprochen.«

»Du wirst doch net zurück zu den Nürnberchern geh'n?«

»Dafür spräche einiges«, antwortete er langsam. »Ich wäre vor Ort, ein Umzug hierher kommt für meine Oma nicht infrage. Einen alten Baum soll man nicht verpflanzen.«

»Überred' se halt, in a Heim zu gehen. Da gibt's ganz ordentliche. Mei' Oma is inzwischen auch in eins. Am Anfang hat se a bissle gemeckert, aber inzwischen g'fällt's ihr gut.«

»Da kennst du meine schlecht. Sie geht nur zusammen mit ihrer Freundin in ein Heim. Keine von den beiden möchte jedoch den ersten Schritt tun, zumal sie nicht zugeben können, dass sie Hilfe brauchen. Bis die ihre Meinung ändert, fallen Weihnachten und Neujahr auf einen Tag. Ich werde mich um einen Pflegedienst bemühen, der zweimal täglich bei ihr nach dem Rechten sieht und außerdem die Einnahme der Medikamente und die Versorgung der Hunde überwacht.«

»Wie wär's, wenn du die beiden Zamperln nimmst?«,

fragte Maxi, die sich leise zu ihnen gesellt hatte. »Damit hätte sie eine Sorge weniger.«

»Und ich düse jeden Mittag nach Hause, um sie rauszulassen? Außerdem liegt meine Bude im dritten Stock. Das ist nichts für eine alte Dackeldame. Nicht zu vergessen, dass damit der einzige Grund für Oma, sich in der Früh aus den warmen Federn zu bewegen, wegfallen würde.«

»Ich meinte damit nicht, solange sie noch zu Hause ist, sondern wenn sie in ein Heim geht. Die meisten älteren Leute wollen sich von ihren liebgewonnenen Tieren nicht trennen. Für viele sind sie das Einzige, was sie noch haben. Aber manche Heime lassen Hunde oder Katzen auch zu. Du solltest dich mal erkundigen.«

»Eins nach dem anderen.«

»Da gibt's oft Wartezeiten.«

»Es sind zwei Hunde, was die Sache erschwert, und einen davon hab ich ihr aufgedrängt.«

Zum ersten Mal seit Langem lächelte Maxi ihn an. »Du kümmerst dich wirklich.«

»Verratet es aber keinem.« Ihre Nähe ließ seinen Puls sich verdoppeln, wie immer. Ob sie das bemerkte?

Eine Pause entstand, die niemand beenden wollte.

»Ich fahr los«, sagte Peter endlich und verschwand.

Maxi wandte sich Richard zu. Wie zwei Magnete zogen sich ihre Blicke an, ein Gefühl der Leichtigkeit erfüllte ihn. Das Glückshormon, das Verliebte süchtig nach einander werden ließ. Er musste etwas sagen, doch was?

»Mir ist Sorge um Angehörige nicht fremd, Richard. Mutter tut sich mit Vater immer schwerer. Weißt du, dass er behindert ist?«

Ja, das war ihm bekannt. »Wie ist das passiert?«, fragte er mit belegter Stimme. Hoffentlich bemerkte sie es nicht.

»Seit einem Unfall beim Militär ist er gelähmt, und das weißt du sehr genau.« Plötzlich lag etwas Lauerndes in ihrem Gesicht. Sie drehte sich abrupt weg und setzte sich auf Peters Stuhl. »Mal ehrlich, Richard. Du warst in Vaters Brigade in Afghanistan, nicht wahr? Als Scharfschütze eines Sonderkommandos.«

Donnerwetter, da hatte er sich so viele Gedanken gemacht, weil er nicht gewusst hatte, wie er ihr das mitteilen sollte, und nun kramte sie in seiner Vergangenheit herum, wobei sie all die Erinnerungen zutage förderte, die er so mühsam weggesperrt hatte. Langsam lehnte sich Richard zurück. »Hat er dir das erzählt?«

»Leider nicht alles. Ihr teilt ein Geheimnis, stimmt's?«

»Wir sind zum Stillschweigen über unsere Einsätze verpflichtet. Manche von denen waren – wie soll ich sagen? – politisch fragwürdig. Wie bist du darauf gekommen?«

»Zuerst durch die Kaltblütigkeit und Präzision, mit der du den Mann erschossen hast, der mich damals als Geisel genommen hatte.«

Sofort entstand die Szene vor Richards geistigem Auge. Ein des Mordes Verdächtiger war durchgedreht und hatte gedroht, Maxi zu erschießen. Sein Motiv hatte auf der Hand gelegen, er wollte Suicide by Cop begehen. Dem Mann war es ernst gewesen. Und so hatte Richard getan, was ihm beigebracht worden war.

»Es gibt keinen unter uns«, sagte Maxi sanft in seine Gedanken hinein. »Keinen, der einen solchen Schuss gewagt hätte, ohne dass ihm hinterher etwas anzumerken gewesen wäre. Das habe ich Vater erzählt, und er hat gesagt, du seist ihm unterstellt gewesen. Ich weiß, wo er war und wofür er dort verantwortlich war, mehr nicht. Daher haben wir nie erfahren, warum er gelähmt zurückgekehrt ist.«

Warum sollte er es abstreiten? »Deine Annahmen entsprechen der Wahrheit, ebenso das mit dem Scharfschützen.«

»Warum hast du den Dienst quittiert?«

»Weil man das nicht ewig machen kann. Die physischen und psychischen Belastungen sind enorm.« Er gab sich einen Ruck. Wenn nicht ihr, wem sollte er sich sonst anvertrauen? »Da gibt's einiges, über das ich selbst heute noch nicht sprechen kann. Bilder, die ich vergessen möchte. Fehlentscheidungen oder der falsch verstandene Korpsgeist mancher Kameraden. Ich bin froh, bei der Kripo ein neues berufliches Zuhause gefunden zu haben. Hier habe ich zumindest das Gefühl, etwas Sinnvolles zu tun.«

Sie nickte bedächtig. »Ich verstehe, was du meinst. Warst du es, der Vater das Leben gerettet hat?«

»Ach, Maxi, muss das sein? Können wir nicht über was anderes reden?«

»Zum Beispiel darüber, warum du andauernd nach Nürnberg fährst?«

»Wie du weißt, ist meine Oma …«

»Wäre es nicht fair, mich zu warnen, bevor ich einen bösen Anruf von den Kollegen aus Nürnberg bekomme?«

»Was ist schon fair im Leben? Aber wenn es dich beruhigt … Ich mache dort nichts, woraus man uns einen Strick drehen könnte. Zumindest bis jetzt nicht. Ich habe lediglich jemandem ein Versprechen gegeben, und das möchte ich nicht brechen.«

Sie wartete, ob er weitersprechen würde. Er konnte nicht, seine Energie, um schwierige Wahrheiten zu teilen, war aufgebraucht, also schwieg er.

»Anscheinend vertraust du mir nicht«, sagte sie. »Schade.«

Für einen Moment meinte er, in ihren Augen einen feuchten Schimmer zu sehen. Sie rollte mit dem Stuhl zurück.

Tu's, rief eine Stimme in seinem Hinterkopf. Sag was. Lad sie zum Essen ein. Öffne dich. Vertrau ihr.

Er tat nichts dergleichen, verfolgte wie in Trance, dass sie aufstand und den Raum verließ.

Zum Glück hatte Peter von all dem nichts mitbekommen, das hätte ihm den Rest gegeben.

Frustriert über sich selbst nahm er sein Diensttelefon zur Hand. Gestern Abend hatte er eine ihm unbekannte Nummer weggedrückt. Wer könnte das gewesen sein?

Er rief zurück.

»Karin Traudich«, meldete sich eine bekannte Stimme.

»Oh«, machte er. »Sie haben Ihren Geburtsnamen wieder angenommen?«

»Der kommt ned so oft vor und verschafft mir wenigstens nach außen hin a bisserle Abstand zu der schrecklichen Familie.«

»Quasi ein Neuanfang. Der wird Ihnen guttun.«

»Schau'n mer mal. Ich wollt' Ihnen was Wichtiges mitteil'n, gestern Abend.«

»Leider konnte ich das Gespräch nicht annehmen. Auch ein Kommissar hat mal Feierabend.«

»Scho' recht. Is sogar besser so, weil ich in der Zwischenzeit noch mehr rausfinden konnt'.«

»Worüber?«

»Mein Mann, der Fred, hat doch die Standplätze vom Norbert Haupt übernommen. Ich konnt' mir ned erklären, wie er das hingekriegt hat. Als Fred g'storben is, galten die Genehmigungen nimmer. Der Baumgärtner vom Ordnungsamt hat mir gesagt, dass ich die neu beantragen müsst', dass alles seine Zeit bräucht'. Erst als ich g'sagt hab, dass Fred die Genehmigungen mit dem Truck gekauft hätt', hat er die sofort rausgerückt. Is das ned komisch?«

»Komisch nicht, aber verdächtig.«

»Genau das hab ich mir a gedacht. Nun war's allerdings so, dass ich dem Fred Bargeld für den Kauf vom Imbisswagen geben musst'. Da war Geld übrig, und das hat der Sauhund vor mir versteckt. Der Jörg hat's im Schlafzimmer vom Fred entdeckt und in die Anrichte von meiner Schwiegermutter gelegt, wo ich's dann g'funden hab.«

»Moment. Noch mal langsam zum Mitschreiben.«

Sie wiederholte den Sachverhalt wie gewünscht.

Fast hätte er gelacht, denn an der Art, wie sie die Folge der Ereignisse wiedergegeben hatte, hatte sich nichts geändert. »Meinen Sie, Jörg wollte es für sich behalten?«

»Genau das.«

»Wofür hatte es Ihr verstorbener Mann vorgesehen?«

»Für den Standplatz am Hauptmarkt.«

Sein Verdacht verdichtete sich. »Für eine Bestechung also?«

»Sieht so aus. Der Haupt hat den nur durch Schmiergeldzahlung gekriegt, und der Fred hat's ihm nachg'macht.«

Allmählich zeichnete sich ab, wie alles zusammenhing. Einmal mehr fehlten Richard einige Details, die den Nürnberger Kollegen vorlagen. Bislang war er davon ausgegangen, Schallers Feinde wären abgeklopft worden, aber was, wenn Schaller selbst ein Straftäter gewesen war und jemand sich gewehrt hatte?

»Haben Sie Beweise für Ihren Verdacht?«

»Wie meinen S' das?«

»Was Schriftliches zum Beispiel, woraus hervorgeht, dass Geld vom Konto abgezweigt wurde.«

»Nee, da gibt's nix. Jedenfalls hab ich nix g'funden. Der Fred wär schön blöd gewesen, wenn er sich eine Quittung hätt' geben lassen.«

»Da haben Sie recht. Sind denn vor dem Kauf des Food-trucks schon mal größere Summen ausgegeben worden, bei denen Ihnen der Grund unbekannt war?«

»Ned dass ich wüsst'. Das wär mir aufg'fallen, weil ich doch die Buchhaltung g'macht hab.«

»Okay. Schade, dass Sie nichts Handfestes haben. Wissen Sie, dass der Baumgärtner den Toni belastet hat? Er hat angegeben, ihn in der Metzgerei gesehen zu haben.«

»Das stimmt ned. Da hätt' ich ihm ja begegnen müssen. Ich mein, Toni war draußen und ned drinnen. Aber vielleicht hab ich mich getäuscht und er war es gar nicht, der bei uns rumg'fahren ist.«

»Die Frage ist, was Baumgärtner damit bezweckt, Frau Schaller.«

»Frau Traudich, bitte. Der war da und hat mir beim Mett machen zug'schaut. Da standen auch die Shrimps rum.«

Das hieße, sie wären die ganze Zeit der falschen Spur gefolgt. »Frau Traudich, Sie haben mir sehr geholfen.«

Nachdem er aufgelegt hatte, strich er sich mit der Hand übers Gesicht. Um Baumgärtner zu überführen, musste er die Hilfe der Kollegen in Anspruch nehmen. Im Gegensatz zu Fernsehkrimis endete hier sein Alleingang. Was ihm zugutekam, war, dass Bestechung als ein Wirtschaftsdelikt galt und damit nicht ins Ressort des Fachdezernats 1 fiel. Er beschloss, Maxi darüber zu informieren, denn jetzt brauchte er ihre Rückendeckung.

Als Erstes rief er Dom an, um ihn über den Verdacht zu unterrichten. »Ich hätte dich gern dabei, wenn wir Baumgärtner in die Mangel nehmen.«

»Und was ist mit Bianca?«

»Die holst du mit ins Boot. Wenn sie sich weigert, dann eben ohne sie.«

KAPITEL 37

Richards Vorschlag hörte sich für Dom plausibel und durch-führbar an. Nachdem sich der Verdacht auf Bestechung beziehungsweise Bestechlichkeit im Amt erhärtet hatte, konnte er sich offiziell einschalten. Eventuell käme sogar noch Erpressung hinzu. Nach Absprache mit seinem Vorgesetzten und langem Überlegen weihte er Bianca ein, die alles andere als begeistert war.

»Was soll das bedeuten?«, entgegnete sie spontan. »Leitest du daraus ein Mordmotiv ab?«

»Es gibt starke Anhaltspunkte, dass Baumgärtner von Schaller und eventuell auch von Norbert Haupt bestochen wurde. Eine Untersuchung sollte die Zusammen-hänge offenlegen. Ich habe meinen Vorgesetzten darüber informiert, und er meint auch, dass wir euch unterstützen sollten.«

Das ging ihr sichtlich gegen den Strich. »Das habt ihr sauber eingefädelt. Na gut, soll sich dein Chef mit Traudich auseinandersetzen. Wir sind mit der Spurenauswertung der ausgetauschten Teile von Fred Schallers Auto noch nicht fertig, und Traudich schäumt wie ein tollwütiger Fuchs.«

»Verhindern kann er nichts mehr, der Ball ist im Rol-len. Sollen wir Traudich mitteilen, dass Karin Schaller eine Namensänderung beantragt hat?«

»Was hat das mit uns zu tun?«

»Ihr Mädchenname ist Traudich, und den will sie wieder annehmen. Sie ist seine Nichte.«

Biancas Hand fuhr an den Mund und sie wich einen Schritt zurück. »Wusste Richard das?«

»Er hat's vor Kurzem herausgefunden. Uns hat stutzig gemacht, dass Traudich mit aller Gewalt bemüht war, Karin aus dem Kreis der Verdächtigen herauszuhalten.«

»Das erklärt, warum Richard sich so siegessicher gegeben hat.«

»Er hat den Trumpf nicht ausgespielt, obwohl Traudich sich über ihn beschwert hat.«

»Was für eine noble Geste«, sagte sie in spöttischem Tonfall. »Und jetzt, wo er recht behält, wird er bestimmt noch eingebildeter.«

»Dienstregel Nummer eins lautet: Mach dir nie einen Kollegen zum Feind, denn er könnte dein Vorgesetzter werden – oder deine Vorgesetzte, natürlich.«

»Bist du deswegen so freundlich zu mir?«

»Logisch«, sagte Dom und lachte. »Auf geht's, wir sollten losfahren.«

Zuerst zu Jörg Schaller. Er öffnete ihnen und blinzelte Bianca mit glasigen Augen an. Seinem Unterhemd war anzusehen, was er zum Abendessen und Frühstück verdrückt hatte. »Sie scho' wieder?«

»Wir hätten noch ein paar Fragen.«

»Und wenn ich kan Bock drauf hab?«

»Dann nehmen wir Sie mit zur Dienststelle. Sie haben Ihrer Schwägerin etwas erzählt, das wir auch gerne hören würden.«

»Der Karin? Wahrscheinlich des wecham Geld.«

»Also wissen Sie, worum es geht.«

Er winkte ab. »Ich hab die Nas'n voll und will endlich mei Ruh. Blöde G'schicht, in die uns der Fred da neigezoch'n hat.«

»Haben Sie den Toni Meisenbach bei der Metzgerei gesehen, ja oder nein?«, fragte Bianca. »Mit einer Falschaussage würden Sie sich strafbar machen. Darauf steht eine Gefängnisstrafe.«

»Wergli?«

»Stimmt«, bestätigte Dom. Mit ihm würden sie ein leichtes Spiel haben, die harte Nuss war Baumgärtner.

»Jetzt, wo Sie's sagen, bin ich mir nimmer so sicher.«

»Das dachte ich mir«, zischte Bianca. »Warum wollten Sie Herrn Meisenbach belasten?«

Er zuckte mit den Schultern. »Weil ... Weil ich halt g'meint hab, er wär da g'wesen.«

»Darauf kommen wir später zurück«, sagte Dom. »Sie haben Geld im Schlafzimmer von Herrn Schaller gefunden?«

»Ja. Ganz zufällig.«

»Und haben es dann im Wohnzimmer Ihrer Mutter versteckt?«

»Nee, nee. Ned versteckt, sicherg'stellt.«

»Wissen Sie, wofür es Ihr Bruder ausgeben wollte?«

»Wenn ich's Ihnen sag, muss ich dann trotzdem in 'n Knast?«

»Sagen wir mal so. Eine Kooperation mit uns könnte sich bei der Strafbemessung positiv auswirken«, sagte Bianca.

Jörg guckte dämlich aus seiner dreckigen Wäsche, hatte offenbar kein Wort verstanden. »Wenn Sie uns helfen, die Wahrheit zu finden, kommen Sie vielleicht mit einer Bewährungsstrafe davon«, übersetzte Dom.

»Ah so?«

Ihr nächstes Ziel war das Ordnungsamt, vor dem Richard auf sie wartete. Wenn er überrascht war, Bianca in Doms Begleitung zu sehen, zeigte er dies zumindest nicht. »Lass uns reingehen.«

»Bei dir alles klar?«, fragte Dom.

»Wie man's nimmt. Wenigstens hat mir Maxi nicht den Kopf abgerissen.«

»Prima, dann kannst du ja beruhigt in die Zukunft blicken.«

»Was täte ich bloß ohne deinen Optimismus?«

»Den braucht man in unserem Job. Vor allem wenn ich die Aufklärungsrate von euch ›Mördern‹ mit der von uns ›Einbrechern‹ vergleiche.«

»Heute hast du eine gute Chance, das Verhältnis zu verbessern.«

»Haben wir uns zum Kaffeekränzchen getroffen oder wollen wir was arbeiten?«, fragte Bianca leicht angesäuert.

»Sei mal nicht so dienstgeil, Bianca«, sagte Dom. »Immerhin darfst du an unserem Erfolg teilhaben.«

»Pah«, machte sie und riss die Eingangstür auf. »Nach mir, meine Herren.«

Dom kannte sich in dem Gebäude nicht aus, aber Richard, der Bianca überholt hatte, wusste, wo es langging. Ohne zu klopfen, öffnete er die Tür zu Baumgärtners Dienstzimmer, wo ein kleiner, untersetzter Mann am Fenster Blumen goss.

»Sie schon wieder? Dieses Mal mit einem kompletten Überfallkommando?«

»Darf ich vorstellen, Kriminaloberkommissar Dominik Vorndran und Kriminalkommissarin Bianca …«

Baumgärtner stellte seine Gießkanne ab. »Mit Frau Müller hatte ich bereits das Vergnügen. Darf ich die Ausweise der Herren sehen?«

Diesem Mann konnte man nichts vormachen. Dom zeigte seinen Ausweis samt Dienstmarke, und Baumgärtner betrachtete beides ausgiebig. Richard hielt sich zurück.

»Hm. Einbruch und Vermögensdelikte. Mir wurde nichts gestohlen.« Er deutete auf Richard. »Gehören Sie auch zu dem Club?«

»Indirekt«, sagte Richard, verschränkte die Arme vor der Brust und baute sich hinter Dom und Bianca auf. Am Telefon hatten sie sich zuvor eine Strategie zurechtgelegt, um Baumgärtner aus der Reserve zu locken.

Beinahe zärtlich strich Baumgärtner über das Blatt eines dunkelgrünen Kletter-Philodendrons. »Was will die Kripo von mir? Ich habe alles zu Protokoll gegeben, was ich in der Metzgerei der Schallers beobachtet habe.«

»Offenbar haben Sie einige wichtige Details weggelassen und eventuell etwas hinzugefügt, kann das sein?«, fragte Dom.

»Nicht dass ich wüsste.«

»Weshalb waren Sie dort?«

»Es ging um einen Fehler beim Antrag der Sondernutzung für den mobilen Imbiss von Fred Schaller.«

»Der war doch bereits genehmigt.«

»Das stimmt. Trotzdem hätte Herr Schaller den Antrag noch mal einreichen müssen. Dazu ist es allerdings nicht mehr gekommen.«

»Deshalb haben Sie nach seinem Tod die Genehmigung sofort zurückgezogen, damit Frau Schaller sie nicht nutzen kann?«, fragte Richard aus dem Hintergrund.

Baumgärtner warf ihm einen resignierten Blick zu. »Nein. Die Genehmigungen sind personenbezogen.«

»Können wir den fehlerhaften Antrag sehen?«

»Der wurde vorschriftsmäßig entsorgt.«

Dom seufzte innerlich, denn damit war ein Beweisstück unwiederbringlich verloren – falls es je existiert hatte.

»Wie lange dauert es, bis alle Genehmigungen erteilt sind?«, schaltete er sich wieder ein.

»Im Durchschnitt zwei Monate. Worauf wollen Sie hinaus?«

»Nun, bei Fred Schaller ging es schneller. Und bei Frau Schaller ebenso.«

»Na und? Herr Schaller hat in weiser Voraussicht seinen Antrag frühzeitig eingereicht.«

Dom war darauf spezialisiert, solche Ausreden zu zerpflücken. »Dürfen wir die Anträge von Norbert Haupt und Karin Schaller sehen oder wurden diese auch geschreddert?«

Zum ersten Mal zeigte Baumgärtner eine Reaktion, indem er kreidebleich wurde. »Durchaus möglich.«

»Aufgrund der Aufbewahrungspflicht müssten sie noch vorhanden sein.« Richard, der vor dem Aktenregal stand, drehte sich um. »Vermutlich finde ich den von Frau Schaller unter ›Sch‹?«

»Was machen Sie da? Das ist Eigentum des Ordnungsamts.«

»Dann beschlagnahmen wir den Ordner eben.« Richard ließ seinen Finger über die feinsäuberlich beschrifteten Ordner gleiten. »Da haben wir ihn.« Er zog ihn heraus. »Wann hat Fred Schaller den Antrag gestellt? War das, bevor er den Foodtruck gekauft hatte?«

»Was wollten Sie von Herrn Schaller wirklich?«, fragte Dom freundlich. »Wir möchten Ihnen doch nur helfen. Nennen Sie uns einen nachvollziehbaren Grund, warum Sie bei ihm waren.«

»Und wenn nicht?«

»Dann werden wir, wie mein Kollege Levin soeben richtig bemerkt hat, die Unterlagen mitnehmen und Seite für Seite durchgehen. Zum Beispiel den Ordner mit Norbert Haupt.«

»Richtig«, sagte Richard. »Diese Unterlagen brauchen wir auch.«

Er suchte im Regalfach weiter oben, während Baumgärtner sich am Fensterbrett festhielt. »Lassen Sie es gut sein.

Die Genehmigung für Norbert Haupt ist da abgelegt, wo sie hingehört.«

»Mit allen anderen Unterlagen?«

»Selbstverständlich.«

»Wir schauen sie uns trotzdem mal an.«

»Tun Sie, was Sie nicht lassen können.«

Baumgärtner schien sich zu entspannen, und das mit gutem Grund, denn bislang hatte ihr Besuch wenig Verwertbares erbracht. Inzwischen hatte Richard den Ordner »Sch« aufgeschlagen und blätterte darin. »Da haben wir das gute Stück. Obenauf der Antrag von Karin Schaller. Bemerkenswert ist, dass Antrag und Genehmigung innerhalb einer Woche geschrieben wurden. Wie kann das sein?«

»Wenn es so abgestempelt wurde …«

»Nun zu Fred Schaller. Da ist sein Antrag. Ich dachte, der wurde vernichtet?«

»Ich … Ich … Vielleicht habe ich mich getäuscht.«

»Beide sehen okay aus. Wo ist da der Fehler?« Richard nahm zwei Bögen heraus und verglich sie miteinander. »Vermutlich muss man jahrzehntelang beim Ordnungsamt sein, um den Fehler auf den ersten Blick zu erkennen.«

»Wollen Sie mir was anhängen?«

Jetzt war der Moment gekommen, zuzuschlagen. »Haben Sie Geld von Herrn Haupt und Herrn Schaller angenommen?«, fragte Dom scharf.

Baumgärtner schwankte, als würde er ohnmächtig werden. »Das … Das ist eine bösartige Unterstellung. Ich verbitte mir das.«

»Wir haben einen Zeugen, der ausgesagt hat, dass Sie zuerst von Herrn Haupt und später von Herrn Schaller bestochen worden sein sollen und dass Sie in der Metzgerei Schaller gewesen wären, um das Geld dafür in Empfang zu nehmen. Herr Schaller wäre zu dem Zeitpunkt im Fleischraum gewesen.«

»Letzteres stimmt«, krächzte Baumgärtner. Er griff nach einem vollen Wasserglas, das auf seinem Schreibtisch stand. Seine Hände zitterten derart, dass der Inhalt über den Rand schwappte.

Richard legte die Anträge auf den Schreibtisch und stellte sich so nahe an Baumgärtner, dass der zu ihm aufsehen musste. »Herr Schaller war im Nebenraum und seine Frau mit dem Zubereiten der Würste beschäftigt. Erinnern Sie sich?«

»Vage.«

»Sie haben bemerkt, dass da eine Schale mit Shrimps stand, auf die Fred Schaller allergisch war.«

»Was wollen Sie damit andeuten?«

»Dass Sie aus dem Teufelskreis von Bestechung und Erpressbarkeit nicht mehr rausgekommen sind und nur noch einen Ausweg gesehen haben.«

»Wenn ich bestechlich wäre, warum hätte ich Schaller umbringen sollen? Damit hätte ich mir selbst den Geldhahn zugedreht.«

Dom nahm ihn von der anderen Seite in die Zange. »Weil er den Spieß umgedreht und Sie erpresst hat. Sie wollten dem ein Ende setzen. Es war aufgefallen, dass bei der Vergabe nicht alles mit rechten Dingen zugegangen war. Eine interne Untersuchung gegen Sie stand unmittelbar bevor. Nur zu Ihrer Information, was als Nächstes passiert: Hausdurchsuchung, Überprüfung Ihres Bankkontos, Schriftverkehr, Befragung von Kollegen et cetera. Anklage nach Paragraf 332 des Strafgesetzbuchs. Sie erleichtern es uns und sich, wenn Sie ein Geständnis ablegen. Das könnte sich später strafmildernd auswirken.«

Baumgärtner schwieg eine Weile, bis er mit zittriger Stimme sagte: »Also gut. Ja, ich habe mich bestechen lassen. Und nein, Fred Schaller hat mich nicht erpresst. Ich sollte ihm den Hauptmarkt quasi exklusiv überlassen und alle anderen Anträge negativ bescheiden. Ich wollte, dass das alles ein Ende findet. Es gab tatsächlich Anzeichen, dass man den Gerüchten nachgehen wollte. Ich habe ihm gesagt, dass es für ihn in Zukunft keine Extrawurst mehr geben wird. Da wurde er aufbrausend und hat gedroht, seine Zeugenaussage gegen Herrn Meisenbach zu widerrufen und mir den Mord an Haupt in die Schuhe zu schieben. Dass ich ihn ebenfalls belasten könnte, schien ihn nicht gestört zu haben.«

»Und deshalb haben Sie ihm die Shrimps in das Mett gemischt?«, fragte Bianca.

»Das tut mir ehrlich leid. Ich wollte ihn nicht umbringen. Ich konnte doch nicht ahnen, dass sein Notfall-Injektionsstift nicht griffbereit war. Es sollte lediglich ein Warnschuss sein, damit er endlich aufhört, mich zu plagen.« Eine Träne kullerte über seine Wange.

»Leider wurde die Injektion zu spät verabreicht. Sie haben billigend in Kauf genommen, dass er stirbt.« Biancas Stimme war kalt wie Eis. »Das ist Körperverletzung mit Todesfolge, wenn nicht sogar Mord, Herr Baumgärtner. Aber darüber wird ein Gericht zu entscheiden haben.«

Sie hatten ihr Ziel erreicht. Der Rest war nur noch Formsache. »Ich denke, wir haben genug gehört. Sie sind vorläufig festgenommen.«

»Was wird aus meinen Pflanzen?«

Wenn das seine größte Sorge war … »Für die wird sich jemand finden.«

KAPITEL 38

Obwohl Oma Elke sich nicht begeistert gezeigt hatte – den Vorfall mit den Hunden hatte sie glücklicherweise vergessen –, hatte er sie gestern zu einem Beratungsgespräch im Pflegestützpunkt des Nürnberger Seniorenamts mitgenommen. Er hätte sich alle Informationen online zusammensuchen können, wollte sie aber mit in die Entscheidungsfindung einbeziehen. Am Ende hatte sich Oma kooperativ gezeigt, weil Lösungen aufgezeigt wurden, die ihr vorerst ein Verbleiben in ihrem Haus ermöglichten. Richard fiel ein Stein vor Herzen.

Bis in den Nachmittag hinein hatten die Zeugenbefragungen zum Sturz der Frau vom Gerüst angedauert, ohne dass sich eine Gelegenheit ergeben hätte, mit Maxi ins Gespräch zu kommen. Sie war nach Bayreuth ins Polizeipräsidium gerufen worden, wobei er befürchtete, dass das auch mit ihm zu tun haben könnte.

Peter war zuversichtlich, seinen Fall schnell abschließen zu können, denn das Opfer hatte seinen Peiniger erkannt. Es war keiner der Eheleute gewesen, sondern der eigene Mann, den die verletzte Frau für ein Leben mit dem Hausbesitzer hatte verlassen wollen. Die Beweislage unterstützte diese Annahme. Nun galt es, dies durch Zeugenaussagen zu untermauern. Die Vernehmungen wurden mit einer Videokamera aufgezeichnet, und als die Kollegen den Ehemann ins Verhör nahmen, gesellte sich Richard zu ihnen. Der Verdächtige hatte ein Alibi. Er sei bei einem Freund gewesen, der dies bestätigte.

»Des is a Gefälligkeitsalibi«, sagte Peter verächtlich im Anschluss an die Vernehmung.

»Macht nichts«, antwortete Richard. »Das lässt sich auf-
weichen. Bereite alles für die Staatsanwaltschaft vor. Die
werden uns sagen, ob ihnen das Vorgelegte reicht oder ob
du weiterermitteln sollst.«

Später am Nachmittag rief Maxi ihn zu sich. Sie wartete
am Besprechungstisch ihres Büros. Er setzte sich und sie
schloss die Tür hinter ihm. Wie immer sah sie hinreißend aus,
und er versuchte gar nicht erst, seine Wiedersehensfreude
zu kaschieren. Jetzt oder nie, denn seine Entscheidung war
gefallen, egal, warum sie ihn herzitiert hatte.

»Na, ist der Fall Toni Meisenbach gelöst?«, fragte sie mit
einem angedeuteten Lächeln.

»Ja, Gott sei Dank, da gab es Momente, da habe ich an
meinem Bauchgefühl gezweifelt.«

»Gibst du mir eine Zusammenfassung der Ereignisse?«

»Natürlich.« Er schilderte ihr die Geschehnisse aus seiner
Sicht, wobei er nicht umhinkam, das Verwandtschaftsver-
hältnis von Traudich mit Karin Schaller zu erwähnen.

»Davon habe ich gehört«, sagte sie.

Wo? In Bayreuth? Hatte sich das so schnell rumgesprochen?
Er räusperte sich. »Ich kann nicht verstehen, warum er es für
richtig hielt, einen Unschuldigen hinter Gitter zu bringen.
Ich fürchte, er hat sich damit seinen eigenen Strick gedreht.«

»Gegen ihn wird ermittelt, und er wurde vom Dienst sus-
pendiert. Vermutlich bietet man ihm die vorzeitige Pensionierung an. Das Alter hat er fast erreicht.«

Dann würde eine Planstelle freiwerden, falls Traudichs
Position durch einen der nächsten Beförderungsanwärter
ersetzt würde. Vielleicht tat sich da eine Möglichkeit auf. Ein
Eintrag in Richards Personalakte wäre dafür allerdings nicht
sonderlich hilfreich. »Steht gegen mich etwas im Raum? Ist
das in Bayreuth zur Sprache gekommen?«

»Unter anderem, ja. Wie du weißt, hat Traudich eine Dienstaufsichtsbeschwerde gegen dich eingelegt. Strafversetzt wird man in der Regel nicht heimatnah. Meinst du, du hast einen Eintrag verdient?«

»Wenn du mich so fragst – nein.« Ihre Blicke verschmolzen und ihm wurde heiß. Es wurde still im Raum. Nach einer fast peinlichen Pause nahm er den Gesprächsfaden wieder auf. »Siehst du, Maxi, genau das ist das Problem. Du bist nicht unbefangen, oder zumindest würdest du dich dem Vorwurf aussetzen.«

Sie nickte langsam, und eine zarte Röte breitete sich auf ihren Wangen aus. »Richard?«

Schnell weiterreden. »Deshalb werde ich meine Versetzung beantragen. Nach Nürnberg, wenn's geht. Vielleicht wird ein Plätzchen frei, wenn Traudich geht und das Beförderungsdomino anspringt. Oder nach Bamberg oder Bayreuth. Bloß nicht zu weit weg.«

»Von deiner Oma?«

»Ja, aber auch nahe genug bei …« Er brach ab, denn er ahnte, dass er gleich rumdrucksen würde.

»Willst du mir was sagen, Richard?«

Er gab sich einen Ruck. »Am liebsten bei einem Abendessen. Hast du Lust?«

»Ist das eine Einladung zu einem Date?«

Die Beklemmung wuchs. »So könnte man es nennen.« Verlegenes Schweigen. »Und, wie lautet deine Antwort?«, fügte er leise hinzu.

»Darauf warte ich schon ewig. Du hast so lange herumgeeiert, dass ich schon befürchtet hab, du würdest mich nie fragen.«

»Das ist für mich alles nicht so einfach.«

»Vor allem, wenn's um unsere zukünftige Zusammenarbeit geht. Aber du brauchst dir nicht für mich den Kopf zu zerbrechen. Es würde schon reichen, wenn du dich in eine Nachbarabteilung versetzen lässt. Du müsstest nicht aus Coburg weg.«

»Da sehe ich keine Möglichkeit, alle Planstellen sind besetzt und sofern nicht einer vom Stuhl fällt, wird sich das kaum ändern. Außerdem wäre damit nicht das Problem mit meiner Oma gelöst. Hilfst du mir?«

»Selbstverständlich. Wohin gehen wir heute Abend?«

Sie trafen sich in Richards Lieblingspizzeria. Förmlicher als es hätte sein müssen, bedankte er sich für die Annahme der Einladung, was sie mit einem schüchternen Lächeln quittierte. Etwas später ergriff er ihre Hand, was sie zuließ, und sie erwiderte sogar das leichte Streicheln mit den Fingern. All die kurzen Liebschaften, die er davor gehabt hatte, waren völlig anders verlaufen. Er war nie zuvor scheu, nie so unsicher gewesen, ob er sich richtig verhielt, wollte unter allen Umständen vermeiden, dass er diese Chance, die er als die letzte empfand, verpatzte.

Nach dem zweiten Glas Wein fand er den Mut, ihr zu sagen, was sie zu wissen begehrte. »Möchtest du hören, was in Afghanistan passiert ist?«

»Du musst nicht, wenn du nicht willst.«

»Doch, doch. Das muss geklärt sein zwischen uns. Es fällt mir schwer, das zu sagen, aber dein Vater ist an seinem Unglück selbst schuld.«

»Keine Sorge, ich habe mir so was Ähnliches schon gedacht, sonst wäre er nicht so verschlossen. Er ist nicht der Typ, der Fehler zugibt.«

»Wir hatten den Befehl, deinen Vater von einem Stützpunkt zum nächsten zu eskortieren und die Route zu sichern. In diesem gebirgigen Terrain konnte der Feind überall lauern. Eine Vorhut hatte den Auftrag, eventuelle Minen aufzuspüren und einen potenziellen Hinterhalt zu melden. Aus meiner Sicht war die Kolonnenfahrt völlig unnötig. Doch die Herren Offiziere würden schon wissen, warum sie sie als notwendig erachteten. Es kam, wie es kommen musste. Nachdem die Taliban die Vorhut unbehelligt hatten passieren lassen, wurden wir von den umliegenden Bergen aus angegriffen. Als ein schweres Feuergefecht entbrannte, befahl dein Vater den Rückzug. Was unsinnig war, denn dadurch mussten wir unsere Deckung verlassen und zudem die Kameraden der Vorhut im Stich lassen. Es wäre ein Leichtes gewesen, um Luftunterstützung zu bitten. Aber nein, dein Herr Papa wollte nicht.«

»Auweh«, sagte sie sichtlich betroffen.

»Ums kurz zu machen: Er wollte unbedingt zurück zum Stützpunkt, ich nicht. Mein Plan wäre gewesen, zur Vorhut aufzuschließen und auf die Amerikaner zu warten. Das wäre aus taktischen Erwägungen die bessere Wahl gewesen. Na ja, wer hört schon auf einen Untergebenen? Dein Vater jedenfalls nicht. Er rannte zu seinem Humvee, der von einer Granate getroffen wurde. Ich habe ihn aus den brennenden Trümmern gezerrt.«

»Hattet ihr große Verluste?«

»Es hielt sich in Grenzen.«

»Jetzt verstehe ich deine Vorbehalte gegen ihn und seine gegen dich.«

»Er wollte mir sogar ein Verfahren wegen Befehlsverweigerung anhängen, ist damit aber nicht durchgekommen.« Und trotzdem hatte der ungerechtfertigte Vorwurf von Frohn gestochen. »Ich habe daraufhin meinen Dienst quittiert, allerdings nicht allein deswegen. Sechs Jahre Kriegseinsatz waren genug.«

»Danke, dass du dich mir anvertraut hast. Das erklärt vieles.« Sie drückte seine Hand. »Du hast sicher viel erlebt in der Zeit.«

»Gutes wie Böses, das stimmt. Ich bereue es nicht, obwohl nicht alles Abenteuer war, wie anfangs gedacht. Manchmal denke ich, ich wollte meinem Vater imponieren. Ob das geklappt hat?« Er verlor sich kurz in Erinnerungen. Sein Verhältnis zu seinem Vater war unverändert, immer gleich distanziert. »Warum bist du zur Polizei?«

»Wahrscheinlich sogar aus demselben Grund. Die Eltern beeinflussen einen mehr, als man zugegeben möchte. Noch ein Gläschen Wein oder wollen wir aufbrechen?«

Der Abend hatte sich besser entwickelt, als er zu hoffen gewagt hatte. Vor ihrer Haustür nahm er allen Mut zusammen, legte seine Arme um ihre Hüften und gab ihr einen langen Kuss. Oder gab sie ihm einen? Schwer zu sagen.

Egal. Am liebsten würde er ihr in ihr Schlafzimmer folgen. Vermutlich hatte sie seine Gedanken erraten, denn sie sagte mit einem verschmitzten Lächeln: »Nie beim ersten Date. Wenn du brav bist, vielleicht beim dritten. Und damit du's weißt, Dienstbesprechungen zählen nicht als Date.«

KAPITEL 39

In Jennys Wohnung bekam Karin von Oberkommissar Vorndran Besuch. Der Mann war ihr auf den ersten Blick sympathisch, sie fasste sofort zu ihm Vertrauen. Er war längst nicht so unzugänglich wie Levin, wobei Levin an sich auch in Ordnung war. Sie bat ihn herein und bot ihm einen Kaffee an, den er dankend ablehnte.

»Ich möchte Sie nicht lange aufhalten. Wir haben in Zusammenhang mit dem Mord an Ihrem Mann einen weiteren Verdächtigen festgenommen.«

»Oh. Kenn ich ihn?«

»Der Mann vom Ordnungsamt.«

»Der Baumgärtner? Wusst ich's doch.«

Vorndran schmunzelte. »Genau der. Ist Ihnen bekannt, dass er von Ihrem Mann bestochen wurde?«

»Vermutet hab ich's. Deshalb hab ich Ihren Kollegen ja ang'rufen.«

»Sie werden froh sein, dass das Kapitel bald geschlossen werden kann.«

»Das können Sie laut sagen! Was ist mit Toni?«

»Der muss noch warten, bis die Untersuchungen am Auto Ihres Mannes abgeschlossen sind. Sollte sich dabei herausstellen, dass der Schaden daran in Zusammenhang mit dem Unfall von Herrn Haupt entstanden ist, wird Toni sicher auf freien Fuß gesetzt.«

»Davon geh ich aus«, sagte sie im Brustton der Überzeugung. »Endlich wird alles gut.«

»Das hoffe ich für Sie. Leider müssen Sie sich weiterhin zu unserer Verfügung halten.«

»Was heißt das?«

»Dass Sie möglichst die Stadt nicht verlassen sollten.«

»Nicht einmal nach Nürnberg?«

»Bleiben Sie einfach erreichbar.« Er stand auf und ging zur Wohnungstür. »Übrigens, wir suchen nach dem Bestechungsgeld, das Herr Baumgärtner in der Metzgerei abholen wollte. Bei einer Hausdurchsuchung bei ihm wurde nichts gefunden. Sein Bruder Jörg Schaller hat bestätigt, dass Sie das haben.«

Ihr rutschte das Herz in die Hose. Da ging es dahin das schöne Geld. »Das ... Das ... äh ... Stimmt.«

»Sie müssen es uns als Beweismittel übergeben. Sie kriegen dafür eine Quittung, und da es Ihr Geld ist, wird es nach Abschluss des Falls sicher dem Gesamtnachlass zugeschlagen.«

Dieser Jörg. Den ihr abgeknöpften Teil des Geldes hatte er wohlweislich verschwiegen. »Ich bring's Ihnen heute auf die Dienststelle.«

»Vollständig?«

»In etwa.«

»Möglichst. Die Summe ist wichtig, denn sie bestimmt das Ausmaß des Tatbestandes Bestechung.« Er öffnete die Wohnungstür und nickte ihr zu. »Ich wünsche Ihnen alles Gute.«

Eigentlich wollte sie ihm noch was sagen, das ihr auf dem Herzen lag, aber das hatte Zeit. Zuerst musste sie das mit dem Geld regeln.

Der Idiot hatte ihr Auto verkloppt. Das war nicht okay gewesen, doch kaum rückgängig zu machen. Der Fahrzeugschein war im Handschuhfach gelegen, und den Fahrzeugbrief musste Jörg aus ihrem Schlafzimmer stibitzt haben.

Jenny hatte angeboten, sie zum Haus der Schallers zu begleiten. Hinein konnte sie problemlos, denn den Schlüssel hatte sie behalten. Im Hinterhof parkte der Foodtruck, der Mercedes fehlte. Hoffentlich waren die zwei Schreckgespenster überhaupt daheim.

Karin öffnete die Haustür und lauschte ins Innere, während Jenny hinter ihr kicherte. Ihr machte das Ganze offenbar Spaß, Karin hingegen empfand nichts als Wut und Abscheu.

Aus dem Wohnzimmer drang laute Schlagermusik. Das ließ hoffen. Vermutlich bemerkte deshalb niemand ihr Hereinkommen. Jörg und Schwiemu hockten auf dem Sofa wie Hennen auf ihren Eiern und schauten sich irgendeine Show im Fernsehen an. Die alte Frau sah verhärmt aus und starrte stumpfsinnig auf den Bildschirm.

»Wie geht's euch?«, fragte Karin, ohne dies wirklich wissen zu wollen.

»Was willsd'n du hier? Raus aus mei'm Haus!«, plärrte Schwiemu.

»Das gehört dir nicht allein. Lasst gefälligst eure Griffel von mei'm Zeug. Davon wird nix verkauft, kapiert?« Selten hatte Karin sich so mächtig gefühlt. »Keiner von euch hat Anspruch auf Freds Erbe, bevor's Gericht entschieden hat.«

»Dazu brauch' mer kei' G'richt«, erwiderte Schwiemu und winkte ab. »Schau'n mer erst amal, was übrich bleibt, wenn alle Schulden abgezochen sin'.«

»Wo ist Freds Mercedes? Habt ihr den auch verhökert?«

»Den ham die Bull'n mitg'nommen.«

»Das hättet ihr mir sagen müssen. Das Auto gehört euch nämlich ned.«

»Beschwer dich bei denen vo' derra Kripo.«

Vermutlich hatte Vorndran vergessen, ihr dies mitzuteilen, oder er hatte es nicht mitgekriegt. »Damit du's gleich weißt, meinen Anteil am Haus will ich in bar. Ums Erbe bringt ihr mich ned. Das steht mir zu. Lang genug hab ich unter euch gelitten. Da kommt eh noch was auf euch zu, hat die Kripo g'sagt.«

»Jeder kann sich mal irr'n.«

»Lügen und abstreiten, das is alles was ihr könnt.« Sie deutete mit dem Finger auf Jörg. »Und dich zeig ich wegen Diebstahl an.«

»Komm, wir gehn 'naus«, sagte Jörg. »Die Alte muss ja ned alles mitkriech'n.«

»Die lauscht sowieso.«

»Aber sie kann wenigstens ned zwischennei babb'ln.«

Das leuchtete Karin ein und sie folgte ihm in den Flur. »Außerdem bist du wegen Hausfriedensbruch dran. Dich wer'n se einbuchten.«

»Mach fei kein' Blödsinn, Madli!«

Karin ließ sich nicht beirren. »Das Geld, das du von mir verlangt hast, brauch ich zurück, und zwar komplett. Wie viel hast du für meinen Karren gekriegt? Das Geld will ich auch!«

Jörg setzte eine trotzige Miene auf. »Viel war's ned und das andere hab ich mir verdient.«

»Erpresst hast du mich. Entweder du gibst mir die Kohle zurück oder ich meld's den Bullen!«

»Ich brauch des Geld.«

»Anzeige wegen Diebstahl oder mein Geld. Schau fei, dass des herbringst!«

Jörg ruderte ein wenig mit den Armen, dabei sah er aus wie eine dieser aufblasbaren Weihnachtsfiguren, die durch ein Gebläse aufrechterhalten wurden. »Also gut.« Er verschwand und kehrte kurz darauf mit einem Kuvert zurück. »Da.«

Sie öffnete es und zählte nach. »Da fehlen 300 Euro. Und was ist mit der Kohle für mein Auto?«

»Damit ham wir a paar Rechnungen bezahlt.«

Letztlich spielte es keine Rolle, denn die Schulden würden beim Erbe allemal berücksichtigt werden. Den Fahrzeugbrief für den Foodtruck ließ sie sich von ihm ebenfalls aushändigen. Danach wollte sie so schnell wie möglich raus aus dem Loch, das für viele Jahre ihr Gefängnis gewesen war. Gott sei Dank würde das Thema Jörg und Schwiemu bald erledigt sein. Jenny brachte sie zur U-Bahn-Station, von wo aus sie zum Jakobsplatz fuhr. Sie war schon oft in der Stadt gewesen, aber nie im Polizeipräsidium. Ein freundlicher Polizist nahm sie in Empfang und rief Herrn Vorndran an. Der kam sofort und nahm den Umschlag mit dem Geld entgegen.

»Das ist alles, was übriggeblieben ist.«

»Wo hatte es Ihr Schwager versteckt?«

»Keine Ahnung. Es fehlen 300 Euro.«

»Wir werden ihn dazu befragen.« Vorndran zwinkerte sie ihr zu. »Das geht alles seinen Gang.«

Eine Woche später war es so weit, Karin durfte Toni aus dem Knast abholen. Alle Vorwürfe gegen ihn waren fallengelassen worden. Fred sollte den Haupt umgenietet haben, aber warum, blieb ihr rätselhaft. Mit Sicherheit nicht wegen des Imbisswagens. Sie erinnerte sich an die Anzeige wegen der falschen Herkunftsbezeichnung der Bratwürste, die Fred so auf die Palme gebracht hatte. War das ein Racheakt gewesen? Doch sie hatte sich vorgenommen, die Vergangenheit ruhen zu lassen. Freds Beerdigung würde sie noch überstehen müssen, aber dass ihre Kinder dabei sein würden, war zumindest ein Lichtblick.

Auf dem Weg zur JVA fand sie Zeit, ihren Gedanken nachzuhängen. Sie musste nicht lange warten, bis Toni mit einem breiten Grinsen auf sie zumarschierte. »Endlich.

Schön, dass du mich abholst. Bist eine Liebe.« Er drückte ihr einen dicken Kuss auf die Wange und umarmte sie herzlich.

»Gut, dass du wieder da bist«, sagte sie.

»Danke, dass du mir geholfen hast.«

»Wer hat dir das erzählt?«

»Na mein Freund, der Dom, von der Kripo. So eine verrückte Geschichte. Fred überfährt Norbert Haupt und Baumgärtner bringt Fred mit Shrimps um. Alles wegen ein paar Würstchen.«

»Eher wegen dem Standplatz, den der Baumgärtner dem Fred für einen Haufen Kohle zug'schustert hat.«

»Am Ende ist der nun der Dumme.«

Karin wurde still, als sie daran dachte, wie Fred, auf dem Boden liegend, versucht hatte, die Würste rauszuwürgen, und panisch mit den Armen gerudert hatte. Wie sollte sie diese Bilder je aus ihrem Kopf bekommen?

»Ich will weg. Ich mein, weg aus Fürth.«

»Wo steht dein Auto?«

»Das hat Jörg verschachert.«

»Ohne dein Wissen? Das ist Diebstahl oder zumindest Unterschlagung.«

»Lass mal gut sein, das is schon geregelt. Ich hab a bissla Geld beiseitegelegt, aber ned für ein neues Auto. Mit dem Bus oder der Straßenbahn geht's genauso gut.«

»Guter Plan. Möchtest du nach wie vor nach Mallorca?«

»Weiß ned.«

»Doch, doch. Das ziehen wir durch. In der Haft hatte ich genug Zeit, über uns nachzudenken. Ich habe einige Vermögenswerte, die uns das ermöglichen.«

»Von der Bratwurschdbraterei?«

»Nein, davon werden die Metzgereien reich, aber nicht der arme Kerl, der eingeräuchert wird. Von dem, womit ich früher meine Brötchen verdient habe. Ich lebe relativ sparsam, damit meine Rücklagen möglichst lange halten. Nur für Sachen wie Stereoanlage oder Wohnungseinrichtung gebe ich mehr aus. Bis ins hohe Alter wird's allerdings nicht reichen.«

Das hörte sich fast wie ein Heiratsantrag an, nachzufragen getraute sie sich jedoch nicht. Sie dachte nach. Sollte sie einen Glücksgriff gemacht haben? Das hatte sie damals mit Fred auch erst geglaubt. »Okay. Ich muss bloß noch a wengle dableiben, bis das alles geklärt ist. In der Zwischenzeit könn' wir uns richtig kennenlernen, und dann entscheiden wir uns.«

»Kluges Madla. Wohnst du noch bei den Schallers?«

»Nee, bei 'ner Freundin.«

»Du könntest bei mir einziehen. Das würde dir helfen, Abstand zu gewinnen, und außerdem könnte ich dich bei den Behördengängen besser unterstützen. Und wenn du mich dann noch magst, gehen wir gemeinsam nach Mallorca.«

Ein warmes Gefühl durchströmte ihren Körper. Jetzt hatte sie eine Zukunft. Doch da war noch eine Kleinigkeit, die sie loswerden musste.

KAPITEL 40

Drei Wochen später war Saisonende im Mittelalterverein, denn keiner wollte sich im Matsch und Schnee wälzen. Die Mitglieder und ihre Familien würden sich zu einem kleinen Weihnachtsfest treffen, ansonsten ruhten die Außenaktivitäten bis in den Frühling hinein. Die Akteure trainierten von nun an in einer Sporthalle, doch heute gestattete die herbstliche Sonne das Üben im Freien.

Den Vormittag hatten Richard und Maxi mit einem Spaziergang zur Kaiserburg verbracht, bei dem Sammy sie begleiten durfte. Maxi mochte Hunde, wie Richard zu seiner Erleichterung festgestellt hatte. Sie hätte gern selbst einen gehabt, aber die gleichen Argumente, die Richard bislang davon abhielten, galten auch für sie. Das dritte Date hatten sie längst hinter sich. Sie interessierte sich wie er für Geschichte, wobei sie das Altertum und die Klassik bevorzugte. Den Mittelalterverein würde sie sich erst mal anschauen müssen, ob der ihr gefiel, hatte sie gemeint, als er sie gefragt hatte, ob sie anschließend dorthin mitkommen würde.

Zuschauer war Richard gewohnt, doch Maxis Anwesenheit machte ihn nervös. Er war bemüht, sich so gut wie möglich zu präsentieren, was natürlich schiefging. Bei dieser blöden Drehung, die ihr Trainer Kai einmal mehr von ihm verlangte, gelang es Dom prompt, ihn wieder in den verlängerten Rücken zu piksen.

»Ich sehe schon«, sagte Kai grinsend, »aus dir wird nie ein richtiger Schwertkämpfer.«

Richard trat ein paar Schritte zurück. Eine Blamage

reichte für heute. »Jedem das Seine, Kai. Du hättest sagen sollen, dass aus mir nie ein Balletttänzer wird.«

»Los«, sagte Dom, »mach mir das Vergnügen ohne den ganzen Firlefanz.«

Das Angebot nahm er gern an, obwohl er Dom im Fechten unterlegen war, was er neidlos zugab. Ein Duell mit ihm verlangte, auf eine günstige Gelegenheit zu lauern und sich keine Blöße zu geben. Leichter gesagt als getan. Es kam, wie es kommen musste: Seinen Vorstoß blockte Dom kraftvoll ab und fuhr schonungslos in seine offene Flanke. Ein Hieb mit der stumpfen Waffe angedeutet, und Richard gab auf.

»Danke«, sagte Dom und klopfte ihm auf die Schulter. »Du bist und bleibst mein Lieblingsfeind.«

Maxi gesellte sich zu ihnen. »Das war recht beeindruckend.«

»Dabei bin ich froh, so lange durchgehalten zu haben. Dom hätte mich viel eher zerhacken können.«

»Ich bin heute gut drauf«, sagte Dom. »Positive Nachrichten spornen mich an. Wir haben den Hundedieb dingfest gemacht und konnten der alten Dame ihr Zamperl unversehrt zurückgeben. Was sagst du dazu?«

»Gratuliere. Ich habe auch eine Neuigkeit für dich: Ich komme nach Nürnberg zurück.«

»Super!«, rief Dom. »Das freut mich echt. Seit wann weißt du es?«

»Seit gestern Abend.« Es würde eine Belastungsprobe für Maxi und ihn werden. Doch er bezweifelte ohnehin, dass sie überhaupt auf Dauer in Coburg bleiben würde. Ihre Karriere würde sie vermutlich ins Landeskriminalamt nach München befördern. Aber ein Schritt nach dem anderen.

»In welche Abteilung?«

»Rate mal. Ich geb' dir einen Tipp. Traudich geht in Pension.«

»Das heißt, seine Stelle?«

»Sieht so aus.«

»Wow.« Plötzlich lachte Dom leise in sich hinein. »Bianca wird's vom Hocker hauen.«

»Damit wird sie sich abfinden müssen. Verrat's aber niemandem, es ist noch nicht offiziell.«

»Klaro. Kennst mich doch.«

»Eben.«

Nachdem sie ihre Sachen in den Autos verstaut hatten, gingen sie zum Vereinsheim, vor dem Toni seinen Grill angeworfen hatte. Ihm zur Seite stand Karin Traudich, ehemals Schaller. Toni winkte grinsend mit der Grillzange. »Appetit auf Original Nürnberger Rostbratwürste?«

»Nicht wirklich«, sagte Richard.

Toni lachte. »Kann ich verstehen. Mir stehen sie auch bis Oberkante Unterlippe.« Sein Gesichtsausdruck wurde ernst. »Danke für eure Hilfe, vor allem für deine, Richard.«

»Bedank dich lieber bei Karin. Sie hat den größten Anteil an deiner Freilassung.«

Er sah zu ihr hin und nickte. »Eine wundervolle Frau. Wir gehen nach Mallorca, um dort vielleicht ein Restaurant zu eröffnen, aber garantiert ohne Bratwürste.«

»Apropos«, sagte Maxi. »Ich hätte gern eine. Richard hat sie mir bislang vorenthalten. Ich frage mich, warum.«

»Nee, nee. Drei. Im Weggla.« Toni machte ihr ein Brötchen zurecht. Sie nahm es, drehte es herum und biss hinein.

»Und, welche sind besser? Die Nürnberger oder die Coburger?«, fragte Richard amüsiert.

Sie wischte sich den Mund ab. »Die Münchner Weißwürscht natürlich.«

Alle lachten. »Darf ich vorstellen: Kriminalrätin Maxi Frohn. Wie man hört, ist sie Original Münchnerin, keine nach Münchner Art.«

»Frau Traudich, wie geht es Ihnen nach der ganzen Aufregung?«, fragte Maxi.

»So lala. Ich muss Ihnen was gestehen, Herr Levin. Kommen S' bitte mal mit?«, wandte sich Karin Traudich an Richard.

Verwundert folgte er ihr um die Ecke des Vereinsheims, wo sie stehen blieb und tief Luft holte.

»Was gibt's?«, fragte er.

»Stimmt es, dass Fred den Norbert Haupt mit Absicht überfahren hat?«

»Scheint so. Ob dabei eine Tötungsabsicht vorlag, lässt sich leider nicht feststellen, außer Sie wissen mehr.«

»Nee, so was hätt' er mir nie erzählt. Eher dem Jörg. Das hat der Fred wahrscheinlich wegen der Anzeige gegen ihn gemacht. Der war stinkesauer.«

»Oder weil er auf diese Weise schnell zu einem Foodtruck samt Standort kommen wollte. Oder beides.«

»So a Doldi. Und mit dem war ich verheiratet. Wie soll ich das meinen Kindern erklären?«

Sie verfiel in Schweigen, setzte schließlich einige Male zum Sprechen an, brach jedoch immer ab. Die Worte kamen ihr offensichtlich nur schwer über die Lippen, vielleicht ging es dabei um etwas, das Konsequenzen für sie haben könnte, vermutete Richard.

»Sie wissen, dass ich verpflichtet bin, jede Straftat zu melden, von der ich Kenntnis bekomme?«, fragte er, seinem Instinkt folgend. »Sie brauchen mir daher gegenüber nichts zu sagen, womit Sie sich selbst belasten würden.«

»Es muss raus.«

»Wollen Sie gestehen, dass Sie Norbert Haupt umgefahren haben?«

»Um Himmels willen, nee!« Ihre Hand fuhr an den Hals.

»Oder dass Sie wussten, dass Shrimps in den Bratwürsten waren?«

»Nee, nee! Auch das ned. So was hätt' ich nie g'macht.«

»Oder hat es was mit der Notfallspritze zu tun?«

Eine dicke Träne kullerte über die Wange. »Ich war zu langsam«, jammerte sie. »Ned, dass ich ihm nachtrauer, aber so elendiglich hätt' er ned sterben müssen.«

Ihm dämmerte, was ihr Problem war. Sie hatte zu lange gezögert, bis sie Schaller die Injektion verabreicht hatte. Galt das als unterlassene Hilfeleistung? Hatte sie sogar absichtlich gewartet? Schwer zu sagen, denn letztlich hatte er die Spritze doch erhalten, was vor Gericht als Rücktritt von der Tat gewertet werden würde. Wollte er es wahrhaft wissen? Nein. »Ich gebe Ihnen die Adresse einer guten Freundin. Die können Sie fragen, ob er zu retten gewesen wäre, wenn Sie schneller gewesen wären. Sie ist Leitende Rechtsmedizinerin in Erlangen und kennt den Fall.«

Hoffnung schimmerte in ihren Augen auf. »Sie glauben, ich bin ned schuld und er wär so oder so g'storben?«

»Kann sein. Die allergische Reaktion war so heftig, dass eine Minute mehr oder weniger wahrscheinlich nichts geändert hätte. Aber glauben heißt nicht wissen. Und jetzt kommen Sie, bevor das Bier warm wird.«

NACHWORT

Nürnberg ist die Stadt, in der ich aufgewachsen bin. Meine frühesten Kindheitserinnerungen stammen aus der Zeit in der Werderau. Dort habe ich den Kindergarten besucht und bin mit der Milchkanne in der Hand für meine Eltern zum Milchgeschäft gegangen. Es gab einen Park mit Spielplatz und eine alte Eiche spendete Schatten. Mit meiner Freundin, die in einem Hochhaus wohnte, bin ich täglich – außer sonntags – zu Fuß zur Friedrich-Wilhelm-Herschel-Grundschule gelaufen. Die »Strassabo« war nur was für Ältere. Danach besuchte ich das Sigena-Gymnasium, damals eine reine Mädchenschule. Es folgte der Umzug nach Moorenbrunn mit einer Busverbindung teilweise nur alle 45 Minuten. Später hat mich das Studium der Chemie nach Erlangen und der Beruf und die Liebe haben mich nach Coburg geführt.

Nach zwei Krimis, die in Coburg spielen, wollte ich unbedingt einen in der Stadt meiner Kindheit spielen lassen. Als sich die Gelegenheit bot, sollte die Handlung sich um etwas typisch Nürnbergisches drehen, und da fiel die Wahl auf die Bratwürste. In jeder Region werden sie anders zubereitet, und überall schwören die Einheimischen darauf, dass ihre die besten wären. Um ehrlich zu sein, erst durch die Recherche habe ich verstanden, worin im Einzelnen Unterschiede genau bestehen.

Dass es mit Levins Story weitergehen muss, war von vorneherein klar. Für mich werden die Figuren durch ihr Handeln lebendig und sie erzählen mir den Ablauf der Story aus ihrer Sicht. So entsteht der Plot, der die Wechselbeziehung ihrer Handlungen widerspiegelt. Damit entspringen die Ereignisse meiner Fantasie und unterliegen der dichterischen Freiheit. Selbstverständlich sind die Figuren frei erfunden, Ähnlichkeiten rein zufällig.

Bei der Darstellung des Dialekts der Region war mein Ziel, eine ausgewogene Mischung zwischen Mundart und Hochdeutsch zu finden, damit der Roman auch von Nichteinheimischen gelesen werden kann. Ich hoffe, das ist mir gelungen.

Ich danke meinem Mann, der als erster Kritiker Schwachpunkte aufdeckt, eigene Ideen beisteuert und Sprachliches verfeinert. Auch Arne Seebeck, der mir geholfen hat, Nürnbergerisch und Fränkisch zu unterscheiden. Dank gebührt dem Verlag und dem Lektorat, das gewohnt messerscharf Ungereimtheiten und Irrungen herausfindet.

Hoffentlich hat Ihnen das Buch gefallen. Wenn Sie Lust dazu haben, schreiben Sie gerne eine Rezension oder melden sich bei mir unter info@ilonaschmidt.com oder schauen sich auf meiner Webseite, www.ilonaschmidt.com, um.

*Weitere Titel finden Sie auf den
folgenden Seiten und im Internet:*

WWW.GMEINER-VERLAG.DE

Kommissar Richard Levin ermittelt:

1. Fall: Bocktot
ISBN 978-3-8392-2047-4

2. Fall: Brunnenleich
ISBN 978-3-8392-2344-4

3. Fall: Schwarze Küste
ISBN 978-3-8392-2417-5

4. Fall: Mord nach Nürnberger Art
ISBN 978-3-8392-0286-9

SPANNUNG

GMEINER

WWW.GMEINER-VERLAG.DE
Wir machen's spannend

DIE NEUEN

ISBN 978-3-8392-0154-1
AM INN

ISBN 978-3-8392-2730-5
AUGSBURG
UND BAYERISCH-SCHWABEN

ISBN 978-3-8392-0155-8
FÜNFSEENLAND

ISBN 978-3-8392-0158-9
HARZ

ISBN 978-3-8392-0160-2
mit Hund
NORDSEEKÜSTE NIEDERSACHSEN

ISBN 978-3-8392-0159-6
LÜNEBURGER HEIDE

ISBN 978-3-8392-0161-9
NIEDERRHEIN

ISBN 978-3-8392-0163-3
OSTSEE
MECKLENBURG-VORPOMMERN

ISBN 978-3-8392-0164-0
OSTSEE
SCHLESWIG-HOLSTEIN

ISBN 978-3-8392-2626-1
SACHSEN

ISBN 978-3-8392-0156-5
für Senioren
BODENSEE

ISBN 978-3-8392-0157-2
für Senioren
NORDSEE
SCHLESWIG-HOLSTEIN

ISBN 978-3-8392-0166-4
SÜDLICHE WEINSTRASSE UND PFÄLZERWALD

ISBN 978-3-8392-0166-4
SÜDTIROL

ISBN 978-3-8392-2838-8
USEDOM

ISBN 978-3-8392-0168-8
WIESBADEN
RHEIN-TAUNUS RHEINGAU

GMEINER KULTUR

WWW.GMEINER-VERLAG.DE
Mensch, Kultur, Region